Kriminalroman

Delikte
Indizien
Ermittlungen

DIE

Reihe



*In einem Dorf an der Ostsee wird innerhalb kurzer Zeit in Datschen wohlhabender Leute eingebrochen; kostbare Antiquitäten und technische Ausstattungen werden entwendet.*
*Die Kriminalpolizei ahnt: Hier sind Kenner am Werk.*
*Doch gemessen an Hauptmann Wendts früherer Tätigkeit scheint diese Einbruchsserie banal. Bis ein Mensch zu Tode kommt. Und – bis Wendt sich in die schöne und selbstbewußte Jenny verliebt.*
*Für Hauptmann Wendt entsteht eine ungewöhnliche Situation: Seine Arbeit und seine Liebe beginnen einander zu zerstören.*

Wolfgang Schreyer

Delikte
Indizien
Ermittlungen

DIE

Reihe

# Unabwendbar

Verlag Das Neue Berlin

Mitarbeit: Ingrid Mittelstrass

Für Sabine

*Um vom Himmel herunterzufallen*
*muß man ihn erstiegen haben*
*sei es auch nur für einen kurzen Augenblick*
*und das ist schöner*
*als sein lebelang auf der Erde zu kriechen*

Theophile Gautier

1 Christian Wendt war einsachtzig groß, fünfundsiebzig Kilo schwer und in den zweiundvierzig Jahren seines Lebens kaum einmal krank gewesen. Es schien, als meine die Welt es gut mit ihm. Er war Hauptmann der Kriminalpolizei und noch immer ein geschätztes Mitglied ihrer Handballmannschaft. Sein Sohn Stefan war seit Mai bei der Fahne, Ladeschütze in einem Panzer des Typs T-55. Stefans Klagen über die Härte des Dienstes verstummten allmählich. Seine Briefe wurden seltener, ganz gewiß ein gutes Zeichen.

Bei einem Offizier der K denkt man, wenn überhaupt, an einen besonnenen Mann, der Tugenden wie Tatkraft, Geduld und eine Art verschmitzter Heiterkeit mit Schläue und Zurückhaltung verbindet. Die Medien pflegen diesen Ruf, Bücher und Filme haben ihn poliert und damit in der öffentlichen Meinung wohl etwas Glanz hinterlassen. Ohne am Lack zu kratzen oder ihn frisch aufzutragen, soll hier versucht werden, den Hauptmann als unverwechselbar vorzustellen. Manch ein Beruf prägt die, die ihn ausüben – ob in Uniform oder in Zivil; und doch bleiben sie einmalig.

Äußerlich mochte Wendt ein Dutzendtyp sein. Er hatte ein mageres Gesicht mit derbem Mund, gekerbtem Kinn, kurzgeschnittenem schwarzem Haar und eigentümlich hellen Augen, um deren Winkel sich Fältchen drängten. Er war als einfallsreicher Ermittler und unermüdlicher Arbeiter mehrfach ausgezeichnet worden. Seine Ehefrau Helga war hübsch und anschmiegsam gewesen, so lustig, wie er selbst es einmal war;

aber sie fühlte sich auf die Dauer von Wendt vernachlässigt und hatte ihn vor einem halben Jahr verlassen. Seitdem neigte er dazu, sich mit der Bemerkung, er sei an sinkende Schiffe gewöhnt, in aussichtslose Fälle zu verbeißen. Mehr hörte man von ihm nicht dazu. Er blieb ganz gelassen, äußerlich.

Aber einige Zeit nach seiner Scheidung ging der Hauptmann in den Nordbezirk. Zögernd hatte man ihn, auf eigenen Wunsch, nach dort versetzt. Heraus aus seiner Stadt, Strich unter das Vergangene, mit zweiundvierzig ein neuer Start – das erschien ihm als die Lösung, als Radikalkur gegen ein Stimmungstief, das ihn seit dem Winter lähmte.

Nur, das Tief folgte Wendt nach Rostock in den beigefarbenen Bau der Bezirksbehörde, wo der Leiter der Kriminalpolizei ihn mit der Frage empfing, was er denn trinke, Kaffee, Tee, Kognak oder Klaren? Sie kannten sich von der Offiziersschule in Aschersleben, dasselbe Studienjahr, der Genosse hatte es zum Oberstleutnant gebracht und stieß mit ihm auf gute Zusammenarbeit an. Dann freilich stellte er Wendt, ungeachtet seiner Praxis in der Morduntersuchungskommission, ab zur besonderen Verwendung. Er wurde mit Papierkram beschäftigt; so sah es seine Empfindsamkeit. Ja, er war müde und reizbar geworden.

Anfangs brachte der Wechsel Wendt die doppelte Belastung. Das war ihm nur recht. Er las sich ein in laufende Fälle und mußte zugleich Neues übernehmen, verzwickte Affären wie die eines betrügerischen Juweliers, dessen Akte ihm von der Abteilung Finanzen auf den Schreibtisch kam... Zweiundvierzig, dachte er manchmal, ist ein dummes Alter. Man ist zu jung, um alles zu begreifen, was einen betrifft, es fehlt der volle Durchblick – aber zu alt, um mit Entschuldigungen durchzukommen. Alt genug für Herzbeschwerden, aber noch zu jung, um es zuzugeben. Erfahren genug, um Schwätzer oder Narren zu erkennen, aber noch nicht weise genug, sie auch zu ertragen.

Der Oberstleutnant hatte ihn, wie es üblich ist, auf lokale Besonderheiten hingewiesen, erschwerende Umstände wie die drei Staatsgrenzen im Westen, Norden und Osten; die drei Häfen mit Seeleuten aus allerlei Ländern. Im Sommer Millionen von Urlaubern, die Auto fuhren, Bier tranken und was alles daraus folgen konnte. Tausende von Wandervögeln als Saisonkräfte, leider nicht sämtlich Edelknaben und -mädchen; so etwa drückte er sich aus. Wendt wußte, jeder Bezirk wartete mit ähnlichem auf, unterstrich dies doch: Man stand auf schwierigem Posten. Sein eigenes Vorurteil beschränkte sich auf Worte wie „Ochsen im Wappen“ und Bismarcks „in Mecklenburg passiert alles hundert Jahre später“... Bald darauf begann Wendt selbständig zu ermitteln. Ohne Begeisterung – gemessen an dem, was er früher geleistet hatte, nahm der Fall sich belanglos aus. Aber er sollte sein Leben verändern.

Sosehr ihm Rostock auch gefiel mit seiner Tradition, den Wallanlagen, den Backsteinbauten, seinem eher mittelstädtischen Charakter, dem Teerhauch an der Warnow, eben dem Fluidum von Weltmeer und Weite – in drei Punkten blieb der Nordbezirk hinter seinen Erwartungen zurück. Die Menschen zeigten sich zugeknöpfter, als sie Wendt von ein paar Urlaubswochen an der See in Erinnerung waren. Die Luft schien nicht mehr so klar zu sein wie noch in den siebziger Jahren. Und im Dienst störte gelegentlich die Länge des Einsatzraumes. Der Bezirk ist schmal, dafür endlos, er gleicht einem Fisch. Usedom der Schwanz, Rügen die Rükkenflosse. Die Mittelgräte, an der all das hängt, ist zweihundertachtzig Kilometer lang, fünf Stunden Asphalt, oft nur zweispurig.
Gleich hinter der Autobahn empfing ihn der erste Stau. Von rechts, wo man ein Düngemittelwerk hingeklotzt hatte, bogen Lastwagen ein, und es stank nach Chemie. Während er, umblubbert von Abgasen, auf das Lenkrad trommelte, wurde ihm fast übel: kein körperlicher, ein seelischer Effekt. Das Gefühl, passiv im Blech zu stecken, bedrückte Wendt mehr als nötig. Ihm war, als müsse irgend etwas schlecht ausgehen, nur weil er keine Möglichkeit sah, sich aus der Ko-

lonne herauszuarbeiten; so daß er auch unfähig sein würde, den Fall zu lösen, drei triste Einbrüche in Zweithäusern, die das Kreisamt in N. allein hätte aufklären können... Solche Anwandlungen waren schwer zu deuten und wenig originell, nicht wert, wie ihm schien, sich damit aufzuhalten.

Erst gegen Mittag erreichte er N. und hielt vor einem Gasthof am Ortseingang. Das Lokal hieß „Seerose", es war jetzt, in der Nachsaison, halbleer. Wendt bestellte ein Gedeck und zog den Bericht hervor, den der K-Leiter des Kreisamts, ein Hauptmann Drews, nach Rostock geschickt hatte. Danach war der erste Einbruch Ende Juni bemerkt worden, der zweite Mitte August und der dritte vorgestern – Ende September. Obwohl es nie Fingerabdrücke und auch sonst kaum Spuren gab, nahm Drews an, daß es sich um eine Serie handele: immer derselbe oder dieselben Täter. Wohl waren sie, gewaltsam oder mit einem Nachschlüssel, auf recht verschiedenen Wegen in die Häuser eingedrungen, wenn niemand dort wohnte. Entwendet aber hatten sie durchaus Vergleichbares, nämlich *wertintensive* Dinge von beschränktem Gewicht; niemals Sperriges wie Teppiche oder Fernsehgeräte. Das allerdings schien das einzig Übereinstimmende zu sein.

Als das Menü kam, merkte Wendt, es wich in jedem Punkt von der Speisekarte ab: Blumenkohlsuppe statt der Kaltschale, Schweinebraten anstelle der Roulade und statt Eis das unvermeidliche Apfelmus. Es sprach für seinen Gleichmut dem Essen gegenüber, einem Teil der Lebensfreude, daß er dies stumm durchgehen ließ. Das einzig Übereinstimmende war die Person der Serviererin. Sie tat Wendt eher leid; das Personal solcher Lokale stimmte ihn leicht mitfühlend. Beim Zahlen fragte er die Frau nach dem Weg zum Kreisamt, und sie sagte, an der Hauptstraße links hinter der Poliklinik und dem Veteranenklub, die Antennen sind gar nicht zu übersehen.

Ein schmuckes Städtchen. Wie die Reste der Festdrapierung zeigten, hatte es jüngst sein 675jähriges Bestehen gefeiert und wirkte entsprechend aufgeräumt. Die neue Umgehungsstraße hielt ihm das Gröbste fern. Den Parkplatz am Kreisamt säumten Rosenbeete. Im Korridor des Oberstocks blinkte eine Vitrine voller Urkunden und Auszeichnungen, das Modell eines Sputniks, eine Matroschka hinter Glas und Souvenirs wie Kremltürme unter verblaßten Fotos und dem Schriftzug „In Waffenbrüderschaft vereint". Das wies auf die Nähe einer befreundeten Garnison hin. Nicht zu Unrecht wurde die Sowjetarmee als Pate, als eine Art Taufzeuge betrachtet.

Der Amtsleiter war groß und stämmig, starker Raucher, ein selbstbewußter Mann, der den ungewöhnlichen Namen Bradhering trug. Wendt wußte schon, daß Namen wie Frettwurst oder Bradhering, über die man anderswo lächeln mag, an der Küste recht verbreitet sind und niemandes Autorität schmälern können. Major Bradhering saß, die Fenster im Rücken, am Ende des Raumes hinter seiner Schreibplatte – blitzblank bis auf den Aschenbecher –, er kam ihm nicht entgegen, so daß Wendt am langen Konferenztisch vorbei auf ihn zuging. Er sah sich ohne den Anflug eines Lächelns begrüßt. Eindrucksvoll die starken Brauen. Der Major hatte den Teint eines Menschen, der viel Freizeit draußen verbringt. Womöglich war er Angler oder Segler, doch wie blieb er erreichbar, wenn er solchen Sport betrieb? Nun, in einem Kreisamt gab es auch Außendienst, während man in der Bezirksbehörde meist hinterm Schreibtisch saß. Als Wendt den Amtsleiter im Profil sah, verblüffte ihn das Fehlen eines Hinterkopfes, kurzgeschoren stieg der Schädel senkrecht aus der kräftigen Muskulatur des Nackens... Bradhering sagte: „Wir hatten schon mal eine Einbruchsserie, im vorletzten Winter. Da kommt ja selten jemand in die Feriensiedlung. Der Täter war ein Asozialer, hatte sich da eingenistet und stieg in acht weitere Bungalows ein, um die Vorräte zu plündern. Das fiel erst auf, nachdem er eine Scheibe zerschlagen hatte und in dem Sommerhaus der Schornstein rauchte."

„Sie haben ihn natürlich rasch gefaßt."

„Na, Kunststück. Unser ABV ist einfach hingegangen... Diesmal liegt der Fall schon anders."

Wendts Blick schweifte über die preußisch karge Einrich-

tung. Es gab keinen Zimmerschmuck, von dem offiziellen Bild neben dem Rollschrank abgesehen. In solch spartanischem Rahmen bündelte der Major die Polizeigewalt des Kreises. Ein rostfarbener Läufer führte von der Tür her geradlinig auf ihn zu – für Furchtsame lang genug, um darauf zu schrumpfen. Über dem Konferenztisch hing auf rotem Fahnenstoff eine Wettbewerbstafel, vielleicht auch die Unfallstatistik, denn eine Kurve glitt nach dem sommerlichen Höhepunkt abwärts. Bradhering sah nicht so aus, als hätte er einen Abwärtsknick bei positiven Erscheinungen geduldet. Alles Überflüssige und Ablenkende war aus seinem Umfeld verbannt worden. Selbst eine Karte des Kreisgebietes fehlte, die hatte er wohl längst im Kopf.
Und auch in dem, was er nun äußerte, die Stirn mehrfach gefurcht, lag der Verzicht auf Nebensächliches. Er gab Wendt die Adressen der drei Geschädigten und des Abschnittsbevollmächtigten von Cumin, eines Leutnants Nauschütz, der die Vorgänge bis ins Detail kenne. Hauptmann Drews könne ihn leider nicht begleiten, Drews spüre mit seinen Kriminalisten einem Kraftfahrer nach, der gestern abend auf einem Parkplatz an der Bäderstraße eine Tramperin vergewaltigt habe.
Zum Schluß zog Bradhering einen Zettel in Zellophan hervor, mit der Aufschrift *Störtebeker war hier*, in vorgefertigten Druckbuchstaben. Dieser Wisch habe Ende Juni im Sommerhaus des Kulturbundsekretärs Dr. Alfred Mau gelegen, an der Stelle, wo man dem das Zinngeschirr abgeräumt habe.
„Keine Profis, Genosse Wendt“, sagte er knurrend. „Welcher Profi läßt schon etwas, das er mitgebracht hat, absichtlich am Tatort zurück?“
„Es sei denn, um eine falsche Spur zu legen.“
Der Major blickte drein, als hätte man ihm weismachen wollen, es solle da ein Verdacht auf den sagenhaften Klaus Störtebeker gelenkt werden, eine Gestalt, die im Nebel der Historie verschwamm. Langsam schüttelte er den Kopf. „Erst sah es uns nach persönlichem Racheakt aus“, fügte er widerwillig hinzu. „Aber dann der Einbruch bei Dropsch und jetzt

bei Professor Rasmus... Na, machen Sie sich nur selber ein Bild. Manchmal sehen fremde Augen ja mehr. Jedenfalls, ich wünsche Ihnen viel Erfolg."
Das war alles. Er entließ Wendt nach kaum fünfzehn Minuten. Als der Hauptmann bei einem Chemiewerk in die Bäderstraße bog, glaubte er, die folgenden Besuche würden ähnlich enden. Ein verlorener Tag... Dieser Gedanke aber rief seinen Widerspruch hervor, blies den Funken Ehrgeiz an, der nach zwanzig Berufsjahren unverändert in ihm glomm. Das Bedenkliche an einer Serie ist ja, sagte er sich, daß sie selten endet, solange die Täter erfolgreich sind. Und den ersten wirklichen Fall, mit dem man ihn im Nordbezirk betraut hatte, den wollte er gern lösen.

Eine halbe Autostunde bis Cumin. Die Häuser wurden niedriger, bekamen Rohrdächer, Bäume wuchsen schief, geprägt vom Westwind, bizarre Kronen, die noch das Laub festhielten. Je mehr Wendt sich der See näherte, desto dunstiger wurde es. Das Land war ganz flach, über den Wiesen lag weißlicher Nebel. Kleine Waldstücke wechselten mit Gehöften ab, oft moderte dort am Wegrand ein Holzgestell, Milchrampe genannt. Früher hatten die Bauern ihre Milchkannen da hinaufgehoben, für den Wagen von der Molkerei. Heute, Wendt wußte es vom Urlaub her, überließ man das Großvieh dem Volksgut, baute Ställe um in Quartiere: Gäste brachten, bei weniger Plackerei, mehr ein als Rinder... Die Sonne brach durch eine Wolkenbank über dem unsichtbaren Meer, sie tauchte das Dorf vor ihm in eine Art Bühnenlicht, das gleich wieder erlosch.
Etwas spannte sich in ihm, er hatte den Eindruck, seiner Bewährung entgegenzufahren. Dabei ertappte er sich, eine Melodie zu summen, so ein trauriges Lied, er hatte es seine Mutter singen hören mit dem Text: Das Schifflein am Strande schwankt hin und schwankt her, ganz als ob im fernen Lande keine Hoffnung mehr wär... Wendt begriff dies als Störfaktor, als Symptom seiner Verfassung; abrupt hörte er damit auf, als lasse sich Schwermut durch Selbstdisziplin,

durch einen Willensakt besiegen.
Einmal schob sich der Schilfsaum des Boddens bis an die Straße. Auf dem grauen Wasser der Umriß eines Zeesenboots, alle fünf Segel hatte es gesetzt, rotbraun getönt, piratenhaft. *Störtebeker war hier*. Ein Held, eine Kultfigur, der Stolz dieser Küste. Den Ordnungshütern von damals, den Bradherings und Wendts, hatte er ziemlichen Ärger bereitet. Heute hießen Ferienheime nach ihm, ein Dutzend Orte stritten sich um die Ehre, den Mann hervorgebracht oder wenigstens seiner Schar als Schlupfwinkel gedient zu haben. Die Geschichte hatte ihm recht gegeben. Es war so weit gekommen, daß sich sogar Einbrecher auf ihn beriefen.

Cumin war eines der Boddendörfer, die wegen ihrer Nähe zur See nach dem Kriege kräftig aufgeblüht sind. Der Amtssitz des Leutnants Nauschütz lag unter dem roten Ziegeldach im weißgetünchten Haus des Rates der Gemeinde; zwei prächtige Lebensbäume bewachten den Eingang. Ein Blick genügte, um zu erkennen, wie sorgsam das Büro von dem Abschnittsbevollmächtigten geführt wurde – einem fülligen, noch jungen Mann mit ziemlich hoher Stimme. Er kanzelte gerade Verkehrssünder ab, zwei Fünfzehnjährige, die ohne Führerschein ihre Motorroller benutzt hatten. Sie sagten, die hätten sie schon zur Jugendweihe bekommen, der Lehrgang in der Kreisstadt sei überfüllt gewesen, was bleibe ihnen anderes, als auf Feldwegen zu üben? Ihr Ton war wenig schuldbewußt, fast zeternd. Der Leutnant blieb standhaft, er drohte ihnen im Wiederholungsfall die entsprechenden Maßnahmen an. Die zwei verließen aufgebracht, fast rüpelhaft den Raum.
Wendt spürte, Nauschütz war das peinlich. Im übrigen begrüßte er seine Ankunft so warm, als stärke sie ihn in dem täglichen Kampf gegen Verstöße und Unordnung im Dorf. Er trug einen Schnauzer – die einzige Art Bart, an der man im Dienst keinen Anstoß nahm –, offenbar bestrebt, seinem weichen Gesicht mehr Strenge zu geben. Wendt hatte gleich das Gefühl, Nauschütz neige dazu, sich auf ihn zu stützen, wäh-

rend er selber es doch war, der Hilfe brauchte. „Fahren wir los", schlug Nauschütz ihm bald vor. „Es besteht Aussicht, die Geschädigten anzutreffen."
„Was sind das für Leute?"
Der Abschnittsbevollmächtigte bog beim Schuppen der Freiwilligen Feuerwehr in den Weg zur Feriensiedlung ein. „In welcher Beziehung, Genosse Hauptmann?"
„Gibt es zwischen ihnen Gemeinsamkeiten?"
„Ich wüßte nicht. Nein, die dürften einander nicht mal kennen. Sind aus ganz verschiedenen Gegenden. Das Ehepaar Mau – Kulturfunktionäre im Bezirk, ruhige Menschen, nett und bescheiden; mit denen gab's noch nie Schwierigkeiten. Ihr Haus liegt am Boddendeich, ein Stück weg von der Siedlung. Die beiden anderen wohnen hier. Dr. Dropsch ist Apotheker, Oberpharmazierat im Kreis. Professor Rasmus leitet ein Theater in der Hauptstadt."
Weshalb hat Nauschütz uns nicht avisiert, fragte sich Wendt; die Leute waren prominent genug, um auch in ihren Zweithäusern ein Telefon zu haben. Der Wagen rumpelte durch Bodenwellen, Wendt sah den Kopf des Fahrers wippen und dessen füllige Wangen beben. Was wußte man von seinen Schwierigkeiten? Vielleicht war es ihm mißlungen, in der Gemeinde Fuß zu fassen. Doch indem Wendt dies erwog, ging ihm zugleich seine eigene Schwäche auf. Fehlte ihm selber der Schwung, verstand und bemitleidete er beinahe jeden.

Die Frau des Apothekers beschnitt die Hagebutten am Jägerzaun, eine kleine grauhaarige Dame in Manchesterhosen und Lederjacke. Sie benutzte eine elektrische Heckenschere, die sie flugs aus der Hand legte, höflich und erwartungsvoll. Angeborener Frohsinn oder der Glaube an die Allmacht von Behörden gab ihr den Gedanken ein, das Diebesgut sei aufgespürt worden. Kaum hatte Wendt sich ihr vorgestellt, da bat sie die Besucher ins Haus. Ihre Augen schimmerten feucht – Spuren einer Gemütsbewegung, die sie zu überspielen versuchte. Nein, das silberne Fischbesteck, die englische Ka-

minuhr und die zwei kleinen Ölbilder brachte er ihr nicht zurück.
Frau Dropsch faßte sich, bot Kaffee an (Wendt lehnte dankend ab), nannte ihn Herr Kommissar. Den Zweck des Besuchs verstand sie nicht, sie und ihr Mann – er kam erst nach Feierabend aus N. – hätten doch längst alles zu Protokoll gegeben? Mit ihrer Erlaubnis sah Wendt sich ein bißchen um. Der Raum, üppig verglast, nahm die Hälfte des Erdgeschosses ein, er wirkte städtisch, behäbig mit seinen Chippendale-Möbeln, den hübsch gerafften Gardinen und den Gemälden. Zwei davon fehlten, man sah es an Verfärbungen der Tapete, und zwar die wertvollsten: ein Caféhausbild und eine Mondscheinlandschaft des Malers Albert Ebert. Vor der Panoramascheibe stand, ganz blankpoliert, ein einäugiges Messingfernrohr auf dem Stativ. Über all dem lag ein Hauch von Eleganz und Besitzerstolz.
„Wer hätte das gedacht", klagte sie, „daß etwas Derartiges bei uns möglich ist."
„Außerhalb der Saison sind Sie nur manchmal hier?"
„An den schönen Wochenenden, wie all unsere Nachbarn. Im August waren wir in Ungarn, und bei unserer Rückkehr..."
„Für die Täter", sagte Nauschütz, der es wohl nicht ertrug, daß sie ihn überging, „ist dies praktisch ein offenes Haus gewesen."
„Wie darf ich das verstehen?"
„Nun, es ist unzureichend gesichert."
Frau Dropsch fiel ihn an, heftig wie ein scharfzahniger Foxterrier. „Ich muß doch bitten... Das Haus war fest verschlossen, vorm Gartentor lag eine Kette!"
„Was nützt die Kette am Tor bei einem so niedrigen Zaun?"
„Die Zaunhöhe ist uns damals vom Rat der Gemeinde auf den Zentimeter genau vorgeschrieben worden."
„Aber bei Ihren Werten", warf Wendt ein, „hätten Sie doch an ein Sicherheitsschloß denken sollen."
„Zeigen Sie mir den Laden, wo es das gibt, Herr Kommissar?

Übrigens, man ist durch das Toilettenfenster bei uns eingestiegen."
„Für Fensterläden", fragte der ABV, „hat es gleichfalls nicht gereicht?"
„Eine sehr feine Bemerkung. Herr Nauschütz, Sie bauen doch selbst – wenn Sie Holz übrig haben, her damit! Wir kaufen es Ihnen sofort ab."
Wendt sagte: „Darf ich offen sein, Frau Dropsch? Ihrem Haus mangelt es offenbar an nichts, bis auf den notwendigen Schutz. Daher unser Rat, künftig schon von sich aus mehr zu tun..."
„Ach, an uns hat's gelegen, das Opfer ist schuld! Ein Standpunkt, den nicht einmal die Versicherung mit Ihnen teilt! Ich muß mir denn doch verbitten..." Atemlos brach sie im letzten Moment ihren Angriff ab, bog ihn in eine Klage um. „Verzeihen Sie, es nimmt einen derart mit. Aber das, was Sie verlangen, kriegt man ja nicht einfach für Geld. Und was uns genommen wurde, das ist unersetzlicher Familienbesitz. Ich bitte Sie sehr darum, uns wieder zu unserem Eigentum zu verhelfen."
„Wir tun, was wir können. Einstweilen vielen Dank. Und – hüten Sie den Rest."
Im Auto sagte Nauschütz: „Nun haben Sie's gleich erlebt, diese Unbelehrbarkeit! Das ist die typische Haltung, die Einstellung zu unserer Arbeit. Manchmal kann man es schon Arroganz nennen."
„Sie sprechen von den Besitzern der Datschen?"
„Bewachen soll ich die mit meinem Dutzend Helfern, von denen keiner aus der Siedlung ist, Hinweise aber verbittet man sich als Einmischung ins Privatleben... Dort an dem Prachtbau bleibe ich lieber im Wagen, wenn Sie gestatten. Professor Rasmus ist nämlich leicht erregbar. Wenn der mich sieht, geht er womöglich in die Luft."

Als Wendt das Tor im Schilfzaun öffnete, lag vor ihm ein okkerfarbenes Haus, mehr Landsitz als Datsche, weit zurückgesetzt vom Weg. Wuchtige Pfeiler trugen den Balkon, grob

behauene Eichenstämme; das Rohrdach wölbte sich schützend über die Terrasse mit den Korbmöbeln im Jugendstil. Blumenstauden, Farnkraut, Blautannen und Wacholder säumten den Pfad, der vorm Haus zu einem Steingarten anstieg. Das Grundstück war doppelt so groß wie die übrigen, ein paradiesisch stiller Fleck. Hier konnte auch der Anspruchsvollste sich entspannen oder tätig sein, glücklich sein, falls er die Natur noch wahrnahm und genoß. Wie sollte jemand, dem dies zur Verfügung stand, sich über einen Polizisten ärgern, der so behutsam und pflichtgemäß verfuhr wie Nauschütz?
Professor Georg Rasmus war ein schlanker Mann von gut sechzig Jahren, mit vollem Haar, silbrig an den Schläfen, und wachen blauen Augen hinter einer randlosen Brille. Sekundenlang verwirrte Wendt sein Aufzug, er trug einen kimonoähnlichen Hausmantel aus schwarzer Seide, bedeckt mit weißen, rätselhaften Symbolen – Schriftzeichen vielleicht. Seine Haltung war vollendet, von ihm ging etwas aus, das an einen Zauberkünstler denken ließ, einen großen Illusionisten, der Menschen oder Dinge verschwinden lassen kann. Bestimmt konnte er mehr als das, auf seiner Berliner Bühne. Diesmal freilich war ihm selber etwas verschwunden, drei Statuetten, zwei seltene Bücher und ein Porzellanservice im Wert von fünfzehntausend Mark, wie in der Akte stand. Der Schaden wurde größer, die Täter langten von Mal zu Mal kräftiger hin, nach dem Gesetz der Serie.
Rasmus rief nach der Haushälterin, er lud gleich zum Tee ein: Jasmintee, Kirsch- oder Orangenblüten? Sein Ton war väterlich, ja so hypnotisch, daß es dem Hauptmann mißlang, sich seiner Freundlichkeit zu entziehen. Rasmus stopfte sich die Pfeife mit einem Tabak, der nach reifen Pflaumen oder Feigen roch, und wies hinter sich in die Diele; sie ging am Kamin in den Wohnbereich über. „Wir haben nichts angerührt, ehe Ihr Kollege vom Kreisamt kam. Es lag uns fern, ihm die Arbeit zu erschweren. Er hat das ganze Haus abgesucht, leider ohne Resultat.“
„Sie merkten gleich, daß etwas fehlte?“

„Mir fiel nur das leere Kaminsims auf. Meine Frau Wagner entdeckte dann die Lücke im Geschirr."

Wendt nippte von dem Tee, er schaute sich um. Zweifellos, hier paßte alles zusammen, das Haus hatte Charakter. Gescheuerte Dielen aus prächtigem Holz, das an Schiffsplanken erinnerte, mit Läufern aus Schafwolle, auf denen man leicht rutschte. Ein L-förmiger Raum, kostbar und schlicht, durch sein Ausmaß bestechend. Solide Deckenbalken, Regalwände voller Bücher, geschnitzte Möbel, ein schmiedeeisernes Gitter als Raumteiler, Steh- und Wandlampen, alles sehr gediegen. Den Unterlagen nach war man mit einer Leiter (aus dem unverschlossenen Schuppen) über den Balkon gekommen, ohne verwertbare Spuren zu hinterlassen. Der Einbruch, vorgestern entdeckt, lag womöglich viele Wochen zurück; Rasmus hatte Indien besucht und dann mit seinem Ensemble in Schweden gastiert. Was sollte der Spurensicherung unter Hauptmann Drews denn entgangen sein? Unmöglich, zwei Tage später mehr zu finden als er.

„Da will man sich sammeln, auf ein neues Stück konzentrieren", äußerte der Professor. „Und dann – ein Schlag ins Gesicht! Wo leben wir denn, in Chicago? So wird einem die Arbeit vergällt, da bleiben schon die simpelsten Einfälle weg."

„Haben Sie selber irgendeinen Verdacht?"

„Da hat mir jemand eins auswischen wollen."

„Sie meinen, es galt Ihnen ganz persönlich?"

„Ein paar Feinde hat schließlich jeder."

„Könnten Sie das wohl präzisieren?"

„Ach, wissen Sie, in meiner Position ... Je straffer man führt, je erfolgreicher man ist, desto ärger Mißgunst und Neid. Vermutlich machen Sie sich keinen Begriff von dieser Seite des Kunstbetriebs. Niemand weiß, weshalb das so ist – nirgends nehmen Kränkung und Bosheit solche Formen an wie dort."

Wendt schwieg, verblüfft von dieser Egozentrik. Bezog der Mann denn alles auf sich? War das der Preis von Glanz und Ruhm? Nicht einmal die Stille hier brachte ihm Frieden, Argwohn zehrte an ihm, wenn er den oder die Täter in seinem Umkreis suchte... Durch das Westfenster sah man eine Trauerweide, die gefiederten Zweige wiegten sich im Wind, ein Sinnbild der Wehmut, der Vergänglichkeit des Lebens. Am flüchtigsten schienen dem Hauptmann Träume von der Bedeutung und Unersetzlichkeit der eigenen Person zu sein. Aber vielleicht kam ein Kunstschaffender nicht ohne die aus.

Da hörte er Rasmus sagen: „Sie bezweifeln das? Der Text verrät es doch!"

„Welcher Text, Herr Professor?"

„Wie, den kennen Sie noch nicht, der fehlt in Ihren Papieren?" Rasmus lächelte, als habe sich ihm der Verdacht bestätigt, daß die örtliche Polizei es an Präzision mangeln ließ, daß sie im Schlendrian versunken sei. „Wo das Meißner gewesen ist, lag die Visitenkarte eines Ratsmitglieds dieses Bezirkes. Auf der Rückseite stand in Druckbuchstaben, wie man sie im Papierwarenhandel kaufen und abreiben kann: *Karl Moor läßt grüßen.* Ein hübscher Fingerzeig, nicht wahr?"

Wirklich, diesen Text hatte bisher niemand erwähnt. „Sind ‚Die Räuber' denn in Ihrem Haus gelaufen?"

„Letzte Spielzeit erst, in meiner Inszenierung. Und zwar modern aufgefaßt, was natürlich auf Widerspruch stieß..." Rasmus verlor sich in Einzelheiten der Aufführung, bis Wendt ihm versicherte, selbstredend gehe er der Sache nach.

„Wo nehmen Sie den Faden auf?"

„Kaum bei Ihrem Publikum, es dürfte wohl zu zahlreich sein. Eher schon bei der Herkunft der Visitenkarte, einem möglichen Beweisstück."

„Recht so", sagt der Professor, als wäre Wendt sein Schüler.

„Haben Sie noch mehr Hinweise für mich?"

„Falls Sie auf meine Berufserfahrung anspielen, die ist da wenig wert." Rasmus saugte an seiner Pfeife. „Man bringt schon mal ein Kriminalstück, aber das Theater wird selten froh damit. Es gibt nämlich die goldene Regel, daß der Zuschauer immer etwas mehr weiß als die Akteure auf der

Bühne. Folglich müßte er den Täter kennen; da verliert so ein Stück an Reiz."
Plaudernd lüftete er ein paar Geheimnisse seiner Kunst, huldvoll und charmant. Dabei kam Wendt in den Sinn, was man so über ihn hörte: Rasmus sei ein Titan, Diplomat und Dompteur in einer Person, er fordere strikten Gehorsam, ja Unterwerfung; sein Ideal sei die perfekt gesteuerte Bühne mit Monitoren zur Überwachung des Probenbetriebs und Knöpfen zum Abrufen jeder beliebigen Leistung der Darsteller; mehr Arrangeur als Regisseur... So stand er da in den Augen seiner Kritiker und Neider. Das besagte kaum etwas und hatte Wendt nicht zu kümmern. Doch aus dem Gefühl heraus, sich gegen den Mann behaupten zu müssen, fragte er ihn beim Abschied: „Haben Sie schon einmal daran gedacht, Ihr Haus besser zu sichern?"
„Es in eine Festung verwandeln, meinen Sie?"
„Nicht unbedingt. Aber Sie empfangen doch häufig Gäste. Da bleibt es nicht verborgen, was hier so an Werten steckt."
„Meine Gäste dürfen Sie getrost von Ihrer Liste streichen."
„Ich muß mir erst mal eine machen... Ein Schloß vor dem Schuppen, in dem die Leiter war, hätte den Einbruch jedenfalls erschwert."
Im Hinausgehen sagte Rasmus dicht an seinem Ohr: „Genosse Hauptmann, gehen Sie jetzt nicht ein bißchen weit?"
Noch leiser, fast schonend, fügte er hinzu: „So können Sie nicht mit mir reden."
Sein Händedruck war fest, Wendt fühlte sich in die Schranken verwiesen. Besonders störend empfand er das freundlich Beiläufige, die milde Glätte des Tadels, die Widerspruch ausschloß. Konnte es sein, daß er den ganzen Einsatz diesem Mann verdankte? Vielleicht hatte Rasmus sich, den Fähigkeiten des Kreisamtes mißtrauend, an die Bezirksbehörde gewandt. Er war anmaßend genug für solch einen Schritt und völlig daran gewöhnt, bevorzugt zu sein. Am Ende sollte seinetwegen noch ein Stab zusammentreten und die Gegend zu

einem Brennpunkt der Polizeiarbeit erklären. Manchmal riß man sich ja ein Bein aus für Leute, die geschickt auf ihre Vorrechte pochten.
Im Abgang zwischen Ginster und Farnkraut war das Unangenehme der Begegnung dennoch leicht zu deuten. Wahrscheinlich ließ ein Theater sich nur mit fester Hand leiten. Rasmus mußte die Interessen und Neigungen buntscheckiger, rivalisierender Talente wohl kräftig bündeln, um in der Kunst zum Ziel zu kommen. Kein Wunder, daß er versuchte, auch im Alltag zu herrschen, Autorität auszuüben. Offenbar sah er sich selbst und seinen Rang in der Gesellschaft deutlich über dem aller anderen Normalsterblichen... Aber was soll's, dachte Wendt, wie immer bemüht, nichts persönlich zu nehmen. Es gehört zu dem Guten, das man Menschen wie dem Professor verdankt, daß sie ganz ungewollt zu Vergleichen anregen und einen an Wesentliches in unserem Zusammenleben erinnern: an die Gleichheit vor dem Gesetz, an das Prinzip der Gerechtigkeit.

Im Wagen fragte er Nauschütz: „Gab's öfter Kummer mit ihm?"
„Ach, es geht so. Nur einmal schlug er großen Krach, vor Jahren, als sein Boot zwei Tage lang verschwunden war."
„Er hat hier ein Boot?"
„Das größte des Segelklubs, einen dreißiger Kielkreuzer. Jeden Sommer gibt er darauf eine Party, zu seinem Geburtstag. Aber einmal war die Jacht eben weg, wir benachrichtigten sämtliche Dienststellen, dabei lag sie nur ein paar Kilometer vom Hafen im Schilf, mit geklapptem Mast, bloß aus der Luft auszumachen. Jemand hatte ihm einen bösen Streich gespielt. Daß ich nicht herausfand, wer, das verzeiht er mir nie."
„Gab es einen Verdacht?"
„Nur Vermutungen. Der Professor ärgert sich manchmal mit Jugendlichen am Liegeplatz herum. Er macht seine Jacht wegen des Tiefgangs nämlich nicht im Klubgelände fest, sondern am Hafenausgang. Dort steckt er die Landzunge ab, be-

anspruchte sie für sich. Die Folge ist, man stopft ihm schon mal eine Kartoffel in den Auspuff – etwas in der Art. Die Entführung allerdings war ein starkes Stück, die hat uns entsprechend beschäftigt."
Das konnte Wendt sich vorstellen. Verschwand ein Boot in Küstennähe, und sei es selbst an der Binnenseite, weit weg vom offenen Meer, wurde immer gleich an Grenzverletzung gedacht... Sie kamen an ein paar ziegelgedeckten Einfamilienhäusern vorbei, erbaut in den späten zwanziger Jahren, wie die Dreieckfenster im Giebel und andere Eigentümlichkeiten ihm verrieten. Das eine zierte der Spruch *Schaffen und Streben allein nur ist Leben.* An dem nächsten stand, lauschig von Wein umrankt: „Baue nach Lust dein Feld, nach Bedarf dein Haus, und sieh auf die tolle Welt behaglich zum Fenster hinaus." In der Feriensiedlung gab es dergleichen nicht – obwohl, wie der Hauptmann fand, dieses Motto schon dorthin paßte. Drückte es doch aus, was für einen Teil der Datschenbesitzer wohl Lebenskunst und letzte Weisheit war. Ihnen fehlte nur die Naivität der Menschen, die vor fünfzig Jahren solch ein Wort noch arglos über ihre Tür gesetzt hatten.
Leutnant Nauschütz hielt vor einem schmalen Fachwerkhaus dicht am Deich. Mit den Wackersteinen des Fundaments, einem winzigen Erker, aufgemalten Ziegeln und den vorgetäuschten Lebkuchen an den Fensterläden gab es sich den Anschein, Menschen als Quartier zu dienen, die das deutsche Märchen liebten. Bereits im Juni war man dort, ohne das Schloß zu zerkratzen, mit einem Zweitschlüssel eingedrungen, unbeirrt vom Geist der Romantik und dem harmlosen Gemüt der Bewohner, um ihnen das alte Zinn zu stehlen. Leider waren sie nicht da, das halbrunde Tor mit dem Bronzeklopfer blieb verschlossen.
„Pech", sagte Nauschütz. „Übernachten Sie doch bei mir! Morgen ist Freitag, da kommt das Ehepaar Mau immer heraus."
Wendt aber fand, der Leutnant habe schon genug für ihn getan. Und so trennte er sich von ihm auf dem Damm, der Cumin bei ablandigem Wind vor dem Hochwasser des Boddens

schützt. Im sinkenden Tag wandte er sich dem Hafen zu, das Gras wurde allmählich feucht. Eine Zeitlang tat es ihm gut, leicht fröstelnd auf einer Bank zu sitzen – Grübeln schadete nur –, also an nichts zu denken und das Trugbild der Natur zu genießen. Unter einem Wolkenband loderte der Horizont in düsterem Orange, schwarz spießten Weidenruten und Bootsmasten in die Glut. Das Abendlicht hatte etwas geheimnisvoll Gütiges und Tröstliches, obschon es langsam an Kraft verlor.

Ein paar Lampen flammten auf, als er durch steigenden Dunst auf den „Blauen Anker" zuging, wo man um diese Jahreszeit, laut Nauschütz, auch unangemeldet ein Zimmer bekam. Kühle wechselte ab mit Wellen lauer Luft, das Wasser verströmte noch Reste der Sommerwärme, ein Jahrhundertsommer sollte es gewesen sein, was aber hatte er gebracht außer Dürre und Beunruhigung? Bald roch es nach welken Dahlien, bald nach Abwässern, die von irgendwoher säuerlich in den Bodden sickerten. Neben der Tür des Gasthofs blinkte ein Stapel Aluminiumfässer... Auf den Stufen holte es ihn ein, das Gefühl von Leere und Vergeblichkeit. Es war wieder da, ließ sich nicht deuten, durch keinen Willensakt abschütteln. Nur von selber zog es sich zurück, unwillkürlich, vielleicht überdeckt von seinem Tun, sofern die Arbeit voranging. Schaffen und Streben allein nur ist Leben...

Das Lokal, warm beleuchtet und schwach besucht, glich einem Zufluchtsort Gestrandeter, von Leuten ohne Heim, einer dunkel getäfelten Höhle voller Tabakrauch, Fischgeruch und dem Dunst siedenden Öls. Im Hintergrund des Raumes hockten Skatspieler unter einem schwebenden Schiffsmodell beim Bier, zwei Tische neben Wendt trank ein junges Paar schäumenden Sekt, ein Bild, das ihn neidisch machte. Fremd war er, spürte keinen Kontakt zu dem knappen Dutzend Menschen; manche sprachen Platt, was ihn noch mehr von ihnen trennte. Wer hier saß, der wich der Fernsehunterhaltung oder seinem Ehepartner aus, rettete sich in eine Ge-

meinschaft Gleichgesinnter. Die Urlauber hatten das Feld geräumt, man war wieder unter sich.
Am Holztisch mit dem karierten Deckchen brütete Wendt vor seinem Bier, achtete auf kein Gespräch, hörte kaum die Musik, die da vom Tonband lief. Wieder neigte sich ein Tag, äußerlich bunt, im Kern jedoch farblos; fad reihten sie sich seit Monaten aneinander. Der Fall, der ihn herführte, schien so verzwickt wie all das übrige, in das er verwickelt war – von seiner privaten Situation bis zur Weltlage. Wie oft am Abend fühlte er sich nutzlos, verbraucht und ausgelaugt; nur Morgens beim Aufstehen war es manchmal noch schlimmer. Man kam halt schwer darüber hinweg, wenn einem nach soviel Jahren die Familie zerbrach, es war dann eigentlich kein Leben mehr.
Aus dem Qualm und Talmi hinter der Theke, all den wie zum Kundenfang ausgespannten Netzen, Schwimmkugeln und sonstigem Beiwerk der Seefahrt, Fischerei und Gemütlichkeit löste sich die Gestalt des Wirts, der immer wieder verschwand, als sei er sein eigener Koch. Gebratenen Zander schob er ihm hin, das Paar nebenan bekam die zweite Flasche Sekt, sacht drehte der Wirt den Korken heraus und goß nach.
Dann geschah ein kleines Wunder. Das Mädchen hatte Wendt bemerkt, sie trank ihm übermütig zu. Verdutzt hob er sein Glas, reflexhaft, ohne zu ahnen, daß es einer der Augenblicke war, die man nicht mehr vergißt. Sie mochte Mitte Zwanzig sein, hatte aschblondes Haar, schulterlang, mit hellen Spitzen, ausgebleicht vom Jahrhundertsommer; viel mehr nahm er gar nicht wahr. Der junge Mann drehte sich kurz zu ihm um, streifte ihn mit einem wachen und, wie es schien, triumphierenden Blick.
Als Wendt den Teller wegschob und wieder hinsah, tanzte das Mädchen zwischen den Stühlen vor einem Rettungsring – allein, verhalten, fast auf dem Fleck. Ihr Begleiter klatschte den Takt, er blickte drein, als tanze sie nur für ihn; doch ihr Körper verriet, sie tat es einzig für sich. In ihren Bewegungen lag etwas Fließendes, Sinnliches, ein bedingungsloser Glaube

an die Verheißungen der Welt. Wer so aussah und so alt war wie sie, der erwartete ja noch viel Köstliches. Den Hauptmann berührte der Überschuß an Lebenslust, das Ungenierte, das aus ihrem Auftritt sprach. Und plötzlich sehnte er sich nach dem Zauber jener Zeit, in der auch er so unbeschwert und voller Hoffnung gewesen war.

Aus diesem Impuls heraus applaudierte er ihr am Ende des Lieds. Es war ein Schlager der Saison, *Vamos a la Playa*, „Auf zum Strand", ein doppelbödiger Titel, der vom Ausbruch eines Atomkriegs handelte, unbemerkt von fast allen, die danach tanzten. Ein hämmernder Song, die öde Tonfolge – man konnte es kaum Melodie nennen – haftete in Wendts Ohr; so oft er sie auch noch hörte, versetzte sie ihn in den „Blauen Anker". Ganz wie Puderduft oder das Gefühl von Samt ihm die Theaterbesuche seiner Kindheit zurückbrachte. Und wie die Erinnerung an Helga, seine Exfrau, verknüpft war mit dem Lockruf der Tauben auf der Fernsehantenne vor ihrem Zimmer, in dem sie sich liebten.

Die zwei machten ihm Zeichen, da wechselte er hinüber an ihren Tisch. „Ich bin Udo", sagte der junge Mann, winkte ein drittes Glas herbei und füllte es ihm. „Das ist Jenny..."

„Christian", sagte Wendt.

Udo trug einen Vollbart, das blonde Haar wuchs ihm tief in die Stirn, seine dicken Brauen liefen in sandfarbene Büschel aus. Der Haarwuchs tarnte drei Viertel seines verwegenen Gesichts. Er sei Fischer, erklärte Udo, die Reaktion belauernd, als rechne er mit Erstaunen oder gar Geringschätzung. Und zwar der größte, fügte Jenny hinzu, der jüngste und erfolgreichste auf diesem Bodden. Udo winkte ab. „Das war einmal. Du holst nichts mehr heraus. Am einen Ende die Giftbude, am anderen das Rindvieh, die verdrecken uns das Wasser..." Über der Lehne hing seine Lederjacke. Er trug ein T-Shirt mit der Aufschrift *Rallye*, das seine Muskeln hervorhob. Jennys Kleid dagegen verhüllte die Figur, es bestand aus asymmetrischen Farbfeldern und ähnelte einem Flikkenteppich, den ein breiter Gürtel zusammenhielt. Sie war ziemlich groß und hatte etwas alkoholisch Gelöstes,

Leichtfertiges an sich. Ihre braunen Augen schimmerten bald zärtlich, bald herausfordernd, je nachdem, wen sie ansah.
„Wir feiern etwas“, sagte sie. „Merkt man uns das an?“
„Verlobung, in aller Stille?“
Sie schüttelte den Kopf. „Ach, das errät keiner... Und Sie? Etwa noch im Urlaub?“
„Nein, ich bin auf der Durchreise.“ Was er trieb, war ihnen gleichgültig, sie hatten nur Augen füreinander, auch wenn sie mit ihm sprachen, dies übrigens ganz unbeschwert.
Udo kannte nur ein Thema, seinen Beruf, wobei er es fertigbrachte, im selben Atem darauf zu schimpfen und davon zu schwärmen. Einerseits das Sinken der Erträge durch Verschmutzung, das Chemiewerk mache Dreck wie eine Großstadt, lieber zahle es den Fischern, also ihrer Genossenschaft, Schadenersatz, als daß es neue Filter einbaue. Und das volkseigene Gut habe die Wiesen überdüngt, im Winter sehe man, daß in jener Ecke kaum mehr das Wasser gefriere. Zwar, der Zander möge trübes Wasser, nur, was zuviel ist, ist zuviel... Doch andererseits, noch war man immerhin sein eigener Herr, in freier Natur, kein Tag glich dem anderen, schlug das Wetter mal um, wenn man draußen war, forderte der Job den ganzen Mann.
Jenny sagte: „Hart und schwer ist das Leben der Männer an der Küste.“
Es störte ihn nicht, daß sie ihn aufzog. „Aber ich hab’s mir ja so ausgesucht. Von klein auf wollt ich Fischer werden. Und wissen Sie auch, warum?“
„Keine Vorgesetzten? Oder die frische Luft, das Naturerlebnis?“
„Mein Großvater! Der ist mein Vorbild gewesen. Es hieß doch früher ‚die armen Fischer’, aber der hat ’ne Menge Kohle gemacht mit seiner Nase für den Fisch. Hat immer gewußt, wo und wie die Schwärme ziehen.“
„Es muß erblich sein bei euch Kerlen, das Gespür“, sagte Jenny.
„Das ist wie mit dem gewissen Etwas einer Frau...“

„... man hat's oder hat's nicht?"
„Beruhige dich, du hast es."
„Es liegt euch im Blut, seit der Steinzeit ungefähr. Das älteste Gewerbe an der Wasserkante! Gleich nach den Jägern und Sammlern."
„Der Mann ist vielseitig gewesen, so clever, das stellst du dir gar nicht vor. Fisch war spottbillig damals, damit allein konntest du nichts werden, da ging er eben ins Spritgeschäft."
„Spritgeschäft?" fragte Wendt.
„Wissen Sie, hier gab's eine Schmugglertradition seit Napoleon; später noch mit solchem Zeug wie Salz. Dann, in den zwanziger Jahren, kam das Alkoholverbot in Skandinavien. Da ist Großvater bis Schweden und Finnland geschippert, lauter schöne Flaschen an Bord. Das waren noch Zeiten. Der hat immer gewußt, was anlag, auch wenn er mal voll gewesen ist."
Erstaunt darüber, wie schnell man Bekanntschaft schloß, seinem Vorurteil zum Trotz, spürte Wendt, daß der Alkohol sich wärmend in ihm verteilte. Vermutlich, so sagte er sich, empfand nur er das Außergewöhnliche eines wohltuend raschen Kontakts. In Wahrheit war es eine der alltäglichen Situationen, in die ein Kriminalist geriet, wenn er außerdienstlich unter Menschen ging. Die beiden brauchten ihn als Echowand, als Spiegel ihres Glücks, darüber hinaus wollten sie von ihm so wenig wie er von ihnen. Es war entlastend, ja anheimelnd, einfach so dazusitzen und zuzuhören. Arglos spann Udo sein Garn, beschrieb die unglaublichen Streiche seines Großvaters, Straftaten, wenn auch längst verjährt, die er unverholen bewunderte. Ach was, Straftaten, urige Geschichten! Wendts Fehler war, überall sah er Spuren von Kriminalität oder doch zumindest Ordnungswidriges wie ein schlecht gefülltes Bierglas oder Leute, die bei Rot über die Straße liefen – als hätte sein Beruf sich tief in ihn eingefressen. Der selektive Polizistenblick, geschult in zwanzig Jahren, brachte zur Schärfe auch Verengung mit sich; in diesen Minuten ging ihm das auf.

„Schade, das ist vorbei", hörte er Udo sagen. „Sonst hätte er mich darin noch angelernt! Man muß wissen, ihm ist manches Ding passiert, nur zweierlei hat er nie gemacht: den Kutter auf Grund gesetzt und die Frau im Stich gelassen. Abgehauen ist er bloß vor den Zöllnern. Zuhaus, da war er treu wie Gold." Er sah Jenny groß an. „Das liegt bei uns gleichfalls in der Familie."
„Wie hat er den Erlös denn angelegt?" Ja, Wendt konnte es nicht lassen, nach dem Verbleib der Beute zu forschen.
„Immer wieder im Geschäft. Und ein schönes Heim gebaut, richtiges Kapitänshaus mit Ziegeldach und Bullauge auf dem Lokus... Bis dann im Krieg bei den Angriffen auf Peenemünde eine Bombe alles zerdeppert hat. Zufall, wie das Schicksal so spielt. Nur das Zeesenboot ist noch von ihm und sein Messingkompaß, den hat er mir geschenkt."
Als die zwei gingen, sah der Hauptmann ihnen nach in dem Gefühl, ihm schlage eine Tür vor der Nase zu. Sie waren so jung, so unverbraucht und voller Vertrauen in die Zukunft! Er bat um ein Zimmer, und später, in dem klammen Bett, merkte er, der Abend hatte ihn auf seltsame Art gestärkt. Etwas von der naiven Zuversicht, von der Ausgelassenheit des Paars hatte sich auf ihn übertragen. Vielleicht wurde auch mit ihm selber bald alles gut.
Zwar stimmte es, und daran hielt er fest, man konnte um so fröhlicher sein, je weniger man nachdachte und vom Leben verstand. Die beiden fragten gar nicht erst nach irgendeinem Sinn, sie lebten einfach und liebten sich, das war ihnen genug, ihr ganzes Geheimnis. Womöglich aber lohnte der Versuch, ihnen wider besseres Wissen darin zu folgen: zu handeln, als ob sein Tag noch ausgefüllt und die Welt ganz in Ordnung sei? Anstatt zu grübeln, die Wunde offenzuhalten, dem Vergangenen nachzutrauern. Bestimmt ging's ihm besser, wenn er, wie die meisten Menschen, schlicht das Nächstliegende tat, ohne das Übernächste zu kennen.
Mit diesem Vorsatz schlief er ein. Doch es war nicht so leicht, dem allen zu entfliehen. Wirre Träume suchten ihn heim, mit Irrläufen durch Korridore, in denen er auf Professor Rasmus

stieß. Der hatte Augen wie beschlagenes Porzellan, er spornte ihn an mit dem Satz, Störtebeker sei hier. Wie fast in jeder Nacht fuhr Wendt auf, pünktlich um zwei. In seinem Kopf saß ein rhythmisches Rauschen von zu hohem Blutdruck. Er nahm eine der Pillen dagegen, die ihn durstig machten und später erneut wecken würden. Zunächst tauchte er wieder in das Labyrinth der dumpf hallenden Türen. Eigentlich gab es keinen zwingenden Grund dafür, durch die Gänge zu irren; nur den einfachen Wunsch, das Ende des Traums zu erfahren.

2 Am nächsten Morgen fuhr Wendt ins Kreisamt zu Hauptmann Drews, der bisher in diesen Fällen ermittelt hatte. Drews war ein schmächtiger, blasser Mann mit scharfen Falten um den Mund, er sprach leise, etwas blechern und trank Milch, was an ein Magenleiden denken ließ. Er wies hinter sich auf das Vernehmungszimmer und deutete an, dort sei man dabei, den Unhold zu überführen, der sich an der Tramperin vergangen hatte. Drews schien viel zu beschäftigt, um es zu verübeln, daß man ihm die Cuminer Einbrüche aus der Hand nahm. Stimmen drangen durch die Tür, während er die Visitenkarte hervorzog, den Text *Karl Moor läßt grüßen,* mit dem Professor Rasmus verhöhnt worden war. Auf der Vorderseite stand in freundlichem Blaudruck der Name und die Dienstanschrift eines Ratsmitglieds des Nordbezirkes.

„Als Indiz leider unbrauchbar“, sagte Drews. „Ich hab den Mann gleich angerufen. Diese Karten wurden vor Jahren gedruckt, sie sind seitdem in vielen hundert Exemplaren bei offiziellen Anlässen verteilt worden.“

„An welchen Personenkreis?“

„Den denkbar größten: Turn- und Sportgruppen, Laienkabaretts, Folkloresänger, Tanzensembles, Modenschauzirkel, Textilgestalter, Maler, Schriftsteller und so weiter. Die haben zusammen mit einer Keramik, einer Medaille oder auch Blumen solch ein Kärtchen erhalten; anläßlich der Arbeiterfestspiele, bei den Sommerfesttagen, dem Rostocker Buchbasar oder dem Pressefest der Ostsee-Zeitung. Es sagte ihnen, daß das Präsent vom Rat des Bezirkes kam, eine Anerkennung, überreicht durch die Abteilung Kultur."

„Kultur ... Das bringt uns vielleicht weiter."

Drews schwieg, die Lippen zweifelnd herabgezogen, so daß seine Falten sich vertieften; sie liefen von den Augenwinkeln bis hinab zum Kinn. Er war nicht recht bei der Sache.

„Die Täter sind intelligent, boshaft und kunstverständig. In zwei von drei Fällen haben sie ihre Opfer verspottet und unter deren Besitz eine kundige Auswahl getroffen."

„Kundig?" Drews zuckte mit den Schultern. „Die haben sich geschnappt, was sie tragen konnten. Es gehört wenig Kunstsinn dazu, nach Tafelsilber oder Meißner Porzellan zu greifen. Was das kostet, weiß doch heute jeder."

„Aber sie nahmen auch unscheinbare Statuetten, zwei alte Bücher und kleine Ölbilder mit, deren Wert nur dem Kenner geläufig ist. Immer die Rosinen! Das Durchschnittliche blieb zurück."

„Das mag sein. Ohne es überzubewerten, denn der Zufall spielt ja öfter mit, gehen auch wir davon aus, daß es kaum Einheimische gewesen sind. Die wüßten wohl gar nicht, wohin damit, wie es zu Geld machen ... Manchmal allerdings wird auch für den Eigenbedarf gestohlen. Letzten Herbst stieg einer anderswo in so einen Bungalow ein, jemand aus Thüringen, wegen einer antiken Pendeluhr. Er hatte sie im Urlaub durch die große Glasscheibe erblickt und wollte sie bei sich selber hinhängen. Er sei Sammler, rechtfertigte er sich, weshalb sollte die Uhr nicht ihm gehören?"

„Das viele Glas führt in Versuchung. Manches liegt wie im Schaufenster da, als Anreiz zur Selbstbedienung."

„Der Fährtenhund fand das Quartier des Einbrechers, der war schon abgereist, aber das half ihm nichts. In Cumin gab's leider keine Fährten, es war in jedem Fall zu lange her."

„Bis auf das Haus Mau, da lief der Hund zum Bootssteg."

„Eine ganz vage Spur. Es ist viel zertrampelt gewesen."

„Am meisten fällt mir der Mangel an Spuren auf."
Das Gespräch versandete, zumal Drews mit seinen Gedanken weit weg zu sein schien, wohl bei der Vernehmung nebenan. Sein Mund sah aus wie ein in Klammern gesetztes Minuszeichen. Wendt stieß auf einen Widerspruch: Es sollten keine Einheimischen gewesen sein, aber bei dem Ehepaar Mau hatte man sich mit dessen eigenem Schlüssel Zutritt verschafft. Der war im Garten versteckt gewesen, regensicher in Zellophan, zwischen den Scheiten des Holzstadels, für Fremde so gut wie unauffindbar ... Wendt stand auf, er unterließ es, diesen Punkt mit Drews zu erörtern.

In Cumin fand er das Knusperhaus des Dr. Mau noch versperrt und schlenderte zum Hafen. Der lag nur zwei Minuten weg und wirkte recht verwahrlost. Das Pfahlwerk war morsch, der Kai bröckelte ab, landeinwärts schien das Bekken verschlammt zu sein, nur ein paar Fischerkähne lagen dort. Nahe dem Ausgang erst hatten zwei plumpe Kutter, krumm wie dicke Gurken, und ein zweimastiges Zeesenboot genug Wasser unterm Kiel. Das Ganze war so trist wie der Stand der Untersuchung. Was würde man schon von dem Ehepaar Mau erfahren? Kaum mehr als bei Rasmus und bei Dropsch. Falls es je eine Spur gegeben hatte, war sie inzwischen kalt ... Pünktlich zum Wochenende sah Wendt sich am toten Punkt, war er reif zum Rückzug in seine Einraumwohnung, wo ihm dann die Decke auf den Kopf fallen würde.
An einer Bude, in der ein Kühlaggregat summte, stapelten sich Fischkästen. Dahinter führte ein Tor auf umzäuntes Terrain, die Liegeplätze der Sportgemeinschaft Segeln; er fand es unverschlossen. Dieses Gelände, Zutritt verboten, sichtlich aufgeschüttet und dem Schilfrand des Boddens abgetrotzt, wirkte gepflegt, verglichen mit dem alten Hafen. Es gab Rasenflächen, Blumen in Autoreifen, geteerte Stege, einen Parkplatz vor den Bootshäusern, die in einheitlichem Weiß glänzten, ein Schwarzes Brett unter Glas. Darauf wurden den Sportfreunden eine *Leitungssitzung,* eine *Mitgliederversammlung,* ein *Arbeitseinsatz* und zwei *Geschwaderfahrten* ange-

kündigt, deren Erfolg *durch hohe Beteiligung abzusichern* sei. Es klang ziemlich schneidig und – gemünzt auf die Freizeit – auch ein bißchen furchterregend. Unterzeichnet war dies mit *Reger, Vorstand.* Wahrscheinlich neigten Segler zur Eigenbrötelei und brauchten nach Meinung des Vorstands stramme Führung. Der forsche Ton sollte wohl ihren Mannschaftsgeist beleben.

Hinter ihm fragte jemand: „Sind Sie Gast eines Klubmitgliedes?"

Er drehte sich um zu einem untersetzten, kahlköpfigen Mann im Trainingsanzug, um die Fünfzig, mit melancholisch mahnendem Blick, wulstig vorspringender Unterlippe und einer Miene, als sei er dabei, Eisenspäne zu kauen. „Nein?" bohrte der Kahlkopf. „Dann muß ich Sie bitten, das Gelände der Sportgemeinschaft umgehend zu verlassen."

Umgehend zu verlassen. Während Wendt noch überlegte, ob er gehorchen oder sich ausweisen sollte, denn ohne Ausweis glaubte dieser Mann ihm nichts, rief von den Bootsstegen her eine Frau: „Heinz, das ist Christian, der will zu mir!"

Der Glatzkopf gab ihm den Weg frei, bitter wie ein Hund, dem man einen Knochen wegnimmt. Auf dem Deck eines der Boote stand Jenny in Jeans und Anorak, verstrickt in allerlei Tauwerk und flatterndes Segeltuch, Wendt hatte sie schon an der Stimme erkannt. „Sehr nett von Ihnen", sagte er. „Sie haben mich vorm Hinauswurf bewahrt."

„Einer wie Sie läßt sich doch nicht verjagen."

„Von ihm schon. Er sieht gefährlich aus."

„Das war Reger, unser Vorsitzender. Der einzige, der hier echt für Ordnung sorgt."

„Ich verstehe ..." Die Sätze flogen hin und her wie Federbälle, mancher ging daneben; er war zu erfreut, um darauf zu achten.

„In rauher Schale ein Herz aus Stein. Er kommandiert die Kampfgruppen im Chemiewerk, das schlägt eben bei ihm durch."

„Alles klar. Kann ich Ihnen behilflich sein?"

„Verstehen Sie was davon?

„Nein. Was machen Sie mit dem Boot?"
„Na, ich takle es auf. Sind Sie noch nie gesegelt? Hätten Sie denn Lust? Es gehört meinem Vater, aber der hat keine Zeit und mir fehlt ein Mann ..." Sie zog ihn an Bord. „Draußen ist's frisch, da unten liegt eine Segeljacke, die wird Ihnen passen. Wieviel wiegen Sie?"
„Fünfundsiebzig Kilo."
„Das hilft schon. Sie müssen weiter nichts tun als in Luv sitzen – immer auf der hohen Seite."
Sie brauchte ihn als Ballast, trotzdem willigte er ein. Das Boot, gut sechs Meter lang, wirkte vertrauenerweckend, es war aus weißem Kunststoff, mit viel Mahagoni im Cockpit und der niedrigen Kajüte, sauber verarbeitet und schön lakkiert. Wendt staunte über das Tempo, die Gewandtheit, mit der Jenny an all den Enden zog, die bedient sein müssen, will man Segel setzen, Schwert und Ruder absenken und ein Boot loswerfen. Kein unnötiger Handgriff, höchst gekonnt, ja katzenhaft, es grenzte an Artistik, war Zauberei, ganz ohne sein Zutun, ohne Motorkraft legte man ab, machte schon Fahrt, glitt am Schilf entlang auf den silbrig glitzernden Bodden zu ... Er hatte das Empfinden, eine längere Reise anzutreten als eigentlich beabsichtigt, doch es war ihm nicht unangenehm.
„Südwest fünf ist angesagt", erklärte Jenny. „Haben wir aber noch nicht."
„Kann das Boot kentern?" fragte Wendt bei der ersten Bö.
„Nicht mit mir. Bei meinem Vater wär ich nicht so sicher, der fällt sogar am Steg ins Wasser, mit dem erlebt man vielleicht was! Da übertrifft ihn bloß noch Professor Rasmus mit seinem ‚Fliegenden Holländer' ... Sehen Sie mal, es geht auf vier. Ab Stärke vier laufen Schaumbahnen vorm Wind, genau aus der Richtung, woher er weht."
„Zeigt Ihnen die nicht der Wimpel dort am Mast?"
Sie schien seine Unkenntnis zu genießen. „Das ist man bloß der Wind, mit dem wir segeln. Den macht man sich zum Teil ja selbst."
„Ich verstehe kein Wort."

„Na, es ist wie überall. Man macht Wind, bildet sich was ein, und tatsächlich liegt die Sache anders. Wie heißt es doch im ‚Faust'? ‚Der ganze Segen kommt von oben, du glaubst zu schieben und du wirst geschoben.'"
Wendt sah sich um, die Bootshäuser lagen hinter ihm wie Spielzeug, das Land wurde zweidimensional, zu einem verwaschenen Band, über dem sich graublau der Himmel wölbte; noch nie war er ihm so hoch und so weit erschienen. Im Halbkreis wich Jenny einer Boje aus, die auf den Wellen tanzte. Die markiere eine Untiefe, sagte sie. Es sei der Ankerplatz von Udos Großvater gewesen, bei Flachwasser falle der beinah trocken, dann habe der Kutter auf dem Riff gesessen und freigeschleppt werden müssen.
„Es gibt hier Riffe?"
„Nur dieses eine. Es besteht aus all den leeren Flaschen, die im Laufe der Zeit bei ihm über Bord gegangen sind."
Man sah ihr nie an, ob sie scherzte. Es war amüsant, neben ihr zu sitzen. Sie ließ Wendt ein Tau halten, das Fockschot hieß, und zeigte ihm, wie sich die Böen ankündigten: in Windrichtung kräuselte das Wasser. Die eine Hand an der Pinne, die andere an dem kleinen Flaschenzug, der den Großbaum hielt, erzählte Jenny von dem Mißgeschick, das Rasmus ereilt habe, zum diebischen Vergnügen des ganzen Dorfs. Nein, sie meinte nicht das rätselhafte Verschwinden seiner Jacht damals, sondern wie die ihm kürzlich durch eigene Dummheit weggekommen war. Es klang, als pflege der Professor den stattlichen Kielkreuzer zu verlieren, so oft man ihm den wiederbrachte.
Nach Jennys Worten hatte der Generalintendant, der seine Ausfahrten wie Aufführungen zu arrangieren schien, an einem Nachmittag im Juli ein Dutzend Damen und Herren – bedeutend genug, um dessen wert zu sein – zu einer Kreuzfahrt geladen, deren strahlender Mittelpunkt er selber war. Am Abend jedoch sank sein Stern, der Wind schlief ein wie üblich, der Hafen war weit, und Rasmus gab, da sein Motor nicht ansprang, Paddel aus an die fröstelnde Schar. Die Jacht wurde zum Sklavenschiff, er stand am Ruder und

spornte die Mannschaft durch rhythmische Zurufe an. Als es dunkelte, verlor er das Ziel aus den Augen, ja jede Orientierung, und schließlich, gegen Mitternacht, lief man irgendwo sanft auf Grund. Der Professor deutete dies günstig, nun sei das Land schon nahe und watend zu erreichen. Über die Badeleiter stieg man in das düster plätschernde Wasser, es ging einem bis zum Bauch. Doch nach fünf Minuten wurde es brusttief, die im Finstern Tappenden kehrten um, lieber wollten sie an Bord nächtigen als sich in die Fluten wagen. Wer aber beschreibt ihren Schreck – sie fanden die Jacht nicht mehr vor! Der „Fliegende Holländer", seiner Last ledig, hatte sich vom Grund gelöst und trieb in einem Lufthauch geisterhaft davon, unerreichbar: Rasmus hatte es versäumt, den Anker zu werfen. Mit seinen Gästen stand er im Bodden, bis Udo auf dem Weg zur Reuse bei Sonnenaufgang die Opfer fand.
„Na ja", sagte Wendt, ganz angetan von der Art und Weise, wie sie ihm das darbot. „Wem fällt es schon ein, zu ankern, wenn man eh festsitzt?"
„Man müßte die Schiffahrt vor ihm warnen. Der Mann ist eine Unfallquelle. Er hat nicht mal den Segelschein für die hiesigen Gewässer, da ist ein Auge zugedrückt worden wegen seines ehrwürdigen Alters und der Verdienste, jaja ... Sitzen Sie bequem?"
„Auf solchem Edelholz? Könnte gar nicht besser sein."
„Das Cockpit hat mein Vater selbst ausgebaut. Er ist Tischlermeister, wenn Sie mal 'nen Sarg brauchen, kann ich ihn nur empfehlen. Särge sind seine Leidenschaft."
„Ich hoffe, das hat bei mir noch Zeit."
„Abwarten, wie Sie darüber denken, wenn erst der Wind auffrischt."
Das geschah bereits, es kam Spritzwasser über. Wendt mußte den Strick loslassen, dessen Bezeichnung ihm entfallen war; die Fachwörter erschwerten das Zusammenwirken. Von ihrem Platz aus rollte Jenny das Vorsegel ein, knatternd schlang es sich um den Draht, der vom Mast zum Bug lief. Sogleich beruhigte sich das Boot, sie hatte es völlig in der

Hand. – „Udo lacht mich aus, bis Windstärke sechs läßt er die Fock nämlich stehen. Hinter der Bülte dort müßte er sein, Cuminer Oie heißt sie." Jenny wies auf eine flache Insel, die zur Hälfte bewaldet war. Am Ufer wogte das Schilf, die Brandung sah etwas bedrohlich aus.
„Da sind Sie verabredet?"
„I wo. Er holt dort bloß seine Netze ein, bevor der nächste Sturm sie ihm verquirlt. Haben Sie schon mal ein verheddertes Netz entwirrt? Na danke."
Sie ahnte nicht, daß eben dies – Fäden zu entwirren – sein Tun ganz gut beschrieb. „Was sagt er dazu, wenn Sie mit Landratten segeln?"
„Das wird er wohl locker sehen. Schließlich, wir sind nicht verheiratet... Wie Sie es so schön ausgedrückt haben: Wozu ankern, wenn man sowieso festsitzt?"
Sie begann, die Insel zu umrunden. Vierzig Minuten vom Hafen mochte es ein Lieblingsziel der Cuminer Segler sein. Unvermutet kam der Wind von hinten und preßte das Segel an die Wante. Jennys Hände umspannten die Pinne, sie sprach nicht mehr, das Boot drohte ihr auszubrechen. Während Wendt ihr zusah, ging ihm der Sinn der Wendung *aus dem Ruder laufen* auf.
Hinter der Oie wurde es stiller. „Er ist schon weg", sagte Jenny. „Wir müssen unter Land, das Segel wechseln. Ohne Sturmsegel kommen wir nicht trocken heim." Sie kreuzte bis an den Rand einer Bucht, sprang mit dem Anker ans Ufer und hieb ihn ins Gras. Verblüffend rasch wechselte die Beleuchtung. In Höhe der Baumwipfel stand eine Regenwand, stieg schwarz empor, darunter jagten helle Wolkenfetzen, Vorreiter des Unheils mit eingelegter Lanze. In den Mastverstrebungen pfiff der Wind. Sie schafften es eben noch, das Segel zu bergen, eine Handvoll Tropfen wurde ihnen ins Gesicht gewirbelt, dann riß der Himmel entzwei, und das Wasser schoß herab.

Sie kauerten in der Kajüte, den Kopf eingezogen, zwischen sich das hochgeholte Schwert. Wieder kam Wendt das Lied vom Schifflein am Strande in den Sinn. Im Nu war das Cockpit überschwemmt, nur ein Steckschot trennte sie von der Wasserlache, in die der Regen Blasen schlug. „Tut mir leid, Christian. Mitgegangen, mitgefangen ..."

„Ist doch ganz gemütlich", log er. „Muß man eben warten, bis es aufhört."

„Es hört erst nach Weihnachten auf."

„Nach Weihnachten, wieso?"

„Da friert der Bodden zu." Aus dem Fach für Erste Hilfe nahm Jenny eine Flasche, dreijähriger weißer Cuba-Rum, halbvoll. „Versäumen Sie auch nichts, keinen Termin?"

„Am Wochenende?"

„Ich denke, bei Ihnen ist man stets im Dienst?"

„Was heißt denn ‚bei Ihnen'?"

„Sie sind doch Kriminalpolizist."

„Wie kommen Sie darauf?"

„Cumin ist ein Dorf. Man hat Sie gestern mit dem Kugelblitz gesehen, unserem ABV."

„Das wär noch kein Beweis."

„Aber Ihr Meldezettel im ‚Blauen Anker', das ist einer." Sie hob die Stimme, um das Geprassel auf dem Dach zu übertönen. „Harry Krone hat ihn mir gezeigt."

„Da steht bloß Angestellter drauf. Aber es ist ja kein Geheimnis." Wendt wollte sich die Namen merken; der Wirt hieß Krone und Leutnant Nauschütz – Kugelblitz ... Jenny hatte sich nach ihm erkundigt, was bedeutete das? Sollte er argwöhnisch oder geschmeichelt sein?

Sie gab ihm den Henkelbecher. „Also prost! Auf eine glückliche Heimkehr. Das stärkt uns dafür."

Die Becher klickten aneinander.

„Eigentlich dürften wir beide nicht", sagte Jenny. „Ich als Bootsführer und Sie im Dienst. Aber das wärmt durch ... Da sehen Sie mal, was Vorschriften wert sind."

Er kippte den Rum hinter und schüttelte sich. „Haben Sie mich deshalb eingeladen?"

„Gestern nicht, da hatten wir ja keine Ahnung."

„Und heute?"

„Heute schon, da hat's mich gereizt."
„Was – einen Polizisten zu verschaukeln?"
„Ein Stück Staatsmacht unter mir zu haben. Stellen Sie sich vor, davon hab ich immer schon geträumt."
„Sie fühlen sich als mein Chef?"
„Nach der Sportbootordnung bin ich an Bord der Boß."
„Dann hat Ihr Traum sich ja erfüllt."
„Es sieht so aus, Christian."
„Und – was befehlen Sie?"
„Zum Beispiel, daß Sie mal versuchen, mehr Freund als Helfer zu sein ... Wollen wir nicht Brüderschaft trinken?" Sie goß ihm reichlich nach. „Nur Mut, Genosse Offizier. Was soll schon passieren, mit dem Schwert zwischen uns, wie einst zwischen Tristan und Isolde?"
Es war eng, Wendt stieß sich den Kopf bei dem Versuch, über das Schwert hinweg den fremden Mund zu finden. Ihre Lippen streiften sich, er schmeckte Jennys Lippenstift, und dabei war es, als teile sich ihm in dieser flüchtigen Berührung etwas von ihrem Leichtsinn mit, dem verführerischen Schwung der Jugend. Einen Moment lang schwiegen sie, als sei etwas Unvermutetes oder leicht Peinliches geschehen. Er fragte sich, ob sie einen echten Kuß erwartet hatte. Irgendwie war er da aus der Übung.
„Übrigens, es verbindet uns noch mehr", hörte er sie im Dämmerlicht sagen. „Wir sind beide geschieden ... Gibt's von deiner Seite weitere Fragen zur Person?"
„Wo beschäftigt? Wieviel Kinder?"
„Ohne Anhang, selbständig. Modebranche, künstlerische Textilgestaltung. Das klingt stolz, man kann aber auch Heimarbeit dazu sagen. Ich nähe Boutiquekleider und Handtaschen und darf sie neuerdings ganz offiziell verkaufen. Das war's, was wir gestern gefeiert haben."
Beim nächsten Becher ging ihm das Du schon leichter über die Zunge. Es zeigte sich, daß sie noch mehr gemeinsam hatten. Wendt hatte einmal Möbelgestalter werden wollen und es bis zum Tischlergesellen gebracht, bevor er zur Fahne, zur Schutzpolizei und auf die Polizeischule gegangen war. Jen-

nys Berufswunsch, Theaterwissenschaft, hatte sich nach drei vergeblichen Bewerbungen gleichfalls nicht erfüllt. Aus der Bevormundung durch die Eltern – ihr Vater schien tyrannisch zu sein – war sie in eine Ehe geflüchtet, die auch schiefgegangen war. Zwei von den vielen Menschen, dachte er, deren Platz in der Gesellschaft nicht ganz ihren ursprünglichen Neigungen entspricht, weil es für ihr Talent einfach nicht genug Verwendung gibt, und denen es dennoch glückt, aus ihrem Leben das Beste zu machen, jedenfalls im Beruf ... Damit endete die Gemeinsamkeit, es trennten sie achtzehn Jahre, heute schon fast eine Generation.
„Mein erstes Stück gibt es noch", erzählte er ihr. „Ein runder Holzhocker steht bei mir, das andere Zeug hat meine Exfrau behalten. Trümmer nach dem Untergang. Mir hat der Platz gefehlt dafür."
Während das Gespräch weiterging in dieser Höhle aus Mahagoni und Kunststoff, war es ihm, als brächte er Jenny mit irgend etwas in Zusammenhang. Eine Gedankenverknüpfung, die sich dem Zugriff entzog, substanzlos blieb, jedenfalls nicht zutage trat ... Dann aber, als Wendt anfing, von dem Fall zu reden, der ihn hergeführt hatte und den sie soweit kannte wie jedermann in Cumin, dämmerte ihm, was es war: seine Einschätzung gegenüber dem Hauptmann Drews, das Bild der mutmaßlichen Persönlichkeit des Täters. Als intelligent, ironisch und kunstverständig hatte er Drews doch vorhin den oder die Täter beschrieben. Und jetzt – kraft jener Logik, die Teil seines Wesens geworden war – kam es ihm so vor, als treffe dies auf jemanden wie Jenny zu. Wer wie sie beiläufig Goethe zitierte oder mittelalterliche Epen ins Spiel brachte, dem war auch Karl Moor aus den „Räubern" nicht fremd.
„Woran denkst du?" fragte sie. „Jagt dein wacher Geist inzwischen wieder den Verbrechern nach?"
„Hm, ja. Ich stelle mir gerade den Tätertyp vor."
„Wie sieht es aus, das Phantom dieses Unbekannten?"
„Es hat eine flüchtige Ähnlichkeit mit dir."
„Ach, mit mir? Ist das dein Ernst? Der soll so lieb und char-

mant sein wie ich?"
„Äußerlich können Täter harmlos sein, so brav wirken, wie wir zwei es sind. Ich meine den Charakter, den Kern."
„Meinen Kern, den kennst du doch gar nicht." Ihre Stimme klang härter, leicht aufgebracht, ihr Gesicht war in der Dämmerung kaum zu erkennen. Immerhin, sie fing an, sich zu wehren.
„Ein wenig schon ..." Wendt ließ sich das auf der Zunge zergehen. Eben erst hatte sie ihn genüßlich enttarnt, Katze und Maus mit ihm gespielt, jetzt zahlte er's ihr ein bißchen heim.
„Unterschätze nicht die Berufserfahrung! Du weißt, wie man ein raffiniertes Kleid zuschneidet, Udo weiß, wo der Fisch steht, und ich wittere eben, wo ein Tatverdacht möglich ist."
„Bei mir etwa? Ich bin dir verdächtig? Asozial und kriminell, meldet das dein Instinkt? Na gut. Wo sind die Handschellen, Genosse? Komm schon raus damit!"
„Lieber erst, wenn wir wieder im Hafen sind."
„Nein, da fällt die Rückfahrt aus. Bleib auf der Oie und spiel Robinson, bis der Bodden zufriert."
„Das verschlimmert deine Lage, es erfüllt den Tatbestand der Nötigung. Also du zwingst mich unter Androhung von Nachteilen für Leben und Gesundheit, einiges zurückzunehmen?"
„Alles! Du nimmst alles zurück."
„Immer langsam ... Sieh mal, von Natur aus sind wir doch zu manchem fähig. Du zum Beispiel bist leichtsinnig, impulsiv, ein wenig boshaft. Von daher hättest du's am Ende fertigbringen können, das sagt mir mein Gespür. Aber leider fehlt dir offenbar ein durchgehendes Tatmotiv."
„Du hörst mich aufatmen."
„Nur für Rasmus hättest du eins. Auf den bist du sauer, weil er ein großes Licht ist am Theater, wo du selber nicht angekommen bist. Hast du mal mit ihm zu tun gehabt oder es an seinem Haus versucht – vergebens versucht? Du nennst ihn immer ‚Generalintendant', mit aggressivem Unterton!"
„Es reicht, Christian. Mir wird das unheimlich. Es scheint,

du bist ehrgeizig, ein ganz beklemmender Typ, eine Art Kopfjäger, ist dir das klar? Du selber hast einen schlechten Kern, bist voller Angriffslust oder tust doch so. Gehörst du zu denen, die es freut, so lange zu bohren und zu basteln, bis eine Beweiskette sich schließt, die nur in ihrer Einbildung besteht? Macht man so bei euch Karriere?"

„Kaum. Ich hab's auch nur bis zum Hauptmann gebracht."

„Und das genügt dir nicht. Vielleicht suchst du den Erfolg um jeden Preis, willst überführen, egal, ob einer schuldig ist oder nicht."

„Dann wär's ja kein Erfolg. Du widersprichst dir selbst. Sieh mal, ein Unschuldiger legt grundsätzlich kein Geständnis ab. Die Indizien müßten, ohne ein Geständnis, wasserdicht sein, damit es überhaupt zur Anklageerhebung reicht. Wie aber sollten sie das im Falle der Unschuld?"

„Ist alles schon dagewesen. Es gibt genug Filme, die genau das zeigen!"

Sie sprach jetzt ernsthaft und mit Nachdruck. Wendt lauschte ihren Worten, verdutzt darüber, wie heftig, ja betroffen sie reagierte. Er merkte, der Regen hörte auf, es nieselte bloß noch. Im Schwertkasten gluckerte das Wasser, es rann auch aus dem Abfluß am Heck, das Trommeln des Wolkenbruchs hatte diese Laute überdeckt. Wellen klatschten, in dem Bootsrumpf wurde ihm allmählich übel, wie immer, wenn sein Blick auf einem schwankenden Schiff ohne festen Bezugspunkt blieb. „Filme", sagte er. „Aus dem Westen natürlich ..."

Jenny antwortete ihm nicht. Hatte er's mit ihr verdorben? Sie stichelte doch selber gern, wieso ritzte sein Gerede ihr die Haut? Er bluffte ja nur, sah sie keine Sekunde im Kreis der möglichen Täter. Wäre es so gewesen, hätte er keinen Verdacht geäußert, auch nicht im Spaß, sondern sie nach allen Regeln der Kunst in Sicherheit gewiegt, um der Sache auf den Grund zu gehen. Sie hatte nichts damit zu tun. Gerade das Unbekümmerte, Impulsive und Warmherzige an ihr widersprach der routinierten Planmäßigkeit, mit der man vorgegangen war und sich von Mal zu Mal mehr griff ... Zwar

blieb ein vages Empfinden, als wisse sie in irgendeiner Hinsicht mehr, als habe sie da eine Vermutung, die sie für sich behielt – etwa einen Mann betreffend, den sie schützen wollte. Trotzdem wurde es Zeit, das Thema zu beenden. – „Filme von drüben! Die zeigen so etwas, weil es dort vorkommt und im Kino schön unterhaltsam ist."
„Und bei uns kann's nicht vorkommen?"
„Nein, Jenny. Mir ist kein solcher Fall bekannt. Und was diesen hier betrifft, da stehe ich erst ganz am Anfang."
„Keine Bange, du schaffst das schon, bei deiner Tüchtigkeit."
„Das ist diesmal gar nicht leicht." Tastend fügte er hinzu: „Na, vielleicht entschließt sich noch jemand, mir zu helfen, mit 'nem kleinen Fingerzeig."
„Soll das ein Appell an mich sein?"
„An den Bürgersinn ganz allgemein."
„Tut mir leid für dich, Christian." Jenny kroch ins Freie, als werde es ihr in seiner Gegenwart auf einmal zu eng, sie spähte zum Himmel und bat um den orangefarbenen Segelsack, der das Sturmsegel enthielt.
„Falls du absolut nicht klarkommst", sagte sie beim Auftakeln auf dem klatschnassen Deck, „und die Vorgesetzten quengeln und du hast die Nase voll von deinem Job, bei meinem Vater könntest du jederzeit anfangen. Er kann sich vor Aufträgen nicht retten und sucht händeringend einen Gesellen."
„Aha; das beruhigt mich."
„Auch der PGH am Ort fehlt übrigens ein Tischler. Der letzte hat sich abwerben lassen von einem Gästehaus, wo er den Hausmeister macht für deine Genossen, jaja, ein warmes Plätzchen … Aber Holz, das ist doch ein wunderbarer Stoff! Formbar und wohlriechend, eben sauber, ganz im Gegensatz zu deinen Beschuldigten, wenn sie sich die Angst und die Schlechtigkeit ausschwitzen. Du, als Handwerker lebt man ruhiger, bedenk das mal, ist ein sehr geschätzter Mann, und die Kohlen stimmen auch."
Es klang, als sei sie dabei, ihm zu verzeihen, daher erwiderte

Wendt im gleichen Ton: „Sollte der Fall hier unlösbar bleiben, komme ich vielleicht darauf zurück."

Gut, dachte er, daß mein Arbeitsgruppenleiter mich nicht hört. Major Fink war ein Mann, der Pflichterfüllung und Prinzipienfestigkeit besonders groß schrieb. Erst kürzlich hatte er aus gegebenem Anlaß einen jungen Kriminalisten dahingehend belehrt, daß es zwar Straftaten geben könne, die innerhalb der gesetzlichen Bearbeitungsfrist nicht zu klären seien – aber keine unlösbaren Fälle. Grundsätzlich war und blieb jede Straftat aufklärbar. Nur nicht lockerlassen! Mit dem nötigen Quantum an Energie und Ausdauer kam beim heutigen Stand der Kriminalistik alles einmal ans Licht.

3 Die Dämmerung sank, als Jenny Franke auf das Sommerhaus zuging, das sie seit ihrer Scheidung alltags allein bewohnte. An den Wochenenden teilte sie es mit den Eltern, Harald und Christel Blom. Die hatten dank einer Sondergenehmigung auf einem bis dahin freien Fleck der Feriensiedlung vor Jahren noch bauen dürfen. Und nun war es ihr Heim, ihr eigener Zufluchtsort geworden.

Was für ein Tag! Nach der gewagten Rückfahrt, dem Ankreuzen gegen die steife Brise, gegen spitz einfallende Böen und dem Anlegemanöver mit einem Nichtsegler als Fockschotmann war Jenny abgekämpft, trotzdem zufrieden wie nach jedem draußen verbrachten Tag. Drinnen im Körper schnurrte es vor Wohlbehagen. An Land schien der Wind warm und weich zu sein. Ihr war, als nähme sie ganz intensiv den Duft von Gras, Herbstblumen und feuchter Erde wahr. Mehr brauchte sie nicht ... Wie konnte eine Landschaft mit so blassen Farben derart sättigend sein? Sie spürte und dachte: Dies hier, die ewige Natur – Wolken, Bodden, Sträucher und Gras – ist viel wichtiger als alles, was momentan mein Leben ausmacht; wichtiger als kleiner Ärger, kleine Freuden, als das, was die Gedanken manchmal, im Augenblick der Selbstbesinnung, zu einem harten Geflecht verknäuelt. Sogar die Weltereignisse versanken da, ähnlich den Resten des gesprengten Bunkers draußen am Meer. Was besagten schon Schlagzeilen und Nachrichten beim Anblick einer Wasserfläche, die immer dagewesen war und sich noch in Jahrtausenden dort kräuseln würde?

Christian Wendt hatte im „Blauen Anker" ein Abendbrot mit Grog spendiert, ohne weitere Vertraulichkeit. Obschon dies normal gewesen wäre. Denn er mußte doch merken, daß er ihr als Mensch gefiel, trotz seines störenden Berufs. Und ein Törn auf den Wellen unter Sturmsegel und Spritzwasser besiegelte ihrer Meinung nach jede Brüderschaft. Aber alles, wozu er sich durchrang, war der Trinkspruch „auf unseren Sieg über die Elemente" gewesen. Vor dem Knusperhaus des Ehepaars Mau hatte er sich von ihr verabschiedet, nur weil dort das Licht anging. Dies reichte hin, ihn wieder in den Zustand der Dienstbereitschaft und Pflichterfüllung zu versetzen.

Doch was hieß bei ihm „wieder"? Im Grunde hörte Christian nie auf, Polizist zu sein, Ordnungshüter nicht bloß von Berufs wegen, sondern von Natur aus. Dieser feste Kern, der sich unter allerlei Späßen verbarg, hatte sie wider Willen beeindruckt und auch gereizt: ihn mal aus der Ruhe bringen, aus der Reserve locken! Mit Christian in Fühlung bleiben, durch ihn erfahren, was die Kriminalpolizei tat – die Idee kam ihr, als sie vor der Ligusterhecke stand, über der sich spitzgieblig das Haus erhob.

Unter dem Fittich des Behelfsdachs der Citroën ihres Vaters, schön poliert, auf grauweißen Kieselsteinen, umkränzt von Rasen, den er immer ganz kurz hielt, sein Stolz. In England, so hatte ihr ein alter Freund erzählt, der Hockey-Star gewesen war, Olympiakader, in England konnte man solchen Rasenteppich rollenweise kaufen, vom laufenden Meter. Und in Amerika sei der auch aus Plastik lieferbar, pflegeleicht.

So oft sie eintrat, noch immer roch es nach Nadelholz oder noch edlerer Natur. Bis auf das solide Bruchsteinfundament war das Haus aus Holz, eine sogenannte Finnhütte, viel

Komfort auf fünfzig Quadratmetern. Gegenüber dem Nachtstromofen (dem letzten, der im Dorf genehmigt worden war) hatte ihr Vater einen Kamin gesetzt und auch sonst sämtliche Klischees schöneren Wohnens erfüllt. Das Erdgeschoß in hellem Ahorn, fein gedrechselt und verfugt. Der Raumteiler, eine chinesische Landschaft mit Vögeln; dahinter eine Speisebar, viersitzig, und die Mini-Einbauküche. Auf rehfarbenem Spannteppich die Couchgarnitur, mit Kord bezogen, und der japanische Farbfernseher. Unter der Glaswand Mutters Blattpflanzen, der Gummibaum, die kleine Palme, wiederum in Holzgefäßen aus Vaters Hand.

Jetzt saß er vorm Bildschirm und drehte sich, da die Sportsendung lief, kaum nach Jenny um. Der unvermeidliche Korn und zwei leere Bierflaschen standen neben ihm. Nach seinem Willen hieß das Haus „Sendepause", doch er sah hier nicht weniger fern als daheim in N.; in puncto Namensgebung bewies Harald Blom einen etwas peinlichen Humor. An der Toilettentür das Schild „Notausgang", die Lettern hübsch eingebrannt, und überm Ehebett im Oberstock hing ein Spruch, demzufolge *der Aufenthalt unter schwebenden Lasten verboten* sei. Jennys eigene Zimmertür dort oben trug die Aufschrift *Happyness is being single* – Glücklichsein heißt ledig sein.

Die Mutter kam um den Raumteiler herum aus der Küche, eine rundliche Frau von Mitte Vierzig, Jenny umarmte sie und wurde gleich gefragt, wo sie denn gewesen sei, sie wisse doch, daß man sich um sie sorge, Vater habe das Boot am Steg vermißt. Sei wenigstens Udo mitgesegelt?

„Nein, aber ihr müßt euch nicht ängstigen. Ich hab an der Oie das Wetter abgewartet, das Boot hat nicht die kleinste Schramme."

„Allein warst du draußen?"

„Ein Hauptmann der Kripo ist mitgekommen."

„Was will der denn von dir?" fragte Christel Blom ziemlich schrill.

„Gar nichts. Er versucht, die Einbrüche aufzuklären."

„So, was geht dich das an? Ach Jenny, wie leichtsinnig wieder!

Das Wetter, und dann der Eindruck hier im Dorf, wo du gerade erst geschieden bist … Und was soll Udo Tidemann eigentlich von dir denken?"
Der Vater rief, ohne das Bild aus dem Auge zu lassen: „Gebt ihr wohl Ruhe? Kaum ist Jenny da, geht das Gequassel los."
„Wenn nur die Glotze läuft", sagte sie.
„Wir haben mit dem Kaffee auf dich gewartet, jetzt will auch ich mal ungestört sein."
„Du hast nie Zeit für mich. Da gibt's nur eine Lösung, ich nehme eine Rolle beim Fernsehen an. Wenn ich dann auf dem Bildschirm bin, kriegst du mich wenigstens mal wieder zu sehen, ohne die Mühe, dich umzudrehen."
Harald Blom drückte den Ton auf der Fernbedienung aus. „Ein starkes Stück, zu segeln bei dem Wind. Was hätte nicht alles passieren können! Immerhin ist es mein Boot, ein Wert von dreißigtausend Mark, das will erst mal erarbeitet sein!" Er stemmte sich hoch, kam auf sie zu und unterstrich jeden Satz mit einer Handbewegung, die aussah, als hacke er Holz.
Ein Hauch von Bier und Schnaps schlug ihr entgegen, wie oft hatte sie Mühe, ihren Vater ernst zu nehmen. „Du und dein Eigentum! Leiste was, dann haste was, und haste was, dann biste was, nicht wahr?"
„Allerdings. Du dagegen, du darfst dir vieles leisten, ohne viel zu leisten – brauchst gar keinen zu fragen, alles steht dir zur Verfügung! Aber das kann sich ändern, jederzeit."
Jenny legte die Schlüssel zur Kajüte, zu den Backskästen und zum Bootshaus vor ihn hin. „Bitte, ich nehme dein Boot nicht mehr."
„Ah! Jetzt am Ende der Saison! Das könnte dir so passen. Es war vereinbart, du bringst es mit deinem Udo in den Schuppen, ja?"
„Das ist noch vier Wochen hin. Bis dahin segle lieber selbst, es täte dir gut, wär entschieden besser, als wenn du immer bloß rackerst, um dann sanft unter Alkohol auf all dem Zeug zu sitzen, was du angeschafft hast."
„Jenny, hör auf, du tust Vater unrecht."

Wie üblich riß die Debatte an dem Punkt ab, wo sie wesentlich wurde. Christel Blom trat dazwischen, zog Jenny zur Treppe, schob sie hinauf. „So darfst du mit ihm nicht reden, Kind, du verdirbst uns das ganze Wochenende. Zank und Streit, meinst du wirklich, wir haben das verdient?"
„Du nicht, Mutter, du leidest ja auch unter ihm. Wie lebt ihr denn, ihr zwei? Dich nimmt er doch kaum noch wahr. Schön, er geht wenigstens nicht fremd und erfüllt dir beinah jeden Wunsch ..." Sie langten am Ende der Treppe auf dem winzigen Podest an, wo ein Blumenaquarell und ein geknüpfter Wandteppich, einen Tulpenbaum darstellend, um Platz rangen; beides Handarbeiten von Frau Blom.
„Pst", machte sie, klinkte die Tür mit dem Schild *Happiness is being single* auf und hastete treppab, um ihren Mann zu besänftigen. Und so blieb der Rest wieder ungesagt – daß die Bloms wie stumm nebeneinanderher lebten, weil Harald seine Christel, die er einmal geliebt haben mußte, zwar nicht mit Weibern, aber mit seiner Arbeit und der Flasche betrog; daß sie eher aus Gewohnheit oder Bequemlichkeit zusammenblieben. Fleißig sorgte er für sie, und sie machte es ihm schön gemütlich; ein weit verbreitetes Arrangement.

Die Liege stand am Fenster, bedeckt von einer handgewebten Schafwolldecke. Jenny streckte sich seufzend darauf aus. Nach Sturmfahrten hatte sie stets den Eindruck, der Boden schwanke unter ihr, wie das Boot in den Wellen. Noch war es nicht ganz finster, hinter dem winzigen Balkon wußte sie den Bodden, acht Kilometer geschmolzenes Blei, dramatisch überwölbt von dem wilden, endlosen Himmel. Das klare Blaurot der Wolken, charakteristisch für arktische Luft. Ein lila Schaumstrom, wohl der Rest eines Kondensstreifens, wies zum Festland, wo die Lichter der Kreisstadt funkelten. Bei Nordwind schien N. einem greifbar nahe, und doch war es gut eine Stunde dahin mit dem Boot.
Was Jenny ringsum mehr ahnte als sah, das war nun ihr Reich: Die silbernen Kerzenhalter auf den Regalen neben verspielten Kleinigkeiten wie Minivasen und Puppengeschirr aus

Zinn aus Urgroßmutters Zeiten, auch die gestickten, applizierten oder gewebten Bildchen in altmodisch runden Holzrahmen an der Dachschräge; die elektrische Nähmaschine, auf der sie Boutiquekleider und Ledertaschen nähte; der gedrechselte Tisch mit der runden Messingplatte und den eingravierten Tierzeichen; die blütenförmige Bleiglaslampe in Brauntönen; die Wiener Kaffeehausstühle. Das Vertiko voll hübscher Gläser und Kunstbände war, wie fast all ihr Mobiliar, an die achtzig Jahre alt ... Ja, sie verspürte Nestwärme und war zugleich beschämt. Denn immerhin, diese Dinge gehörten ihr, wenig genug hatte sie selber erarbeitet, das meiste verdankte sie den Eltern. Hätte sie denen nicht unten Blumen hinstellen sollen, wie sie es den Sommer über getan hatte?

Sie zündete zwei Kerzen an. Ihre Gedanken schweiften zurück, als folgten sie dem Schaumstrom, der sich fern überm Festland im Abenddunst verlor. Ihr Leben war meistens bunt gewesen, sie hatte das Zeug dazu, es zu genießen, der Langeweile aus dem Weg zu gehen. Wenn ihr auch manches mißglückt war, wie ihre Studienbewerbung oder die Ehe mit Ronald Franke, genannt Jack, in die sie hineingeschlittert war, auf der Flucht vor der Abhängigkeit vom Elternhaus. Nie wieder! Auch nicht mit Udo, der sie echt liebte, ihr schmeichelhaft den Vorzug gab, obwohl er während der Saison praktisch jede haben konnte ... Und der ihr gleichfalls etwas bedeutete: muntere Männlichkeit, lockende Verkörperung eines bestimmten Typs jungenhafter Frische und physischer Kraft; das urtümlich Umherschweifende des Jägers und Sammlers ... Wieso aber spukte dann der halbe Tag mit Christian so beharrlich in ihr? Dieser Fanatiker der Ordnung, ein ihr innerlich doch fremder und soviel älterer, nicht mal segelkundiger Mann. Das Bild des Offiziers – durchaus kein schöner Mensch – saß lästig in einem Winkel ihres Kopfes fest.

Anders als all die jungen Burschen ein richtiger Mann, das mochte es sein. Oder das Kontrastprogramm. Erstaunlich, sie hatte ihn verleitet, mit ihr Brüderschaft zu trinken, ohne daß er es auszunutzen suchte dort im Schilf der Oie. Seine Zurückhaltung fiel aus dem Rahmen. Jeder jüngere wäre zu-

dringlich geworden, spätestens, als der Wind abflaute. Denn die erotische Revolution, die Befreiung der Frau, war nach ihrer Erfahrung eine Farce, die machte einen eher zum Freiwild, zur Beute. Irgendwie nahm der Druck da zu. Als ihre Mutter jung gewesen war, konnte man als Frau einfach „nein" sagen, ohne das Gesicht zu verlieren. Heute war es fast so weit gekommen, daß man schon als zickig oder gar als lesbisch galt, wenn man sich nicht, kaum gefragt, bereitwillig hinlegte.
Vielleicht war er ja schüchtern oder schlicht aus der Übung. Hätte der Genosse Hauptmann freilich geahnt, wer ihm da das Du anbot, wäre er am Ende davor zurückgewichen wie ein preußischer Beamter beim Anblick von Bestechungsgeld. Gelegentlich hatte Jenny nämlich schon mal das Gesetz mißachtet, die spießige Ordnung der Väter, all der braven Bürger. Schon mit sieben Jahren hatte sie angefangen, Dinge wie Kaugummi statt in den Einkaufskorb unbemerkt gleich in den Beutel zu tun oder Mutters Geldbörse kleine Münzen zu entnehmen, um sich Lutscher oder Zopfhalter zu kaufen, erster Schmuck in Form von Blüten, Schmetterlingen oder Marienkäfern. Nie war das herausgekommen. Als Teenager fand sie es dann schick, in fremden Gärten Blumen zu pflücken, auch Schoten und Erdbeeren. Das imponierte den anderen, die solche Mutproben scheuten. Einen Klassenkameraden hatte sie dazu angestiftet, mit ihr vier Bierfässer zu klauen, als Sitze für den Fetenkeller. Beim Rumpeln der leeren Fässer auf dem Abstellplatz der Brauerei schlug ein Hund an, der Nachtwächter tappte herbei ... Allein hob sie das letzte Faß auf den Hänger, im Hauch der Gefahr, während ihr Kumpel am Lenkrad vor Angst verging; was ihn nicht hinderte, dann den Helden zu spielen.
In ihre Tanzstundenzeit fiel ein Tun, dessen man sich nicht mehr rühmen konnte. Bei Hochbetrieb nahm sie im Kaufhaus mal einen Rock, mal eine Bluse mit; man achtete ja kaum auf Jenny, wenn sie zwei, drei Sachen zum Anprobieren mit in die Kabine nahm. Die Kleidungsstücke, die auf Bügeln hingen, gab sie der Verkäuferin zurück, nachdem sie den Bügel des entwendeten Stücks hinter den Stoff der Kabinen

wand geschoben hatte. „Ich kann auf alles verzichten", sagte sie damals gern, „außer auf ein bißchen Luxus." Ihr Sinn für wirklich oder scheinbar Widersinniges amüsierte die anderen und trieb ihre Lehrer zur Verzweiflung. Sie merkte sich Sätze wie: „Hier muß sich vieles ändern, damit alles beim alten bleibt" (aus dem „Leopard" von di Lampedusa) und hielt damit den Unterricht auf. Paradoxie war die Würze des Lebens.

Ein Jahr nach dem Abitur, im Centrum-Warenhaus, hätte man Jenny um ein Haar gefaßt. Ihr Geld reichte nicht mehr für ein jugoslawisches Kleid in der Jugendmode, doch es stand ihr und paßte wie angegossen. Es gab drei Farbvarianten, sie probierte alle aus. Ihre Freundin wartete vor der Kabine, Jenny bat sie, schon vorauszugehen in die Stoffabteilung, und reichte ihr einen Faltbeutel heraus, der ihr selber angeblich jetzt lästig sei. In dem Beutel lag, unter ordentlich verpackten Einkäufen, zusammengeknüllt das Kleid. Über dem jähen Entschluß aber hatte Jenny versäumt, den dritten Bügel verschwinden zu lassen. Er wurde prompt entdeckt, doch schlagfertig sagte sie, der habe schon dagehangen, als sie hineingekommen sei. Die Verkäuferin freilich glaubte sich zu entsinnen, ihr drei Modelle gegeben zu haben. Sie rief die Abteilungsleiterin. In deren Büro wurde Jenny ergebnislos durchsucht, die ganze Zeit fiebernd vor Angst, ihre Freundin könne zurückkommen, ahnungslos, sie entlarven und selbst in den Fall verwickelt werden.

Am Schluß entschuldigte man sich bei Jenny. Sie war noch einmal davongekommen. Seit jenem Tag – vier Jahre schon lag der zurück – hatte sie nie wieder in Kaufhäusern zugelangt, nie wieder aus Lust am Besitz schöner Dinge das geringste gestohlen. Es war ihr eine Lehre gewesen. Inzwischen mußte der Diebstahl wohl verjährt sein ... Und doch, und doch! Das Triumphgefühl, das damals ausgeblieben war, kürzlich hatte sie's erneut verspürt.

Draußen sank die Nacht herab. Während Jenny auf der Schafwolldecke lag, die noch immer leicht zu stampfen schien, fiel

ihr das Hafenfest vom Juni ein. Früher hatte die Cuminer Jugend da am Strand ein enormes Sonnenwendfeuer entfacht, das aber aus Sicherheitsgründen untersagt worden war ... Der alte morsche Hafen liegt dennoch strahlend da, die Sport- und Fischerboote sind über die Mastspitzen hinweg mit Lampions und Fähnchen geschmückt, der Klub hat sich ein Bein ausgerissen, von weitem schon riecht es nach Bratwurst. Der Festplatz am Nordufer ist mit Tauen abgesperrt, vorm Einlaß hängt Kugelblitz herum, der Sheriff. Wie üblich rohe Tische und Bänke, das improvisierte Bierzelt, Krones Grill und Regers Mannen vor der sogenannten Tanzfläche, weit über hundert Menschen, Urlauber und Einheimische ... Jack mit seinem Hundeblick an ihrer Seite, sie hat die Scheidung eingereicht, nächste Woche ist Versöhnungstermin, da macht er sich wohl noch Hoffnung.
Als der Tusch ertönt zur unvermeidlichen Eröffnung, sieht sie Udo Tidemann und verspürt tief im Hals eine Art Ziehen. Statt seines verfilzten Pullovers, in dem er immer auf Fang ausfährt, trägt er ein T-Shirt mit grüngelbem Emblem, in den Farben Brasiliens, vielleicht noch aus der Zeit der Fußball-Weltmeisterschaften. Doch dann liest sie die Aufschrift „Rallye", nicht minder lächerlich, wenn man gar kein Auto hat. Was sie fesselt, ist das plastische Spiel seiner Muskeln. Das Gesicht kommt ihr ledern vor, durchschnittlich, bis auf die Augen. Die sind ein bißchen schräg, frech und durchdringend mit ihrer scharf umrandeten Iris. Ein harter Mund, an den er da die Bierflasche hebt, starke Zähne und ein Vollbart, wie ihn beinah jeder unter dreißig hat. Udo, weiß sie, ist ein armer Hund, aber darauf kommt es ihr nicht an.
Stille, bis auf die Frösche im Schilf. Liebe Sportfreunde, Bürger und Gäste von Cumin, ruft Heinz Reger etwas schnarrend von einer Kiste aus über die Köpfe der Musiker, die ihm Gehör verschafft haben. Als Vorsitzender der Sportgemeinschaft Segeln begrüße ich euch zu unserem traditionellen Hafenfest und lade ein zum Tanz im Freien. Wir haben ein Trio der Grenzbrigade Küste gewinnen können, es wird uns mit flotten Seemannsliedern in Stimmung bringen. Für das leib-

liche Wohl ist auch gesorgt, zur Auswahl stehen Kesselgulasch und gegrillter Zander …
Jenny merkt, es läuft wie geschmiert, Regers Stimme trägt ohne Mikrophon, die Sätze formen sich ihm von selbst. Seit dreißig Jahren hält er Ansprachen, knapp markig, womöglich humorgewürzt. Nur wenn's mal gilt, Peinliches zu berühren, wie auf der letzten Mitgliederversammlung, unterlaufen ihm Versprecher („Liebe Mistglieder, es sind Dinge zum Vorschwein gekommen, die empören …"). Den Betriebsschutz im Chemiewerk hat er aufgebaut, nach seinem Ausscheiden bei der Bereitschaftspolizei. Die halbmilitärische Laufbahn hat ihn offenbar Besonnenheit gelehrt – immer etwas weniger sagen, als man weiß. Mehr sein als scheinen, Autorität schimmert durch, weniger Lust an der Machtbefugnis als ein Ansehen, das sich auf Organisationstalent stützt. Jenny kennt verschiedene Herrschertypen (ihren Vater, den einstigen Sportlehrer, Trude Mau, Professor Rasmus), Reger ist der erträglichste. Er hat eben Persönlichkeit. Auch hier, wo er kaum noch befehlen, wenig erzwingen kann, bleibt es still, solange er spricht. Nur die Grillkohle zischt, wenn Harry Krone seine Bratwürste mit Bier bespritzt. Reger badet natürlich in soviel Aufmerksamkeit. Man überläßt es ihm, den Laden zu schmeißen. Jenny weiß, sie hat bei ihm einen Stein im Brett – wie bei manchem, der ihr nachschielt.
Ein Dankeschön unseren jungen Seglern, sagt er, die fleißig dabei gewesen sind, all das auf die Beine zu stellen … Die Gruppe um Freddy Holm, den Diskosprecher, prostet ihm zu. Regers Hände dampfen, Spaß muß sein, Zwischenrufe stören ihn nicht. Er hat ein weites Herz. Manchmal nur wird er dünnhäutig, klagt über mangelnde Einsatzbereitschaft. Es fehlt ihm an Unterführern, an helfenden Wachhunden. Da hofft er dann auf Harmonie, auf stumme Übereinkunft. Die Liebe zum Wasser verbindet sie alle. Aber Segler sind Einzelgänger, sondern sich ab, werkeln im Bootshaus, bilden Cliquen. Oft rauscht jeder in einen anderen Winkel des stattlichen Reviers. Wer es schafft, die Brüder dreimal im Jahr zusammenzufassen, der kann sich schon gratulieren; das

schwingt mit in seiner Rede.
Beifall. Reger steigt ab, hat es schmissig gestartet, nun geht er ins Bierzelt, nimmt den Ausschank in die Hand. Er ist sich nicht zu fein dafür, nimmt es auch hin, wenn ein bißchen gelästert wird. Auf deine Karriere, Heinz, sagt Jenny zu ihm, als sie ihren Wodka kippt: vom Bataillonskommandeur zum Budiker. Reger grient, ihn kann nun, da es flutscht, selbst ein falscher Dienstrang nicht erschüttern. Es ist, als verkörpere er die Sehnsucht des deutschen Menschen nach Übereinstimmung, nach gemütvollem Konsens. Er blickt ihr nach, guckt zu beim Tanz – manchmal stampft da wer in ein Loch oder stolpert über die Zeltverzurrung – und baut auf jene Gemeinsamkeit, die er sich stets wünscht. In seinen Augen erwächst jetzt aus den Einzelgängern die vielbeschworene Gemeinschaft. Jenny hat ihn studiert, als dürfe sie solch eine Figur irgendwann einmal auf die Bühne bringen. Jeder Mensch hat ein Leitbild, und sie meint, seines zu kennen: Drei Dutzend Boote hat der Klub, besser, es gäbe nur eines, ein Schiff für alle, groß wie die „Wilhelm Pieck". Dann wär's vorbei mit dem Individualismus! Doch leider, die Boddengewässer sind mit knapp zwei Meter im Schnitt viel zu flach für ein Schulschiff unter seiner Leitung.
Jenny hat zwei Runden getanzt, damit man sie sieht, sogar Walzer mit den Älteren. Sie hat auch Reger nicht grundlos angepflaumt; all das ist gut fürs Alibi. Nun wird es Zeit, sich abzusetzen. Tun sie's nicht bald, ist hinten am Kutter Betrieb, und Jack wird einen sitzen haben, er trinkt zu hastig aus Nervosität. Brav folgt er ihr zu der Schlange vor Krones Grill und kann nicht am Sheriff vorbei, ohne zu zeigen, wie kaltblütig er ist. Haben Sie auch schon gekostet, fragt er, oder verbietet das der Dienst? Der mann muß sein Gewicht halten, ruft jemand, sonst fängt er keinen mehr... Eben setzt Krone den zweiten Grill mit Spiritus in Brand, die Flamme schlägt hoch, und Nauschütz mahnt: Vorsicht, da kann was passieren. Bei soviel Wasser ringsrum? fragt Krone. Das Gras ist reichlich trocken, sagt der Kugelblitz. Achtung, wird in der Schlange gemurmelt, hier spricht die Volkspolizei, das Gras ist reichlich trocken.

So trocken wie meine Kehle. Es kann was passieren, Harry. Du bist doch für Ordnung und Sicherheit?
Am stillen Nordende, wo sich bald Pärchen herumdrücken werden, liegt der Kutter, unbeleuchtet. „Du kannst nicht treu sein“, spielt das Trio, als Jenny übersteigt. Die Planken riechen nach Fisch und Teer, am Heck turnt Jenny in das kleine Beiboot, das sie frühmorgens schon dort festgemacht hat. Der alte Segelsack steckt noch unter der Ruderbank, leer bis auf zwei Paar Handschuhe. Sie wirft die Leine los, stößt das Boot ab, Jack treibt es lautlos am Schilf entlang, aus dem Lichtkreis der Lampions. Dann dreht er von der Schilfwand weg, kreuzt die Hafeneinfahrt. Ein Lied folgt ihnen, der Akkordeonspieler singt ins Mikrophon: In deinem Herzen hast du für viele Platz ... So schluchzend, daß es schon wieder fetzt.
Grau kommt ihnen das Südufer entgegen, das Wasser wispert im Schilf. Eine Gasse, schwer erkennbar, führt zum Grundstück von Dr. Alfred Mau. Der ist ein hohes Tier im Kulturbund, seine Frau, diese Schachtel, leitet das Kreiskabinett für Kulturarbeit, beide sind in Jugoslawien. Persönlich betreut Trude Mau die Keramik- und Zeichenzirkel des Kreises, das sind ihre Lieblinge, dort wird sie selber kreativ; für die übrigen Zirkel fällt weniger ab. Das hat auch sein Gutes, Frau Mau nämlich gibt sich autoritär, ihr Geschmack ist konservativ, in Sachen Textilgestaltung auf Stickarbeiten, Kissenplatten, Perlensterne und Perlenbroschen fixiert. (In jedem zehnten Fenster von N. funkeln die von ihr angeregten Perlensterne.) Was darüber hinausgeht, das reicht sie oft gar nicht weiter, hält es unter listigen Vorwänden – da ist ihr Einfallsreichtum groß – von Ausstellungen fern.
Dafür aber werden, wo sie auftaucht, gewisse Schwerpunkte gesetzt. Letzthin hat sie Klaus Störtebeker als Zentralfigur aller küstennahen Volkskunst entdeckt. Mit schlimmen Folgen, gibt es doch mittlerweile eine kulthafte Graphikmappe, gräßliche Tonkrüge, ja ein Störtebeker-Service ... Als sie soweit ging, gestickte Porträts und Brotbeutel mit Störtebeker-Motiven im Kartoffeldruck zu fordern, hat Jenny ihr widersprochen. Jetzt sieht sie Trude Mau vor sich, wie das

süßliche Lächeln erlischt, mit dem sie sonst Kritik erträgt, wie ihr Gesicht fleckig wird, die Schläfenader pulsiert ... Nur ein Bild ihres Helden entsteht im Kreuzstich, es erweist sich als nicht ausstellungsreif. Und das trägt Frau Mau Jenny nach. Die Strafe folgt auf dem Fuße, das Kreiskabinett stellt ihr keine Befürwortung aus, die sie braucht, um eine Verkaufsgenehmigung für Boutiquekleider zu bekommen. Davon aber will sie ja leben! Heute nun – die Quittung dafür.

Sanft läuft das Boot am Ende der Schilfgasse in den Schlick. Ein brüchiger Steg, Jenny steigt hinauf, zieht Jack hoch, der ein wenig nachtblind ist. Es quietscht unter den Sohlen, fünfzig Schritte feuchter Pfad, nun der Garten mit dem Umriß des Knusperhauses im letzten Widerschein des Hafens. Der Mond geht erst später auf, mach kein Licht, Jack, um Himmels willen, wir finden auch so den Holzstoß!

Jetzt ertastet sie den Sicherheitsschlüssel in Zellophan. Sie zieht Handschuhe an und achtet darauf, daß auch Jack es tut ... Atemlos schließt Jenny auf. Sie schleicht ins Haus, es riecht unbewohnt, muffig wie viele Häuser am Wasser, dazu nach einem Spray, als habe Frau Mau den Besitz chemisch konserviert. Hinter ihr ein schleifender Laut, Jack streicht an der Wand entlang, er stößt etwas um, eine Bodenvase, drückt auf die Taschenlampe. Jenny verbietet es ihm wegen der großen Scheibe zum Weg, nimmt ihm die Lampe weg. Ihr Ziel ist das Zinngeschirr auf dem Kamin, schimmernd im Restlicht der Sterne. Altes Kaiserzinn voll plastischer Figuren: Teller, Becher, Kanne, ein fünfarmiger Leuchter.

Mopedgeräusch von draußen, ein Lichtkegel streift umher. Jenny duckt sich am Kamin, wartet auf das Wegwandern des Scheinwerfers, vorm Haus biegt der Weg ab. Aber das Moped hält an, es steht vorm Jägerzaun, leuchtet herein, im Sattel zwei Gestalten – wer? Keiner von den Maus, natürlich nicht, die kämen ja im Auto ... Endlich, man fährt los, der Schreck läßt nach, der Spuk ist vorbei. Jack tut abgebrüht, er fingert am Schreibtisch, will keine Niete sein, doch Jenny hat genug, ihr reicht es. Sie verschnürt den Segelsack, schließt

draußen ab, stopft den Schlüssel zurück ins Versteck. Rasch weg übers dunkle Wasser, den Sack in der Backskiste der eigenen Jacht verstaut und dann wieder in den Festtrubel! Zehn oder zwölf Minuten, das kann gar nicht aufgefallen sein; ansonsten perfektes Alibi.
Es klirrt leise, als Jack den Sack absetzt. Drüben spielen sie „Schön ist die Liebe im Hafen“. Welch ein Coup! Das Gefühl von Wagnis, von piratenhaftem Mut – gesteigertes Leben. Und das Beste – der Zettel, den sie hinterlassen hat. Jack weiß davon nichts, braucht es nicht zu wissen. Jenny ist klar, dieser Wisch kann sie gefährden, sie bei aller Vorsicht in den Kreis der Verdächtigen ziehen. Aber ohne das *Störtebeker war hier* wäre es für sie bloß halbe Sache gewesen. So kommt es ihr vor wie ein Sieg der Gerechtigkeit. Nur Fliegen ist schöner, sagt sie zu Jack, als sie ganz unbemerkt den Kutter erreichen! Du, sagt er heiser, laß uns zusammenbleiben.

4 Der Ausflug zur Oie hatte Wendt erschöpft, auch durchnäßt, zugleich aber ungemein erfrischt. Als er sich am Deich von der Bootsführerin trennte, ging es ihm wirklich gut. Vieles war neu und anregend gewesen. Sie hatten sich nett unterhalten, den Elementen getrotzt, das hinterließ in ihm den Eindruck, als Mann noch zu zählen, einer so viel jüngeren Frau ein möglicher Partner zu sein. Er hatte sogar das Gefühl, Jenny Franke erwarte am Schluß von ihm die Verabredung eines Wiedersehens. Doch nach dem gestrigen Abend im „Blauen Anker“ hielt er sie natürlich für gebunden. Es gehörte sich, Partnerschaften zu respektieren. Auch war er dienstlich in Cumin, da bändelte man nicht ohne weiteres an. Ein altmodischer Standpunkt? Vielleicht. Er fühlte sich merkwürdig aufgelockert. Übrigens hatte er ja ihre Anschrift, sollte sich ein Anlaß bieten, war es leicht, zu ihr zu gehen. Er würde ihr dann bestimmt willkommen sein.
An die Arbeit, hinabgestiegen zum Hause Mau... Inmitten seiner sommerlichen Schwermut, an den Tiefpunkten, hatte

ihn ein absurder Vergleich geplagt. Aus Meldungen von Erdbeben in fernen Ländern haftete in ihm das Wort von der „nach oben offenen Richterskala". Er wandelte es ab zur *nach unten offenen Stimmungsskala*. Auch da nämlich fehlte ein klares Maß, ein Nullpunkt oder Verzweiflungsmaximum. Es ging stets noch tiefer hinab! Vor dem haltlosen Absturz in Lähmung und Traurigkeit bewahrte einen, nach seiner Überzeugung, eine Art Netz, gewebt aus den Fäden des Tätigseins und der Hoffnung; man konnte auch sagen, der Illusion. Aber Arbeit allein half nicht, man mußte sie auch mögen, an ihre Wichtigkeit glauben – und an den Wert der eigenen Person. Wenn der Beruf den straff gespannten, parallel laufenden Fäden entsprach, der Kette im Webstuhl, wie Jenny es nannte, so mußten nun farbige Querfäden hinein, sollte ein Gespinst entstehen. Es kam ihm so vor, als habe sie dem Netz, das ihn trug, solch einen bunten Faden hinzugefügt ...
Die Hand schon am bronzenen Türklopfer, ertappte er sich dabei, *Vamos a la Playa* zu pfeifen, das hämmernde Lied, zu dem sie gestern getanzt hatte; ein Ohrwurm der Monotonie und dennoch Ausdruck von wiedergewonnenem Schwung.

Frau Mau war eine stattliche Dame von Anfang Fünfzig, mit straffem Teint und graumeliertem Haar, zu einem Knoten geschürzt. Ihre dezent bestickte Weste hielt eine Bernsteinbrosche zusammen. Sie trug derbe Schuhe mit flachem Absatz, große Bernsteinringe und passende Ohrclips. Eine beherrschende Erscheinung, halb Landedelfrau, halb Lehrerin des Kunstgewerbes.
Dr. Alfred Mau, an die zehn Jahre älter als sie, stand deutlich in ihrem Schatten; ein feingliedriger Herr im Tweedjackett, mausgrauen Flanellhosen und pelzgefütterten Wildlederpantoffeln. Aus irgendeinem Grunde hielt er es für nötig, das Äußere des Hauses lächelnd zu entschuldigen. Es sei um 1930 als erstes Ferienhäuschen von Cumin erbaut worden, sagte er, sie hätten es in diesem Zustand von seinen Schwiegereltern geerbt; da sei ihnen nicht mehr zu tun übrigge-

blieben, als ein großes Fenster mit Boddenblick einzusetzen und so, wenigstens von dort her, den Eindruck des Hexenhaften zu mildern.
Trude Mau schnitt seine Ausführungen ab, indem sie Wendt fragte, womit sie ihm noch dienen könne, ein Vierteljahr, nachdem es passiert sei? Sie habe die Hoffnung längst aufgegeben, etwas von ihrem Besitz wiederzusehen.
Es zeigte sich, daß Frau Mau vom Zeitpunkt des Einbruchs genauere Vorstellungen hatte als Leutnant Nauschütz oder Hauptmann Drews. Sie war überzeugt, es sei in der Nacht zum Sonntag, dem 19. Juni, geschehen. In dieser Nacht habe das Hafenfest der Sportgemeinschaft Segeln stattgefunden; es falle stets auf einen Samstag nahe der Sommersonnenwende. Sie selbst sei mit ihrem Mann erst am 27. Juni aus Dalmatien heimgekehrt und habe gleich den Verlust des Zinngeschirrs angezeigt, das einen Wert von viertausend bis fünftausend Mark darstelle.
„Weshalb", fragte Wendt, „bringen Sie den Einbruch mit diesem Fest in Verbindung?"
„Zwei Jugendliche aus dem Ort haben auf der Mopedfahrt zum Hafen flüchtig ein Licht im Haus gesehen. Der Abschnittsbevollmächtigte zweifelt das an, hat es auch überprüft, trotzdem bin ich sicher. Zum Fest versammelt sich immer viel fremdes Volk am Hafen, in dessen Umkreis dann sogar unangemeldet genächtigt wird – in Autos kampiert oder einfach wild gezeltet."
„Kein Außenstehender konnte das Versteck des Schlüssels im Holzstoß kennen."
„Das ist ja das Unglück, betrüblicherweise doch", sagte Dr. Mau mit seinem kleinen kultivierten Lächeln. „Schauen Sie, wir haben dieses dumme Versteck weder angelegt noch jemals benutzt. Das hat unser erwachsener Sohn getan. Er studiert in Leipzig an der Hochschule für Buchkunst und Graphik und kommt manchmal überraschend her, wenn es ihm eben einfällt, auch in unserer Abwesenheit, und für diesen Fall... Er hat sogar seinen Kommilitonen mehrmals Partys hier gegeben, und dabei dürften im Laufe der Jahre eine

ganze Reihe von Leuten bemerkt haben, wo sein Schlüssel liegt."

„Hat er Ihnen eine Liste der Leute gemacht?"

„Nein", erwiderte Frau Mau. „Er traut keinem seiner Freunde solch eine Schändlichkeit zu. Dabei hat er sie zum Teil längst aus den Augen verloren."

„Wer also erscheint Ihnen verdächtig?"

„Eher diese jungen Leute jedenfalls, leider sind es wohl zwei Dutzend, als einer unserer Nachbarn. Übrigens ist von keinem Nachbargrundstück aus der elende Holzstapel zu sehen. Deshalb war mein Sohn ja auch so stolz auf die Idee ..." Sie brach ab, wie beschämt über das Bequeme und Leichtfertige ihres Sohnes, den mangelnde Volksverbundenheit dazu gebracht hatte, rechtschaffenden Nachbarn zu mißtrauen, den kleinen Leuten am Deich, statt mit seinen Partygästen vorsichtig zu sein.

„Und wie schätzen Sie den Zettel ein?"

„Als höchst infam." Die Antwort kam prompt, Frau Maus Wangen röteten sich, erstmals wirkte sie auf Wendt ein bißchen exaltiert. „Eine Niederträchtigkeit – kein Einheimischer käme darauf. Sich auf solch eine Volksfigur zu berufen, sie derart ins Spiel zu bringen! In meinen Augen ist das ein Hinweis auf ..., nun, ich möchte fast sagen, auf akademische Arroganz."

Ihr Mann hüstelte leise, so als hindere ihn etwas, dieser Deutung zu folgen.

„Sehen Sie das anders?" fragte Wendt ihn.

„Ein wenig schon." Er fingerte an dem gepunkteten Seidentuch, obgleich es dank einer Schlaufe seinen Hals glatt umschloß. „In meinen Augen erweckt es den Anschein einer höhnischen Reaktion auf unsere Kampagne damals, mit der wir im Gefolge der berühmten Freilicht-Inszenierung des Rostokker Theaters wohl ein bißchen übers Ziel hinausgeschossen sind. Immerhin hat es da im letzten Jahr gewisse Disproportionen in der Kulturarbeit gegeben; dies wollte uns jemand unter die Nase reiben."

„Sie vermuten den Täter in diesem Kreis?" Dem Hauptmann

fiel Professor Rasmus ein, der einen ähnlich vagen Verdacht geäußert hatte. „Halten Sie einen privaten Racheakt für möglich, Herr Doktor?“

„Nein, nein“, rief Frau Mau an seiner Stelle. „Wer sollte sich denn geschädigt fühlen, falls wir da wirklich überzogen haben sollten? Eine so populäre Figur hier an der Küste! Wer könnte es uns verübeln, wenn wir dem Kunsthandwerk fortschrittliche Traditionen wieder nahebringen und einen Klaus Störtebeker für uns reklamieren? Nein, für mich steht fest, da hat sich jemand an fremdem Eigentum vergriffen und das ganz billig und jämmerlich mit dieser unverschämten Anspielung kaschiert.“

In ihr war zweifellos ein Nerv getroffen worden, der Nerv ihrer Leitungstätigkeit. Wendt aber sah keine Logik in dem letzten Satz. Mit diesem Spruch verdeckte ja der Täter nichts, er gab vielmehr einen Fingerzeig. „Wie meinen Sie das – vor wem kaschiert?“

„Nun, vor sich selbst“, mutmaßte Dr. Mau. „Das Motiv dürfte Habsucht sein. Der Einbrecher aber, ein Anfänger vielleicht, empfand das möglicherweise als zu schäbig, er hat es durch den Versuch verdrängt, sich mit einer historischen Figur gleichzusetzen, die unter ganz anderen Voraussetzungen und gesellschaftlichen Umständen die Reichen gewaltsam schröpfte, allerdings im Namen der Gerechtigkeit.“

Ohne den schwankenden Boden der Psychologie zu betreten, stimmte Wendt ihm bei und verabschiedete sich. „Falls Ihr Sohn Sie demnächst besucht, würde ich ihn gern einmal sprechen. Sie erreichen mich über den ABV ... Einstweilen vielen Dank und gute Nacht.“

Am Samstagvormittag suchte Wendt den Leutnant Nauschütz in seinem frisch verputzten Einfamilienhaus auf, das gegenüber dem Schuppen der Freiwilligen Feuerwehr stand. Nur zwei ähnliche Häuser mit blaßbraunem Ziegeldach trennten es von der reetgedeckten Siedlung. Trotz der frühen Stunde und des trüben Wetters traf er ihn draußen an, im blauen Overall damit beschäftigt, die Zufahrt zu seiner

Garage auszuheben, der ein Bewurf noch fehlte. Das Grundstück, erst spärlich bepflanzt, war ein wohlgeordneter Bauplatz, in dessen Tiefe drei oder vier Polizeihunde anschlugen.

Wendt wollte die Familie nicht stören. Er setzte sich, gedeckt von einem Betonmischer, mit Nauschütz hinter das Haus und ging das Tatgeschehen von Ende Juni durch. Auf dem Gesicht des Leutnants breitete sich allmählich ein gewisses Betretensein aus. Es ging ihm gegen den Strich, daß die Geschädigten glaubten, besser im Bilde zu sein als er. Mit jener hohen Stimme, die bei seiner Körperfülle überraschte, schilderte er den Ablauf des Hafenfestes. Wie üblich hatte es dort Ärger gegeben, es war aber nichts vorgefallen, das dem Kreisamt hätte gemeldet werden müssen. Major Bradhering, ein Feind des Papierkriegs, schätze keine überflüssigen Berichte.

Da ist zunächst die Rempelei am Einlaß gewesen, sagte Nauschütz, die er mühelos hat schlichten können. Halbwüchsige haben versucht, ihre Motorräder und Mopeds auf die abgegrenzte Landzunge zu fahren; gewöhnlich betrachten sie das Festgelände ja als ihr Revier. Dann hat es einen Streit um die Musik gegeben, ausgelöst durch den Diskosprecher Freddy Holm, der als Kassierer der Sportgemeinschaft anfangs friedlich Beitragsmarken vertrieb. Ein paar Verehrer seiner Disko sind an ihn herangetreten mit dem Wunsch, das Fest „rasanter zu beschallen". Die ewigen Walzer ödeten sie an, er solle mal 'ne Scheibe auflegen und die Boxen andrehen auf seinem Kahn. „Los, Freddy", haben die Fans gestachelt, „zeig den Armeeboys mal, was Power ist..." Das Trio der Grenzbrigade Küste wird gestört durch Zurufe wie: „Macht Schluß mit dem Gedudel, davon wird einem ja blöd im Kopf, Armee einpakken, laßt andere ran!"

Diese Demonstration scheint Holm zu schmeicheln. Nach anfänglichem Zögern findet er sich bereit, in einer Tanzpause entgegen jeder Absprache seine Diskoanlage zu betreiben. Von seiner Jacht aus beginnt der Schallplattenunterhalter, Witze zu reißen, offenbar bereit, die Musiker madig zu machen und ihre Weisen dann provokatorisch zu übertönen.

Mit Heinz Reger, dem Vorsitzenden der Sportgemeinschaft, einigt sich Nauschütz sofort, das muß unterbunden werden, notfalls durch Abklemmen der Jacht des Holm vom Stromnetz. Reger freilich will es sacht angehen. „Sprechen Sie erst mal mit Holm“, schlägt er vor. „Der nimmt doch noch Vernunft an.“

„Besser, wir gehen beide“, sagt der Leutnant und schließt sich Reger an, der den Ausschank einem Sportfreund übergibt. Gemeinsam weisen sie Holm darauf hin, daß Rocktitel nicht ins Programm passen, spiele er sie dennoch ab, werde das für ihn Folgen haben...

Schon wird krakeelt, die Front verhärtet, da mischt sich der Gaststättenleiter Krone ein mit dem Rat, doch abwechselnd zu spielen; pausiere das Trio, sei Freddy dran, so lasse es sich zu aller Zufriedenheit „demokratisch“ regeln. Überraschend lenkt Heinz Reger ein, Nauschütz, der gern durchgegriffen hätte, steht allein.

An diesem Punkt nun wird ihm von zwei Halbwüchsigen gemeldet, sie hätten einen Lichtschein im Haus des Ehepaars Mau gesehen, im Vorbeifahren, also kann es auch ein Reflex ihres Scheinwerfers gewesen sein. Jemand sagt, die Maus seien verreist. Dem Leutnant kommt das spanisch vor. Er hat das Gefühl, man will ihn verschaukeln, vom Platz weglocken, um vollends freie Hand zu haben. Immerhin schickt er, Minuten später, pflichtgemäß zwei seiner freiwilligen Helfer zu dem fraglichen Haus. Die umkreisen es mehrmals und vergewissern sich: Die Tür ist verschlossen, die Läden der kleinen Fenster sind fest zu, die Panoramascheibe des großen, die kein Laden schützt, ist unversehrt. Sie leuchten hinein und finden den Wohnraum intakt; also falscher Alarm, wie vermutet.

So ist's gewesen. Lange nach Mitternacht klingt das Fest aus. Keine weiteren Zwischenfälle bis auf ... Ja, um des lieben Friedens willen drückt Nauschütz ein Auge zu, als ein paar Sportfreunde Miene machen, Gäste im Oberstock ihrer Bootshäuser zu beherbergen. Streng genommen verstößt das gegen die Grenzordnung; obwohl im Hafen selbst – wie überall an den inneren Seegewässern – Ortsfremde auf Booten

nächtigen dürfen, da sonst ja Wanderfahrten unmöglich würden. Aber ein Bootshaus hat kein Hausbuch, in das Gäste sich eintragen müssen, grundsätzlich. Der Leutnant beschränkt sich darauf, Regers Verantwortlichkeit klarzustellen. Schließlich ist laut § 7 des Statuts der Sportgemeinschaft die zweckentfremdete Nutzung der Bootshäuser untersagt, Gäste von Klubmitgliedern müssen satzungsgemäß das Gelände bis 22 Uhr verlassen. Zumal es im letzten Rundschreiben heißt, zur Aufrechterhaltung von Ordnung und Sicherheit habe jeder die Pflicht, sich mit dem Inhalt der Hafenordnung vertraut zu machen und die dort getroffenen Festlegungen mit allem Nachdruck durchsetzen zu helfen.
Der Vorsitzende hat das Rundschreiben selbst verfaßt wie auch den § 8 des Statuts, der Erziehungsmaßnahmen für solche Mitglieder beschreibt, die in grober Weise gegen die Regeln der SG sowie des Gemeinschaftslebens verstoßen. Ihnen wird stufenweise angedroht: Ermahnung in einer Mitgliederversammlung, Sperrung der Teilnahme an Wettkämpfen, Funktionsentzug, Ausschluß. Nauschütz, vorhin von Reger allein gelassen, erinnert ihn beiläufig daran. Aber der knurrt zurück: „Solln die im Auto pennen? Ist doch auch verboten! Da klemmt sich noch wer hinters Steuer und knallt an den Baum." Ein läppischer Ausweg fällt ihm ein: Gäste dürfen in Booten schlafen, sofern man die außerhalb des SG-Geländes im alten Hafen festmacht. Ebenso zulässig wie riskant bei Leuten, die getrunken haben ... Nauschütz winkt ab.
Er hatte Wendts Sympathie. Manchmal war's halt schwer, konsequent zu sein. In gewisser Hinsicht war das Tun und Lassen im Grenzgebiet preußisch gründlich, das heißt allzu penibel geregelt. Gesunder Menschenverstand wirkte da mäßigend; oft schien es ratsam, nichts aufzubauschen und das kleinere Übel zu wählen. Soweit verstand Wendt den Leutnant und dankte ihm für sein Vertrauen, die freimütige Ausführlichkeit. Nauschütz' Helfer waren am Knusperhaus zu spät gekommen und hatten bloß noch Spuren zertrampelt, nachdem er – von den Vorfällen arg genervt – der Meldung nicht gleich selber nachgegangen war. Weshalb aber ließ er,

als acht Tage später die Tatsache des Einbruchs feststand, die Beobachtung der zwei Jugendlichen gegenüber dem Hauptmann Drews unerwähnt? Zwar begriff Wendt, Nauschütz verfuhr so, um sich Vorwürfen des K-Leiters zu entziehen und vor Major Bradhering, den er ein wenig zu fürchten schien, auch künftig gut dazustehen. Dennoch hätte ihm klar sein müssen, wie wichtig es in jedem Falle ist, den Zeitpunkt der Tatausführung zu bestimmen, und daß es sich selten auszahlt, etwas gering zu bewerten oder gar zu verschweigen. Man kam damit in der Regel nicht durch.
„Der Zeitpunkt läßt sich schwer bestimmen", beharrte Nauschütz. „Das Ehepaar Mau ist wochenlang weg gewesen. Es kann genauso an einem ganz anderen Tag passiert sein ... Offen gesagt, Genosse Hauptmann, ich traue den Burschen nicht über den Weg, auch heute noch nicht. Entweder haben die mich beschwindelt oder sich getäuscht."
„Haben Sie mal ausprobiert, ob das möglich ist?"
„Ob was möglich ist?"
„Daß man an diesem Haus den Reflex eines Mopedscheinwerfers mit einem Lichtschein im Inneren verwechselt? Dazu müßte wohl ein Spiegel im Wohnraum hängen, den es jedoch nicht gibt."
Der Leutnant sah Wendt an, als hätte er von ihm verlangt, die Fahnenstange vor dem Rat der Gemeinde zu erklimmen. Wendt wies darauf hin, ihm, Nauschütz, seien zwei Fehler unterlaufen. In der Nacht zum 19. Juni war er ein Opfer seines gespannten Verhältnisses zur Dorfjugend geworden. Hätte er den Mopedfahrern Glauben geschenkt, wäre es ihm dank der Nähe des Tatorts bei raschem Handeln durchaus möglich gewesen, den oder die Einbrecher noch zu erwischen ... Zumindest aber hätte er nach Entdeckung des Schadens den K-Leiter seines Kreisamtes von jener Meldung unterrichten müssen, was auch immer er selber davon hielt.
„Ich weiß Ihre Arbeit zu schätzen und will weiß Gott nicht pedantisch sein", schloß Wendt, „Nur, es liegt doch auf der Hand, daß solch ein Detail unbedingt ins Protokoll gehört."
Der Leutnant schwieg, schien sich zu verschließen. Vorge-

stern hatte Wendt dazu geneigt, ihn zu bedauern. Doch jetzt, umweht vom Hauch des Abendteuers, belebt durch die Nähe dieses Mädchens, packte Wendt die alte Freude am Beruf, spürte er seine Entschlußkraft wieder. Das Mitgefühl trat zurück, und so fügte er hinzu: „Berichte müssen vollständig sein, darin sind wir uns sicher einig. Nachlässigkeit bei Meldungen führt immer zu Ungenauigkeit in Diensthandlungen. Es geht nicht, daß Geschädigte Grund zu der Annahme haben, sie seien besser unterrichtet als wir."
Er sah Nauschütz nicken und hörte ihn etwas Zustimmendes murmeln. Es ging in einem durchdringenden Klirren unter. Von hoch oben, Stein und Stahl zerschneidend, kam messerscharf das Heulen eines Düsenflugzeugs, das über den Wolken seine Kreise zog.
Sie gingen noch die zwei übrigen Fälle durch, ohne neue Erkenntnisse zu gewinnen. Obschon der Leutnant sich Mühe gab, die Scharte wieder auszuwetzen, war er unverkennbar nicht mehr ganz bei der Sache. Er schien zerknirscht, der Tadel wirkte in ihm nach. Wendt hatte ihm einen Dämpfer verpaßt. Gestern, das war ihm klar, hätte er das noch nicht fertiggebracht. Er war dabei, sich Respekt zu verschaffen und die Dinge in den Griff zu kriegen.

5 Es war ein blaues Baumwollkleid, das Jenny Franke aus der Nähmaschine zog. An diesem verregneten Sonntagnachmittag hatte sie das Oberteil mit asymmetrischen Figuren in hellerem Blau drapiert und den Effekt durch Stickstiche erhöht. Drei Tage brauchte sie für ein Boutiquekleid, es brachte ihr zweihundert Mark und den Spaß beim Entwerfen im Spiel der Phantasie. Manches mißlang auch, mußte verbessert werden, um ihrem Anspruch zu genügen. Sie probierte es vorm Spiegel an und war zufrieden. Es paßte zu ihrem Typ, dem schulterlangen aschblonden Haar, den braunen Augen... War sie glücklich? Ach, wer wußte das schon genau.

Meist gab es da einen Mann, von dem ihr Befinden abhing, um den sich alles drehte. Mittags hatte sie für Udo Tidemann gekocht, in seinem Katen gegessen. Gestern war sie mit ihm ausgewesen, im Ferienheim des Chemiewerks. Kein ganz harmonischer Abend. Einiges störte sie an Udo: der schweifend taxierende Blick nach jeder Frau unter dreißig, das ewige Gerede vom Fischen und „Kohle machen“ beim Frühjahrsfang – Hering im Greifswalder Bodden, hier wär ja nichts mehr drin. Immer das gleiche Lied. Schön, das waren seine Probleme, aber gab es für ihn denn kein anderes Thema? Dies langweilte sie, verglichen mit den Stunden an Bord. Schade, daß Christian Wendt Polizist war. Sie konnte sich im Ernst nicht vorstellen, mit einem Offizier der K liiert zu sein.
Udo hing an ihr und zeigte sich gern mit ihr, eitel, wie er war. Und sie? Vor einem Vierteljahr erst, auf diesem Hafenfest, war sie beim ersten Kennenlernen für ihn entflammt. Während sie das Kleid plättete, fiel ihr ein, wie sie nach dem Raubzug zum Knusperhaus – vorsichtshalber getrennt von Jack – wieder an Land gegangen ist, mit Udo getanzt und dessen Gespräch mit dem alten Pertus aufgeschnappt hat, der ihn fragt: Na, min Jung, büst all wedder up Brutschau? Klor, Chef, brummt Udo, kumm, wir drinken ’nen Sluck. Nö lat man, sagt der, ik heff schon väl to väl. Udo: ’nen lütten Köhm, Erich, hat di noch nich schad.
Dieser Umgang berührt Jenny, sie weiß, das ist Udos Partner, mit dem fährt er zum Fischen und haust unter einem Dach in dem geteilten Katen. Die zwei stoßen an, das Gespräch plätschert vor Regers Tresen. Wie ein ergrautes Ehepaar haben sie sich Neues kaum zu sagen. Den nächsten Köhm wehrt Erich ab: Ik heff morg’n früh ’ne Veravredung und möt ein klorn Kopp hem. – Kümmst du nicht mit taum Fischen? – Heff kein Tid, führ du man allein up’n Bodden, dat kannste no ok schon ahn mi. – Blot dei Fisch warn sich wunnern, wenn ik up ein Mal alleine kam. – Ach, min Jung, später möst sowieso ahn mi klor kam...
An diesem Punkt ist es Jenny, als müsse sie sich um Udo kümmern. Dessen Eltern sind tot, sie will ihn ein bißchen be-

muttern. Obschon sie sich, noch nicht mal von Jack geschieden, keinesfalls wieder binden will … Wenn der erste Rausch dann auch verflogen ist, Udo bleibt den ganzen Sommer über der Beste von allen. Und sie bleibt ein Biest, wie Jack sie zärtlich nennt, das sinnliche Frauenzimmer. Bald nämlich läßt vor den Treffs mit Udo die Spannung nach, extra schön macht sie sich nicht mehr für ihn. Herzklopfen und Appetitlosigkeit, flatternde Nervosität wie einst bei ihrer ersten Liebe, sowas hat es später kaum mehr gegeben. Heute genügt ihr ein Druck tief im Hals, ein kleiner Schauer des Verlangens, davon läßt sie sich leiten bei ihren Eskapaden. Man ist doch nur einmal jung!

Zu Christians Gunsten ließ sich sagen, er hatte gar nicht Polizist, sondern Möbelgestalter werden wollen und nur keinen Studienplatz ergattert. Ihr eigenes Pech bei solchen Bewerbungen, drei Fehlstarts auf dem Wege zur Theaterwissenschaft, hatten ja auch sie entmutigt. Es begann damit, daß ihr Abschlußzeugnis, das Abitur mit Auszeichnung, den seltsamen Satz enthielt, sie verfüge über ein gut entwickeltes Denkvermögen und neige zur Kritik, wobei es ihr an einem festen Klassenstandpunkt noch mangele. Sie begriff nicht, wie das – Nachdenken statt Nachplappern vorausgesetzt – hätte anders sein sollen: mit Neunzehn ein fertiges Weltbild? Und es setzte sich fort bei den scheinbar so locker und zwanglos geführten Prüfungsgesprächen. Einmal war sie nach der Kulturkonferenz des Jugendverbands und nach der Engels-Rede am Grabe von Marx gefragt worden. Prompt kam sie ins Schwimmen, ihre Antworten konnten nicht befriedigt haben. Was war dagegen ihr Stegreif-Aufsatz über „Hamlet“, zwölf Seiten, der wog das nicht auf.

Nach der ersten Ablehnung hatte Jenny sich als Hilfskraft bei Berliner Bühnen beworben; es zog sie halt in die Hauptstadt. Sie lernte Schauspieler und Spielleiter kennen und ließ sich von ihnen empfehlen. Man bot ihr Posten als Garderobenfrau an, als Ankleiderin oder in der Schneiderei, doch da hätte sie keine Inszenierung miterlebt. Als Souffleuse zu arbeiten – man lachte sie aus, dazu war schon Sprecherziehung nötig.

Ihr letztes Angebot, sie halbtags zu nehmen, als unbezahlte Assistentin des Regisseurs, eine Art Skriptgirl und Mädchen für alles, scheiterte an Vorschriften; es gab keine Planstellen. Wie sollte sie versichert sein, was, wenn ihr ein Stück Kulisse auf den Kopf fiel? Sie war dann in Premieren, Filme, Konzerte oder zu Ausstellungseröffnungen gegangen und hatte kleine Artikel verfaßt. Ein Freund veröffentlichte sie unter seinem Namen und teilte das Honorar mit ihr. Sie lieferte ihm auch Material für einen skeptischen Bericht über das Theater von Professor Rasmus, der dafür bekannt war, daß er solche Berichterstattung im Keim zu ersticken wußte.
Und so war es passiert! Bei einer Premierenfeier, zu der sie den Autor des Stücks begleiten durfte, wurde dem Generalintendanten gesteckt, hinter jenem Bericht stehe eine gewisse Jenny Blom und die sitze mit am Tisch. Da ließ er ihr durch seinen Pressechef ausrichten, sie möge das Haus sofort verlassen, sie sei von ihm nicht geladen. Der Autor widersprach, er habe sie mitgebracht, sie sei sein Gast. Nun griff Rasmus persönlich ein, er paßte Jenny im Vorraum des Festsaals ab und äußerte leise, aber schneidend, wenn sie nicht augenblicklich gehe, lasse er sie durch seine Schauspieler hinauswerfen. (Der Bühnenklatsch machte daraus: „Verschwinden Sie, oder ich lasse Sie von meinen Schauspielern beißen" – in tieferem Sinne schon wahr, waren ihm etliche Darsteller doch hündisch ergeben.)
Das so schroff verhängte Hausverbot lag Jahre zurück, es quälte Jenny längst nicht mehr; immerhin hatte sie ihrem Mann davon erzählt. Und nun war es Jack, der darauf zurückkam und sie beschwor, dem großen Diktator die Demütigung heimzuzahlen. Der Schachtel Mau hätten sie's gezeigt, und bei diesem Kerl wolle sie kneifen? Er, Jack, habe mehr Mut, mehr Konsequenz von ihr erwart. Wo bleibe ihr Durst nach Gerechtigkeit, der antiautoritäre Geist? Vor echter Macht kusche sie wohl? Das enttäusche ihn fast so wie ihre Treulosigkeit.
Natürlich durchschaute sie sein Geschwätz. In keinem Moment ging es ihm um Mut, Rache, Gerechtigkeit. Er war nach

dem ersten Coup auf den Geschmack gekommen, ganz geblendet vom überraschenden Wert der Beute. Zu vorsichtig, die in seinem Gebrauchtwarenladen anzubieten, gab er sie ihrem gemeinsamen Freund Freddy, dem Diskjockei. Der hatte das Zinn unterderhand in Berlin verkauft und dabei selber abgesahnt. Doch dreitausend Mark für fünf Minuten Angst, das blieb noch immer ein Geschäft! Jack bat, drängte und erpreßte sie, wie besessen von der Idee, die erneuerte Komplizenschaft könne seine Ehe kitten. Neulich habe er's für sie riskiert, rief er, nun sei die Reihe an ihr, etwas für ihn zu tun, ein letztes Mal: „Wenn du mich schon vollkommen grundlos verläßt ..."
Bis Jenny ihm nachgegeben hatte, zwei Tage vor der Scheidung, um Ruhe zu haben, der Sache ein Ende zu machen. In einer Neumondnacht Anfang August hob sie mit Jack die Leiter aus Rasmus' Schuppen und stieg über den Balkon ins Haus. Was man diesmal vorfand, das übertraf all seine Erwartungen ... Sie hatte ihn entschädigt, sich von ihm losgekauft; so jedenfalls kam es ihr vor.

Berlin hat ein Reizklima, ein schlimmes Aroma, es wirkt ganz teuflisch auf sie. Das Bukett mag wechseln mit dem Stadtteil und der Jahreszeit, der Nachgeschmack bleibt. Ein drückender Augusttag kann dort trister als zu Hause sein, er stinkt nach Auspuff und Smog, nach Bockwurstsenf auf Papptellern und rußiger Schwüle, den Menschen von der Küste legt sich das schwer auf die Brust. Manchmal tränen ihr die Augen, trotzdem schmeckt die Stadt wie starkes Bier nach mehr. Auch sind da Rettungsinseln, Orte der Behaglichkeit, Gebilde aus Glas und Eloxal, Noblesse und Euphorie ... Jenny hat das Palasthotel erreicht, sie sitzt im Spiegelcafé am Fenster, ein bißchen träumend, umweht vom Hauch der Welt, einer pompösen, lockenden Welt. Afrikaner, Westtouristen, Manager, feines Getue und Lässigkeit, Herrenhemden mit Druckknopfkragen, weibliche Eleganz und Jeans wie die ihren, am Nebentisch ein nahöstliches Paar. Vieles ist kostbar, vornehm, duftet köstlich wie der überbackene Camembert mit

Preiselbeeren, den man ihr serviert.
Zwar, ihre Eltern verabscheuen die Hauptstadt, das Häusermeer, die wüsten Bahnhöfe und überfüllten Lokale, die heulenden S-Bahnen, den betäubenden Verkehr, der sie mit Blechschaden bedroht, die ausgebuchten Hotels, erst recht die Mauer, die sie von Orten der Erinnerung trennt. Sie trauern den fünfziger Jahren nach – Steinzeit für Jenny –, als so manches noch zerstört und alles im Rückblick doch wärmer und freundlicher gewesen ist. Es war die Zeit ihres Starts in Ehe und Beruf, da sind sie selber jung gewesen, noch voller Schwung; jetzt bedeutete es ihnen Nervenzerrüttung, sich in das Chaos zu stürzen. Aber den Horror ihrer Eltern teilt Jenny ganz und gar nicht. Wohl gibt es die Häßlichkeit, das Konglomerat all der Straßen, doch es gibt auch das schimmernde Zentrum. Das ist ein Magnet, ist Zivilisation, ein Abbild oder Gegenstück der schillernden Pracht, die sie nur aus Filmen kennt... „Einen Martini bitte", sagt sie zum Ober.
Ein bißchen an dem schnuppern, was die Welt zu bieten hat. Ihr Blick schweift durch das dämpfende Glas, in dem sich die Szene zwischen Scheibe und Spiegelwand bricht. Durch die Reflexe, über flitzende Autos, steigt der Palast der Republik. Bis vor kurzem ein Glitzerding für sie, Paradestück der Regierung, Fernsehbild vor den Abendnachrichten; Cumin hat keinen Westempfang. Inzwischen aber hat Jenny den Palast entdeckt und erobert, seit das Modekollektiv dort gelaufen ist, gehört er auch ihr!
Der Modellkleider wegen, die anders nicht hineinzuschaffen sind, hat sie mit Jacks Barkas die Sondereinfahrt ins Souterrain benutzen dürfen, wo man unterhalb der Rampe plötzlich zwischen Südfruchtkisten und Metallkörben voller Leckereien tief im Bauch des Glitzerdings gewesen ist und sich gefühlt hat wie Ali Baba in der Höhle ... Und dann das Volksfest im Foyer, ihr Auftritt zwischen Rock- und Beatgruppen, der Graphikauktion, den Ausstellungen von Malerei, Plakaten und Schallplattenhüllen. Wie schön, wenn all die Menschen einen bewundern, von Blicken umschmeichelt dahinzugehen, das nennt sie Leben! Und abends die Modenschau

im Jugendtreff, dort ist es noch stärker, intimer gewesen, ein gutes Publikum, und welch Applaus. Zuletzt das Gruppenbild unter der gläsernen Blume, die Ostsee-Zeitung hat es gebracht ... Der Stoff, aus dem Erinnerungen sind.
Jetzt sieht sie Freddy Holm in der Schwingtür, der hat sie schon im Blick, findet sich überall gleich zurecht; er setzt sich zu ihr und schiebt einen dicken Briefumschlag vor sie hin. Sein Pokerface verrät nichts, sie weiß auch so Bescheid. Harte Arbeit, karger Lohn, murmelt er. Achtzehn Mille, zähl nach.
Sie schüttelt den Kopf, tut gelassen, stopft das Kuvert in die Handtasche. Es ist besser, sagt sie, von seinen Freunden enttäuscht zu werden, als ihnen zu mißtrauen.
*d'accord,* erwidert Freddy, *à la bonne heure,* als hätte er all sein Französisch für diesen Ort aufgespart ... Ganz anders neulich, Ende Juni, da hat sie nachgezählt und ihn dann angefaucht: Du miese kleine Ratte, was bildest du dir ein? Worauf er voll eingestiegen ist mit: Jetzt hör mir mal gut zu, Süße. Das eben macht ihn amüsant, sie beide improvisieren gern, wechseln die Rollen: die Welt eine Bühne, das Leben ein Spiel.
Nur das Kuvert in ihrer Handtasche, weiß Jenny, das ist kein Spaß, es verwirrt – ja, es bedrückt und erregt sie, nimmt ihr den Atem und läßt sie fiebern. Die Summe liegt über Jacks Voranschlag, nun wird sich zeigen, entweder sie stellt ihn zufrieden oder sie reizt ihn an, weiterzumachen, allein. Ach, Jenny kennt ihn, er wird ihr wieder in den Ohren liegen, aber diesmal bleibt sie hart, es ist das letzte Mal gewesen!
Gehen wir eins rauf, chinesisch essen, schlägt Freddy vor. Und was machen wir am Nachmittag?
Da ist sie leider schon besetzt, Kunstausstellungen, wichtig für ihren Job, Shopping und so weiter. Sie dankt ihm für das Zimmer im Hotel „Berlin". Falls er enttäuscht ist, sieht man's ihm jedenfalls nicht an. Nach dem Essen bringt er sie noch ein Stück, nein, das läßt er sich nicht nehmen.
Von dem Reiswein erwärmt, den man in Holzschalen ge-

reicht hat, strebt Jenny zur Rathauspassage. Es liegt kaum an der Hitze, wenn sie sich, anders als im Juni, nicht wohl fühlt in ihrer Haut. Von dem Geld in der Handtasche geht ein Vorwurf aus, sollte es die Höhe der Summe sein, die sie stört? Und doch ist das Geld auch beflügelnd, von magischer Kraft. Der fesche Wildledermantel mit dem Zottelfell kostet reichlich dreieinhalb, bisher ein unerfüllbarer Traum. Während sie sich vorm Spiegel dreht, steht Freddy neben ihr, jäh umarmt sie ihn und ruft, den nehmen wir.

Laß uns an die hungernden Kinder denken, mahnt er.

Soll ich denn immer nur in Lumpen laufen? Verlangst du von mir, auf alles Schöne zu verzichten?

Na gut, Schatz, geben wir eben das Rauchen auf.

Die Verkäuferin wirkt gereizt, als sie den Zettel ausschreibt. An der Kasse wundert man sich auch, erwartet wohl einen Scheck.

Sie ziehen in die Herrenabteilung, dort ist es nicht so voll, Jenny läßt sich Lederjacken zeigen. Für unseren Ältesten, erklärt sie, er hat Vaters Figur – ein Satz, der wiederum Zweifel weckt. Freddy probiert ein halbes Dutzend Jacken an, ehe sie eine aus Nappaleder wählt. Der Preis tut nichts zur Sache, man ist ja reich, so reich!

Toll von dir, sagt er beim Abschied, wie du noch für ihn sorgst.

Ach, weißt du, so 'ne Ehe verbindet, auch wenn es nur achtzehn Monate gewesen sind.

Später dann im Hotel, allein mit ihren Einkäufen, darunter zwei Kartons aus dem Schuhhaus Hans Sachs, ruft sie einen Freund an, den Schauspieler Dieter Marten: Hier ist die Zauberfee, Sie haben drei Wünsche frei.

Jenny, du? Was für 'ne Überraschung! Wann sehen wir uns?

In einer Stunde; such ruhig schon unsere Musik raus.

Sie legt auf, beschwingt, im Vorgeschmack der Lust. Dieter hat Zeit für sie! Er ist am Deutschen Theater und filmt nebenher, Jenny zeigt sich gern mit ihm. Vor viereinhalb Jahren haben sie sich kennengelernt, in ihrer Berliner Zeit, eine schlummernde Beziehung, stets belebbar, keiner will vom anderen mehr als ein paar Stunden sinnenfroher Schwelgerei. Sie duscht, dann läßt sie sich mit N. verbinden, mit dem An- und Verkaufsgeschäft, das ihr geschiedener Mann leitet und in dem sie unlängst noch halbtags stand; eine Notlösung, ein Übergang, bis es klappen würde mit ihrer eigenen Verkaufsgenehmigung, die Frau Mau dann hintertrieben hat.

Hallo, sagt sie, wie geht's in deinem Trödelladen?

Wieviel, hört sie ihn fragen, ganz heiser vor Gier.

Genug. Eine tolle Lederjacke hab ich für dich.

Halt es zusammen, hörst du? Laß noch was übrig! Wieviel?

Zwölf von achtzehn sind noch da.

Ich hol dich ab vom Zug.

Jenny kauert auf dem Bett, die Knie angezogen, sie spielt mit der Telefonschnur, ihr ist etwas mulmig. Wird sie ihn denn niemals los? Nicht nötig, sagt sie, überhaupt, ich komm erst morgen.

Wieso, wieso, krächzt es im Hörer. Ich kann die Volkskunstausstellung nicht sausen lassen.

Du hast 'ne Verabredung, gib es zu.

Ja, mit der Kunst.

Lüg nicht! Mit Freddy?

Bitte sei nicht albern.

Entweder du kommst, oder ich mach damit weiter – allein.

Was heißt das, Jack?

Das heißt, es läuft dann ohne dich.

Bleib cool, ja? Du hast mir versprochen, es war das letzte Mal.

Du meinst, ich bring das nicht? Wirst ja sehen! Ich warte am Bahnsteig ... Also, es liegt ganz bei dir.

Er hat aufgelegt. Jenny ist wütend. Im Abwärtslift überlegt sie, wagt er das tatsächlich? Fast hat es so geklungen. Acht Jahre älter ist er, dabei zaghaft, in ihren Händen Wachs – bisher. Deshalb auch hat sie genug von ihm, er ist ihr zu weich gewesen, und jetzt will er sie unter Druck setzen? Wo könnte er's denn versuchen? Allenfalls bei Dr. Dropsch. Dort kennt er sich aus, dem hat er mal einen Chippendale-Sessel ins Haus gebracht ... Mein Gott, wie stoppt man ihn? Wird er geschnappt, zieht er sie selber mit hinein. Sie kann doch nicht zu ihm ins Bett kriechen, bloß damit er's läßt, das nähme ja kein Ende. Ach was, Jack blufft. Ohne sie loszuziehen, das riskiert der nie. Und mit ihr – ist nicht mehr drin. Sie muß nur festbleiben, ihm zeigen, wer die stärkeren Nerven hat.

Dieter Marten öffnet ihr im Kimono, er verneigt sich tief. Auf Dreharbeiten im Ausland hat er Souvenirs gesammelt, Holzmasken, Jagdspeere, ägyptische Lederkissen, den schönen tunesischen Teppich, aus Kamelhaar gewebt; das einzige Stück, das sie gelten läßt. Ein bißchen sieht's bei ihm aus wie beim alten Karl May – das sagt sie ihm lieber nicht, Künstler sind so verletzlich. Etwas ist neu, die Patchworkdecke auf der Schlafcouch, sehr hübsch, aus diversen Fellen ... Draußen neigt sich der Tag, Dieter hat die Vorhänge zugezogen und trotz der Wärme Kerzen angezündet. Wie immer, wenn sie zu ihm kommt, singt Neil Diamond *Let me take you in my arms again,* mit dem stachelnden Refrain einer frech quäkenden Trompete. *All systems go,* sagt Dieter wie der Chef eines Raumfahrtzentrums, alles klar zum Start ins Wunderland. Hast du schon gegessen?

Erstens kommt das Fressen, zweitens kommt der Liebesakt, nie den alten Brecht vergessen ... Es tut ihr gut, so mit ihm zu albern. Man sieht sich selten und ist doch miteinander vertraut, als hätte man sich nie getrennt. Jenny spürt seine Hände unter dem Pullover, sie mag diese Hände – einfühlsam wie bei keinem. Früher ist es ihr peinlich gewesen, entkleidet zu werden und Lustobjekt zu sein, heute genießt sie's, es entzückt ja die Männer, gibt ihr Macht über sie. Er zieht die Felldecke weg, Jenny läßt sich bäuchlings in das Bettzeug sinken, das sie kühl umfängt und laut Dieter aus Wildseide ist. Es überschauert sie, als er beginnt, sie im Nacken zu massieren.

Wunderbar, nie ist es ihm eilig, er kniet vor ihr wie ein Betender, ein Sklave, köstliche Erschlaffung breitet sich aus. All-

mählich versetzt sein Streicheln sie in Hypnose, einen Zustand des Erlöschens aller Wünsche – Nirwana. Sie spürt, wie selbst das Verlangen entschwebt, kein Mensch würde ihr das glauben. Sowieso ist sie dicht am Tor zum Reich ihrer Träume. Zwischen der glatten Seide und Dieters Händen liegt sie schwerelos, fern jeder Bedrückung, ihre Gedanken schweifen frei, während sie sich katzenhaft reckt und schnurrt, um ihn ein bißchen zu belohnen, damit er fortfährt in der wundersam kreisenden Berührung.
Träume werden Wirklichkeit. Sie ist jung, so jung und begabt! Ihre Arbeiten haben gefallen, im Bezirkskabinett sogar, man fördert sie also, eine neue Laufbahn eröffnet sich ihr – die einer Kostümbildnerin am Theater. Kunst und Wissenschaft, ihr Drang zur Bühne und das Talent, zu entwerfen und zu schneidern, sind glücklich vereint; schon taucht ihr Name auf in Rezensionen. Die Eltern gratulieren ihr zum Sprung in die Hauptstadt, Jack, tief beschämt, gibt sie endgültig frei; Udo betet sie an wie noch nie, ahnt freilich schon, daß auch er nun ohne Chance ist. Das bisherige Leben läßt sie hinter sich, wird einfach unerreichbar.
Der nächste Film, der da ganz von selbst abläuft in ihr, spielt tief im Bauch des Glitzerdings, dem märchenhaften Souterrain. Jenny stopft Leckereien in den Barkas, ungarische Salami, dänischen Schinken, Erdbeeren, Ananas, getrüffelte Gänseleber, Bierbüchsen en masse. Die Modellkleider flink darüber, kein Mensch mißtraut ihr. Hat sie den Hals nicht vollgekriegt, oder schließt die Hecktür etwa schlecht? Als sie nach der Ausweiskontrolle aufwärts fährt, ans Licht, poltert es hinten, und hundert Büchsen kullern die Rampe hinab vor die Stiefel des Wächters.
Sie merkt, was diesen Traum zerstört: Dieter hat gehustet, hüstelt weiter. Wie ein feister Buddha oder Bonze gluckt er neben dem Bett, von Hustenstößen geplagt. Nimmt er die Hände von ihr, setzt der elektrische Strom gleich aus, der sie da von Kopf bis Zeh durchfließt. Entschuldige, röchelt er, hab mich auf See verkühlt. Wir drehen Schiffbruch im Indischen Ozean, das Geld langt leider nur bis Kap Arkona, be-

stückt mit ein paar Kunststoffpalmen. Du, mich schaudert's vor jedem nördlichen Meer.
Jenny hört kaum auf das, was er ihr von der Handlung mitteilt, sie möchte, daß er weitermacht. Er tut es, doch die stille Andacht ist dahin, er kennt kein Halten mehr, Theaterklatsch rauscht über sie weg, durchsetzt von Gehüstel, Geschichten um die Filmerei, jeder Leinwandstar hält das für amüsant. Mit dem Regisseur, sagt Dieter Marten, habe er an Deck eines Kampfschiffs gestanden und ihm erklärt: Junge, wenn du Angst hast, das schneiden sie dir wieder raus, dann sei doch mal ein Mann und hack zu! Heute unterstehen dir vier MiG einundzwanzig und die halbe Volksmarine, Babelsberg ist auf dem Wasserweg erreichbar, nutze die Stunde, stell der DEFA ein Ultimatum! Und was antwortet mir der Feigling? Sieht sich verstohlen um und raunzt: Pst, laß das bloß keinen hören, sowas kommt schnell in den falschen Hals, und da kriegst du's nie wieder raus.
Jenny stöhnt wohlig unter seinem Griff, wenngleich das Gerede stört. Alles, was ihr von der Story bleibt, ist der Satz, Berlin sei auf dem Wasserweg erreichbar. Vielleicht trampt sie mal im Urlaub mit Udo auf dessen Zeesenboot her? Ein Hustenanfall verwischt das Bild, o je, es schüttelt Dieter, er seufzt: Die Seide ist's, das Bettzeug muß weg.
Was hast du gegen Seide?
Meine Allergie! Die Bronchien machen nicht mit. Ich hab's bloß für dich aufgezogen, du Luxusgeschöpf.
Aus der Traum, Jenny steht auf. Marten, denkt sie, ist ein ziemlich ausgebrannter Pyrotechniker der Verführung. Ihr Behagen, die geheime Welt, das ganze Paradies versinkt in seinem Keuchen, geht im Stoffgeraschel unter, als sie ihm das Bettzeug wechselt ... Berlin hat ein Reizklima, ein teuflisches Aroma. Doch das ist ihr ja nicht neu, es soll sie nicht hindern – ihr bringt die Stadt Glück, ganz bestimmt.

Jemand kam die Treppe herauf, Jenny hörte am Schritt, es war ihre Mutter. „Besuch für dich." Christel Blom schloß hinter sich die Tür, sie blickte besorgt drein, etwas eulenhaft.

„Dein ehemaliger ... Soll ich ihm sagen, du bist nicht da? Was will er denn immer noch von dir?"
„Schick ihn hoch, dann werd ich's wissen."
„Er sieht irgendwie leidend aus, kommt wohl schwer darüber hinweg. Geh manierlich mit ihm um, hörst du? Offenbar bringt er dir etwas mit, einen Kunstband oder Konfekt, aber an deiner Stelle nähme ich nichts mehr an von ihm."
„Ich denke, er soll nicht gekränkt werden?"
„Du verstehst mich schon ... Ach, sowas dürfte es gar nicht geben. Vater und mir, uns ist das peinlich."
„Daß Jack mich noch manchmal sieht?"
„Zu meiner Zeit, da blieb man zusammen, und falls man sich trotzdem getrennt hat, war auch wirklich Schluß."
„Oder man blieb zusammen, obwohl es aus gewesen ist."
Die Mutter zog sich zurück. Kam man an den wunden Punkt, wich sie einem aus. Für sie gab es Dinge, die geschahen halt, doch man sprach nicht darüber; nicht mal von Frau zu Frau.
Noch ehe Jack eintrat, begriff Jenny, weshalb sie so schroff zu der Mutter gewesen war. Sie ertrug nicht mehr deren Betulichkeit, eine sanfte Gängelei, die an den Wochenenden immer neu begann, obschon sie das Erdgeschoß vor den Eltern räumte. Und sie hatte, als unten die Glocke anschlug, im stillen auch auf jemand anders gehofft, auf Christian Wendt zum Beispiel; ja, das gestand sie sich ein. Statt dessen stand nun Jack vor ihr, ein flaches Päckchen unterm Arm, irgendein Mitbringsel, nur geeignet, Schuldgefühle zu erwecken. Wurde er denn nie erwachsen mit seinen zweiunddreißig Jahren?
Was er da aus dem Papier schälte und ihr behutsam übergab, war ein kleines, grau gerahmtes Ölbild, vorwiegend in festlichem Rot und Schwarz. Ihr blieb der Atem weg. Auf Holz oder Hartfaserplatte in warmen Tönen meisterlich naiv gemalt: die anheimelnde Traurigkeit eines Cafés aus längst versunkener Zeit; Musiker spielten zum Tanz auf. Vorn das ovale Weiß zweier Tische, ein paar Frauen waren, nicht aufgefordert, verlegen daran sitzengeblieben, während sich

hinter ihnen bärenhaft täppisch die Paare drehten ... Jenny entschlüpfte ein Laut. Ohne links unten das kreidige Signum *A.Ebert 1961* zu lesen, wußte sie gleich, wessen Werk sie in den Händen hielt.
„Für dich“, hörte sie Jack sagen. „Zum Abschied.“
„Du bist verrückt! Wo hast du das her?“
„Günstig erstanden, aus Altbesitz.“
„Wirklich?“ Diese Bilder wurden kaum noch gehandelt, und wenn, dann für viele tausend Mark. „Das ist doch wieder so ein krummes Ding.“
Etwas gebückt stand Jack unter der Dachschräge, schief lächelnd, mit hängenden Schultern, das Seidenpapier noch in der Hand. Nicht mehr ganz der schlanke junge Mann, den sie vorletzte Ostern geheiratet hatte. Dank ihres guten Essens und des Bieres quoll ihm der Bauchansatz über den Gürtel. Natürlich hielt er ihrem Blick nicht lange stand. „Na schön, erraten, es stammt von Dropsch. Da ist sogar noch eine Mondscheinszene, auch für dich – wenn du zurückkommst, Jenny.“
„Bei mir soll es hängen, ein Bild, nach dem man sucht?“
„Wer sieht's denn hier, Besuch bleibt doch unten.“
„Und meine Eltern, die zählen wohl nicht?“
„Hör mal, ich hab's für dich getan. Du bist von uns beiden doch der Ebert-Fan. Auf der Ausstellung damals hast du gesagt, solch ein Original wär das Höchste für dich! Übrigens war mir gleich klar, daß die Bilder unverkäuflich sind, bis über den ganzen Fall Gras gewachsen ist.“
„Für mich getan? Pack das bloß wieder ein!“
„Für dich und wegen dir. Was bleibt mir denn sonst? Denkst du noch an das Hafenfest? Da hast du mich angestiftet, mich reingezogen, jetzt hol mich wieder raus! Komm zurück, Jenny, und ich höre sofort damit auf.“
„Das wirst du auch so. Aus Rostock ist ein Kriminalist gekommen, dem machst du auf die Dauer nichts vor, der hat sogar mich schon verdächtigt.“
„Was denn, wie kommt der dazu?“
„Was weiß ich? Rasmus und mein Pech beim Theater, sowas

genügt für den, zu kombinieren. Ich hab ihn im ‚Anker' kennengelernt, wir sind ein bißchen gesegelt, da sagt er mir doch auf den Kopf zu, vom Täterbild her wär ich genau der Typ dafür."

„Das hast du nun davon! Immer neue Bekanntschaften!"

„So bist du wenigstens gewarnt."

„Es gibt keinen Hinweis, nicht die geringste Spur."

„Und dir ist wohl dabei, fremde Leute zu bestehlen?"

„Die sind reich und allesamt versichert, bis unter die Dachrinne."

„Trotzdem schädigst du sie."

„Und, und? Wie ich mich fühle, ist denen auch egal. Sogar dir ist es egal."

Jenny verstummte. Ihr Jack, den sie hatte um den Finger wikkeln können – jetzt sprachen aus ihm Rachsucht und Raffgier, ein explosives Gemisch. Auch spürte sie dahinter eine treibende Kraft. Ihr war, als stehe er nun, da sie sich von ihm zurückzog, unter dem Einfluß anderer. Sie wünschte, aus all dem heraus zu sein. Wäre ihr doch nie die Idee gekommen, der Frau Mau eins auszuwischen! Die hatte's ja nicht mal geschafft, ihr dauerhaft zu schaden; auf Fürsprache des Bezirkskabinetts, wo man Jennys Entwürfe schätzte, war ihr die Verkaufsgenehmigung dennoch erteilt worden, eben drei Monate später ... Einen Denkzettel hatte Frau Mau kriegen sollen, ach, was war daraus geworden!

„Also, es liegt bei dir", sagte Jack. „Bleibt's bei deiner Weigerung, ziehen wir das künftig groß auf."

„Wer ist ‚wir'?"

„Im Herbst sind die Bungalows weit und breit leer, das ist die Chance."

„Wer ist ‚wir'?"

„Errätst du das nicht?"

„Nein. Außer dir kenne ich keinen Narren, der es fertigbrächte, weiterzumachen, unter den Augen der Polizei."

„Doch, du kennst ihn. Unser Freddy! Der ist perfekt, ein absolutes As, dem geht nie etwas schief. Beschaffung und Absatz in einer Hand ..."

„Freddy? So idiotisch soll der sein?“
„Das ist kein Idiot, dem haben sie bloß die Lizenz weggenommen, Jenny. Der hat auch nichts mehr zu verlieren.“
„Wieso hat er die Lizenz verloren?“
„Wegen ein paar dummer Witze am Mikrophon. Sag mal, siehst du diesen Polizisten wieder?“
„Das geht dich nichts an.“
„O doch. Ich rate dir, halt den Kontakt und gib uns Bescheid, was die Brüder tun.“
„Das ist ja lächerlich. Denkst du, er erzählt mir das?“
„Genau. Bei dir wird mancher gesprächig.“
„Hör auf, wie ein Gangster zu reden. Und merk dir, Jack, ich bin raus! Von mir kommt gar nichts mehr ... Dich und den großen Freddy, euch zwei kann ich nur warnen.“
„Weshalb denn so laut? Sowas bespricht man in Ruhe.“
„Es gibt nichts mehr zu besprechen. Einmal hast du's geschafft, hast mich bei Rasmus rumgekriegt, wir sind quitt. Unsere Wege trennen sich, wenn du nicht Schluß machst damit, will ich dich nie wiedersehen, weder hier noch sonstwo – ist das deutlich genug?“
„Keine Angst, ich gehe schon“, sagte Jack kehlig. Er schlug das Bild wieder ein, so rasch und grob, daß Jenny hätte weinen können über seinen Umgang mit solch einer Kostbarkeit. „Für heute bin ich bedient! Aber merk dir, Mädchen, nicht alles geht nach deinem Kopf.“
Die Tür fiel zu, sie hörte ihn unten noch ein paar Worte mit ihren Eltern wechseln; dann war es ausgestanden.

Jenny schlief schlecht in dieser Nacht voll dunkler Ahnungen und Empfindungen, in Momenten des Wachseins bemüht, ihnen auf den Grund zu kommen. Vor allem fürchtete sie ein Scheitern der zwei. Welche Chance hatten sie gegen Christian Wendt und dessen sprungbereiten Apparat? Wurden Jack und Freddy gefaßt, zog das auch sie selber unausweichlich hinein ...
Unterhalb dessen, was sie da schlaflos hielt, lag ein Knäuel von Gedanken, kreisend um die Frage nach dem Ziel. Was

eigentlich wollte sie? Anerkannt sein, als Mensch und als Frau; geliebt werden und selber lieben können. Tun, was ihr gefiel und ein bißchen Geld in der Tasche haben; ja, dies wünschte sie sich vom Leben. War das zu selbstsüchtig gedacht? Nein, nur ehrlich. Mit Vierundzwanzig war man alt genug, sich darüber klarzuwerden, was das für einen hieß – Glück. Denn nur, um glücklich zu sein, war sie letztlich auf der Welt. Ein zeitgenössischer Dichter hatte listig gesagt: Der Sinn meines Lebens scheint darin zu bestehen, hinter den Sinn meines Lebens zu kommen. Womit er zu verstehen gab, wie schwer da etwas zu entdecken sei, sogar für einen Denker. Nur, mußte nicht jeder Mensch für sich eine Antwort finden?

Seltsam, was Jenny sich auch ins Gedächtnis rief in diesen bangen Stunden, sie fand kein Beispiel für einen Lebenssinn, das jedem Einwand standhielt. Statt dessen massenhaft Behelfs- und Betäubungsmittel, Surrogate, Opiate, Sehnsüchte, Süchte als Sinnersatz. Der Alltag, so wie sie ihn kannte, war voll davon. Da gab es die Arbeitswut ihres Vaters, die ihm Anerkennung verschaffte, und seine Alkoholabhängigkeit – halb verschleiert, halb geduldet von der Mitwelt; tatsächlich zwei Formen von Sucht. Das Wort hing offenbar mit *siech* zusammen und mit dem englischen *sick* (für übel oder krank), von *suchen* kam es nicht. Sucht, so schien es ihr, war Betäubung: eine ausweichende, peinliche, nichtlohnende Antwort auf die Frage nach dem Sinn.

Ein schillernder Fächer von Süchten, von Sinnersatz tat sich vor Jenny auf. Begehrenswert und wichtig sein, ihr eigenes Ziel; gefallsüchtig den vorübergehenden Zustand der Jugend genießen! Die Eitelkeit eines Dieter Marten war beruflich fundiert und trotzdem nicht besser, sie führte zu männlicher Koketterie, Ruhmsucht und Arroganz. Und aus Udo Tidemanns Ehrgeiz wurde Prahl- und Rekordsucht, wenn er von Fangergebnissen und Regattasiegen schwärmte. Die Tierliebe der Mutter, die Goldfische und der Dackel, waren gleichfalls bloß Ersatz. Und die Eifersucht bei Jack, aus der kriminelle Habgier wurde? Die Herrschsucht der großen und

kleinen Machthaber bis hinab zu Frauen wie Trude Mau, sie bedrückte andere, nahm ihnen die Lust.
Stand es um den Menschen von alters her schlimm, wie der Rundfunkpastor neulich erklärt hatte, war die Summe der Laster bei jedem etwa gleich? Mancher wechselte ja von einer Sucht zur nächsten, ehemalige Raucher stürzten sich auf Süßigkeiten, alte Leute schluckten zuviel Tabletten oder wurden regelrecht fernsehkrank. Es brauchte halt jeder den täglichen „Schuß", den Anreiz zum Weiterleben, und viele dieser Reize machten süchtig, zweifellos. Sogar Sex, Joggen, eine Sammelleidenschaft oder Reiselust, an sich harmlos, brachten das zuwege! Vieles ließ sich verwenden, beinahe alles ... Mein Gott, sich an geglückten Diebstählen hochzuziehen, wie ärmlich, so Leben spüren zu wollen!
Wirklich, das brauchte sie nicht. Erstaunlich aber blieb, sie sah es meistens nur bei anderen, nicht beim Blick auf die eigene Person. Und auch der Anblick Suchtkranker machte erst betroffen, wenn einem aufging, wie wenig man sich selber im Kern von ihnen unterschied ... Je länger Jenny grübelte, desto mehr verschwamm ihr die Grenze zwischen noch halbwegs sinnvollem und schlechterdings dummem, ja verbrecherischem Tun. Der eigene Hang zum Konsum, die Lust am Besitz, waren das nicht schon erste Schritte? „Ich kann auf alles verzichten außer auf ein bißchen Luxus." Dieser Satz, den sie einst für witzig hielt, jetzt kam er ihr zynisch vor. Luxus hatte selten etwas mit Vernunft zu tun, viel häufiger mit Ungerechtigkeit. Aber steckte nicht hinter all den kleinen und großen Selbsttäuschungen etwas Menschliches, nämlich der Hunger nach Sinn?
Ja, so war es. Auch das Läppische und auf die Dauer Wertlose, dem man da nachjagte, täuschte einem ein abwechslungsreiches und daher vermeintlich erfülltes Leben vor. Was Jack und Freddy – wie so manchen anderen – da vorwärtstrieb, war die Ungeduld von Menschen, die pausenlos bekommen müssen, wonach es sie verlangt. Als Motor ihres Handelns eine fieberhafte Unrast, die Leere zu füllen; die die Flucht in den Besitz. Nur kein Versager sein! Bestätigung

suchten sie, die Illusion von Tatkraft und Überlegenheit. Und wie flüchtig war das doch! Für diese Illusion wagten die zwei ihre Freiheit und setzten auch Jennys Existenz aufs Spiel. Wenn sie geahnt hätte, was sie lostrat an jenem Juniabend dort am Hafen!
Doch nun war es zu spät.

Am nächsten Vormittag grub sie in einem Karton voller Fotos, bis sie ein Bild im Postkartenformat fand, das ihr wirklich gefiel. Udo hatte es vom Mast her aufgenommen, nicht ohne daß sie ihm scherzhaft-hinterhältig riet, lieber zwei Schritte zurückzutreten (wobei er über Bord gestürzt wäre). Das Bild zeigte sie mit windzerzaustem Haar am Ruder der Jacht vor dem Hintergrund glitzernd bewegten Wassers. Ein Schnappschuß vom letzten Sommer, alles lebte daran, zumal ihr Gesicht. Sie schrieb auf die Rückseite: „Zur Erinnerung an den 23. September – Jenny". Ohne Absender adressierte sie den Umschlag an Nauschütz, zu Händen von Hauptmann Wendt, dessen Anschrift sie nicht kannte.
Als sie das Kuvert mit den sieben Worten später in den Briefkasten warf, hatte sie das Gefühl, auf geheimnisvolle Weise unter Christians Fittiche zu schlüpfen. Sie suchte etwas wie Geborgenheit bei ihm, Schutz vor dem Sturm, der sich, von Jack neu entfacht, vielleicht doch erheben und sie hochschleudern würde, fand sie nicht noch irgendeinen Halt.

6 Am 1. Oktober fuhr Wendt im eigenen Wagen südwärts über die Autobahn, um seinen Sohn zu besuchen. Stefan hatte ihm geschrieben, er würde an diesem Samstag Ausgang haben. Die Einheit lag ein Stück südlich von Potsdam – gut dreihundert Kilometer mit einem Lada, der eben gerade neunzig lief. Stehenbleiben, das war zu spüren, würde er zwar nicht. Versuchte man aber, schneller zu werden, ruckte der Motor recht unangenehm. Beim Abgastest hatten sie den Versager zu mager eingestellt, und erst auf der Auto-

bahn, fernab einer Werkstatt, kam das heraus.
So blieb dem Hauptmann reichlich Zeit, darüber nachzudenken, was er mit seinem Leben anfangen wollte. Nirgendwo sonst, dachte er, kann man das Alleinsein so genießen wie bei Drehzahl 3000 in einem benzinsparend dahinschleichenden Wagen. Frei von allen Bindungen, umgab ihn jene Einsamkeit, die Vorbedingung für das ungehemmte Schweifen der Gedanken ist.
Der Fall Cumin lag auf Eis. Kein Ruhmesblatt. In der Sackgasse gelandet. Festgefahren, nach allen Regeln der Kunst. Unverrichteterdinge heimgekehrt, wie es einem immer mal passierte. Stirnrunzelnd, den Mund skeptisch vorgestülpt, hatte Major Fink den Bericht gelesen, die letzten Seiten der dünnen Akte. Und tadelnd auf Stellen im Text getippt, wo sich Auskünfte widersprachen. Der Major hatte kurze, behaarte Finger, an den Kuppen verdickt; sie glichen Stempeln und gaben der Geste etwas Endgültiges. Ansonsten reine Routine. Mit dem Herzen war keiner von ihnen dabeigewesen, das merkte man an Finks Art, ihm gleich einen neuen Auftrag zu geben ... Die kriminalistische Information zur Überprüfung von An- und Verkaufsgeschäften sowie von Antiquariaten für die gesamte Republik war längst heraus, ohne daß ein Echo kam.
Was blieb? Die Geschichte der drei Einbrüche, gewissenhaft rekonstruiert, mit den Aussagen der Geschädigten, den kaum nennenswerten Befunden der Spurensicherung und den Tatortfotos. Das konnte leicht in einer Ablage verstauben. Für spätere Archäologen ein fesselnder Fund.

Und noch etwas blieb ihm von Cumin: Jennys Foto mit der Widmung, zurückhaltend im Ton, doch immerhin ein Signal von ihr. Ein hinreißendes Bild, seit Tagen steckte es in seiner Brieftasche. Er hatte den Eindruck, es verwirre und stärke ihn zugleich. Welche Komponente überwog, der Trost oder die Beunruhigung, wurde ihm nicht klar. Keine Frau verschickte ihr Bild ohne Grund. Sie gab ihm ein Zeichen. Es galt, Ursache und Wirkung ihres Schritts zu ergründen. Aus

fernen Schultagen fiel ihm der Lehrsatz ein, der Stil eines Menschen entspreche dem Charakter und dieser präge sein Schicksal oder bestimme es doch wesentlich mit.
Aber wenn Charakter Schicksal war, wieso schlug dieses hübsche, gescheite und lebensvolle Mädchen eine Brücke ausgerechnet zu ihm? Sie hatte doch einen passenden Freund. Wendt konnte sich nicht vorstellen, was ihr an ihm gefiel. Seit seiner Scheidung wich er den Frauen aus. Er fand, daß alles Begehren ihn verlassen hatte. Ob nur zeitweilig oder für immer, das kümmerte ihn nicht. Er hatte genug. Wieviel Aufregung und überflüssige Geschäftigkeit mit einem Flirt verbunden war! Fast soviel wie dann später mit dem quälenden Prozeß der Scheidung. Tatsache war, er wollte allein bleiben, vorerst zumindest.
Hinter Neuruppin, wo er getankt hatte, fiel ihm ein: Nicht Charakter, sondern Zufall hieß das Weltgesetz. Wenn ihm ein Reifen platzte und er sich auf der nassen Fahrbahn nur deshalb nicht überschlug, weil er so gemächlich fuhr, dann verdankte er das weniger seinem Charakter als den wackeren Autoschlossern, die in ihrem Drang, die Abgaswerte zu senken, den Vergaser falsch eingestellt hatten.
Merkwürdig, schon einmal hatte das Bild eines Mädchens sein Leben beeinflußt: Helgas Foto. Sie schickte es ihm in die Kaserne, während des ersten Halbjahrs bei der Armee, als sie noch gar nichts miteinander hatten. Es war gleichfalls kein kunstvoll ausgeleuchtetes Porträt, sondern der einfache Schnappschuß einer Freundin gewesen. Unter dem kurzen, halboffenen Mantel trug Helga einen Rock und Stiefel aus Wildleder. Der hochgestellte Mantelkragen ließ wenig sehen von dem schmalen Kopf und dem zurückgekämmten kastanienbraunen Haar. Sie blickte keck über die Schulter ins Objektiv. Ihr Gang schien etwas Zielbewußtes und Forsches, gar nichts Kokettes zu haben.
Und so enthüllte sich ihm auch ihr Wesen. Helga war lebensfroh, sie beide hatten in den ersten Jahren viel Spaß auf Reisen und daheim oft Besuch gehabt. Ihre Feste hoben sich von den üblichen Geselligkeiten ab, aus dem Nichts zauberte

Helga leckere Gerichte, sie lud nette Leute ein und sorgte für Partyknüller wie Versteigerungen und Glücks- oder Geschicklichkeitsspiele. Dann lernte sie es, mit Rücksicht auf seinen Beruf etwas zurückzustecken, blieb anschmiegsam und fügte sich den Notwendigkeiten ... Sie war Industriekaufmann, als Stefan größer wurde, studierte sie Ökonomie. Und eines Tages leuchtete ihr nicht mehr ein, daß Theaterkarten verfielen und sie Einladungen versäumten, weil er plötzlich Dienst hatte. Sie klagte ihm, ihr beider Leben veröde und verarme. All ihre Freundinnen hätten die Männer nach Feierabend bei sich zu Hause. Er aber vergeude seine Kraft auf miese kleine Strolche, die auch ohne ihn hinter Gitter kämen und, ließ man sie frei, stets rückfällig würden. Seine Argumente tat sie bald wortlos ab, mit freudloser Miene oder einem bitteren Auflachen.
Am meisten kränkte es sie, daß er nicht auf seinen Handball verzichtete und dazu noch anfing, sich für Stefan Zeit zu nehmen, mit ihm eigene Wege zu gehen: Radtouren, Kletterpartien, Kampfspiele im Gelände. Der Sohn, zuerst einzig ihr Liebling, wurde sein Kamerad und so zum Streitobjekt ... Mitten in dieser Krise hatte sie Manfred entdeckt, den leitenden Ingenieur ihres Werks. Auch dieser Mann machte Überstunden, doch ihm gelang es, die Arbeit mit nach Hause zu nehmen. Und Helga war's zufrieden! Die Illusion, daß er bei ihr und verfügbar sei, genügte ihr offenbar.
Eigentlich hatte Wendt nicht mehr an sie denken wollen. Aber wer seine Zukunft planen will, der muß aus alten Fehlern lernen und mit der Vergangenheit im reinen sein. Die gescheiterte Ehe war ein wichtiger Teil seiner Vergangenheit.

Vor dem Kasernentor stand auf einem übermannshohen Sockel ein Panzer des sagenhaften Typs T-34. Während Wendt vor der Wachstube stand und seinen Sohn herausrufen ließ, kam ihm in den Sinn, wie er vor zehn oder zwölf Jahren mit Stefan im Pionierpark ihrer Heimatstadt gespielt hatte. Dort reckte ein Panzer vom gleichen Typ sein Geschütz, man konnte hineinklettern, mit Handrädern das Rohr schwenken und auf eingebildete Feinde zielen. Vermutlich tat Stefan das jetzt nicht mehr so leidenschaftlich, falls der Turm überhaupt noch von Hand gedreht wurde, was zu bezweifeln war.

Seit viereinhalb Monaten, dem Tag der Vereidigung, hatte der Hauptmann seinen Sohn nicht mehr gesehen. Er kam ihm stiller und reifer vor. Stefan war schmal geworden im Gesicht, er schien aufrechter zu gehen, ohnehin überragte er Wendt um einen halben Kopf, mit der Schirmmütze und der an ihm immer wieder überraschenden Stahlbrille wirkte er in seiner Ausgehuniform noch größer und ernsthafter. Wendt streifte das Brillengestell, als sie einander ungeschickt umarmten. Auch dies war ein Teil seiner Vergangenheit – unwiederbringlich dahin.

Sie fuhren über die Bahngleise nach B. hinein, eine trostlose Kleinstadt im Nieselregen, die Fernverkehrsstraße von Halle nach Potsdam schnitt lärmend hindurch. Es war erst halb zwölf, sie fanden leicht einen freien Tisch in der kleinen, sauberen Gaststätte eines Neubauviertels. Wendt ließ ein Glas Saft, ein großes Bier und die Speisekarte kommen. Stefan sprach von seinem Dienst, dann wischte er sich den Bierschaum vom Mund und fiel über das Würzfleisch, den Kaninchenbraten und das Eis mit Schlagsahne her. Mehr konnte man ihm nicht bieten, außer Wodka und einem zweiten Bier. Die Freiheit dieses Tages endete für ihn an der Grenze des Standorts. Seine Dankbarkeit war deutlich, doch ganz wohl war ihm nicht. An den Nebentischen, sagte er, säßen Offiziere in Zivil, sie bewohnten die Häuserblocks ringsum. Er fühlte sich von ihnen kontrolliert.

„Ach, die haben Besseres zu tun. Und bestimmt verdanken wir ihnen überhaupt dieses schmucke Lokal."

„Da kannst du recht haben." Stefan zündete sich eine Zigarette an. Wie mager er geworden ist! Man sah die zarte Knochenstruktur seines Kopfes. Eine Zeitlang, während der Junge weitersprach, verspürte Wendt keinerlei Kontakt. Ein beliebiger Soldat hätte dort sitzen und von den Mühen,

Erfolgen und Enttäuschungen seines Alltags reden können. Dann fiel ihm auf, wie stark sein Sohn rauchte. Nikotinflecke an den langen Fingern. Etwas stimmte nicht mit ihm, aber was? An den Dienstbetrieb hatte er sich, so klang es jedenfalls, restlos gewöhnt. Im November rückten die Neuen ein, dann lag der härteste Teil der Ausbildung hinter ihm. Er war ein guter Schütze, und wenn sein Panzer im Gelände fuhr – sehr oft kam das nicht vor –, machte ihm das, wie er hervorhob, ehrlich Spaß. Das erhabene Gefühl, einen Stahlkoloß unter sich zu spüren.
Wendt atmete auf. Er mußte sich getäuscht haben. Nach der Trennung war Stefan von Helga und deren neuem Mann verwöhnt worden; daher die Befürchtungen. Dieser Manfred hatte versucht, mit allem möglichen, auch mit einer teuren Stereoanlage, seine Zuneigung zu gewinnen. Aber Stefan ging ihm aus dem Wege. Ohne sein Zimmer daheim aufzugeben, war er zuletzt mehr und mehr zu Anne gezogen, seiner Freundin seit der 9. Klasse, mit der er seit langem schon schlief. Nach der Armee wollten die zwei heiraten, würden Kinder haben ... Ja, das war der Lauf der Welt.
„An was denkst du, Vater? Ich rede nur von mir die ganze Zeit."
„Was ich denke? Daß wir uns kaum noch sehen. Familien lösen sich einfach auf. Noch ein paar Jährchen, und du ziehst selber mit deinen Kindern in den Pionierpark. Mich guckt dann längst kein Weib mehr an. Da bleibt einem bloß noch das Fernsehen ... Ein reizender Gedanke."
„Es ist doch kein Fehlstart da oben?"
„Beruflich wenig Neues. Mal so, mal so. Den letzten Fall hab ich nicht aufgeklärt. Es gab da nur einen winzigen Lichtblick, weißt du ..." Wendt beugte sich vor, er sprach leise und versuchte so, das alte Gefühl des Vertrautseins zu wecken. Aus dieser Regung heraus griff er zur Brieftasche und entnahm ihr Jennys Bild.
Stefan betrachtete das Foto nachdenklich und klopfte dabei abwesend mit einem Finger auf den Tisch. Dann drehte er es um, las die Widmung und sagte: „Ich gratuliere."

„Na, ich weiß nicht ... Eher etwas für deinen Jahrgang."
Der Sohn nahm die Brille ab und fuhr sich über die Augen. Die Druckstelle auf seinem Nasenrücken glich einer kleinen Wunde. Ohne die Gläser wirkten seine Augen ziemlich ausdruckslos. Er sah ihn aus zusammengekniffenen Lidern an, als sei er plötzlich schwer zu erkennen. „Stört dich der Altersunterschied?"
„Immerhin achtzehn Jahre."
„Mach dir nichts draus, Väterchen." Stefan setzte die Brille wieder auf, und das Gestell glitt von allein in die Delle. „In acht Jahren ist der Abstand zwischen euch ideal. Nach der goldenen Regel, daß die Frau halb so alt sein sollte wie der Mann, plus sieben Jahre." Er war immer im Kopfrechnen gut gewesen.
Der Ober sah die Brieftasche, er kam mit der Rechnung, sie lag höchst stilvoll in einem verzierten Holzkästchen. Die Preise glichen denen in der „Seerose" von N., doch hier gab es Stoffservietten, das Essen schmeckte, nichts wurde verwechselt, und das Bier war vorzüglich, wie Stefan betonte, der in seiner Kaserne völlig trocken lag.
Zwei Stunden spazierten sie am Ortsrand entlang, wo es heiterer war als im Zentrum, unter Bäumen, deren Laub sich schon färbte. Es regnete nicht mehr. Das Regiment, teilte Stefan mit, verstand sich als Elite, ihn freue es, solch einer Formation anzugehören und ein guter MPi- und Ladeschütze zu sein... Von Zeit zu Zeit betastete er seinen Unterkiefer, als ob ihn da etwas irritierte.
Wieder hatte Wendt den Eindruck, es bleibe da irgend etwas ungesagt. Es fiel ihm ein, daß Stefan in einer frühen Phase ein sehr schüchternes Kind gewesen war. Als er ihn einmal mit Helga im Ferienheim an der See besucht hatte, sprach er kein Wort. Dem endlosen, schon beängstigenden Schweigen folgte dann der Satz: „Mutti, meine Schippe ist weg." Damit erst brach das Eis. Instinktiv wartete der Hauptmann jetzt auf einen ähnlichen Satz. Er fühlte sich schuldig. Nicht Helga nämlich, sondern er selbst hatte Stefan diese Art Scheu und Verletzlichkeit vererbt.

Einen Hang zur Melancholie, der unter gewissen Umständen zutage trat. Die Umstände schienen dazusein. Zum Beispiel fragte man sich doch, was der Junge mit seiner appetitlichen Anne anfing, wenn sie ihn sonntags hier besuchte. Keine Bleibe; nirgends dichter Wald. Keine Möglichkeit zur Intimität. Schwer bekömmlich, solch ein Zölibat. Einmal, hörte Wendt ihn sagen, habe Anne ein Hotelzimmer in Potsdam ergattert, aber da sei ihm der Ausgang gestrichen worden. Gewöhnlich blieb der, wie heute, auf den Standort beschränkt.

„Ach“, fügte Stefan hinzu, „was belästige ich dich mit meinem Kram. Du hast wahrscheinlich selbst genügend Ärger.“

„Im Augenblick nicht.“

„Sieht ganz pfiffig aus, deine Jenny.“

„Weißt du, pfiffige Frauen liegen mir wenig. Bin sie nicht gewöhnt... Um ehrlich zu sein, ich bin überhaupt nicht an Frauen gewöhnt. Ab sofort werde ich lernen, wie man mit ihnen umgeht.“

„Doch wohl kaum von mir.“

Gegenüber einem wüsten Platz, der wie zum Hohn „Paradiesgarten“ hieß, lag ein Ecklokal, ein verräuchertes Café. In der einzigen freien Niesche brannte schon Licht. Wendt suchte für den unersättlichen Sohn drei Stück Torte aus. Der lächelte ihn an, das Gesicht im warmen Lampenschein weich und jung. Wenigstens hat er nicht den Appetit verloren.

„Nachher fährst du ab“, stellte Stefan beim letzten Stück fest. „Ich wünschte, ich könnte mitfahren. Egal, wohin.“

Wendt horchte auf. Der Nachdruck, mit dem das gesagt wurde, war ihm unbehaglich. Es klang, als rede ein Häftling zu einem Mitgefangenen, der noch am selben Tag entlassen wird. „Ist was nicht in Ordnung?“

Der Junge schüttelte den Kopf. Unbeholfen zog er einen Brief aus der Brusttasche seines Waffenrocks. Wendt erkannte Annes Handschrift auf dem Umschlag. Ganz überraschend empfand er Neid, weil sein Sohn Liebesbriefe bekam, während für ihn nur sieben Worte auf einem Foto blieben.

„Lies ruhig. Ist gar nicht lang.“

Er nahm das Blatt, strich es glatt. Stefan sah ihm zu, wobei er den Kopf zur Seite neigte und eine Grimasse schnitt. Im zweiten Absatz stand: „Seit langem beschäftigt mich unser ‚Zusammenleben'. Nicht nur die Trennung bedrückt mich, schon vor der Armee zerbrach ich mir manchmal den Kopf über unsere Zukunft. Wir haben zu verschiedene Auffassungen vom Leben. Du willst möglichst bald eine Familie gründen, Stefan, aber ich bin noch nicht so weit. Ich muß noch viel erleben und sehen, das hab ich Dir immer gesagt. Oft kam es mir so vor, als wären wir schon ewig miteinander verheiratet, alles verläuft zwischen uns wie vorprogrammiert. Ist es da nicht besser, sich zu trennen? Noch sind wir jung, haben keine Kinder! Lange hab ich mit mir gerungen, hänge auch an Dir, kann mir aber keine gemeinsame Zukunft mehr vorstellen ..."
Wendt blickte auf und sah seinen Sohn weinen. Er hatte die Brille abgesetzt und strich sich über die Augen. Am Uniformkragen stieg sein Adamsapfel auf und ab; stumm rannen Tränen über die blassen, hageren Wangen. Über den Tisch hinweg griff Wendt nach der nikotinfleckigen, von Schrammen bedeckten Soldatenhand. Nebenan wurde man aufmerksam, doch das kümmerte ihn nicht. „Weiber", sagte er leise. „Ich weiß, das tut weh; aber es läßt sich nicht ändern."
„Sie hätte ja wohl noch ein Jahr warten können."
„Anscheinend nicht. Die Mädchen heutzutage verschwenden keine Zeit. Die wissen halt, was sie wollen."
Als sie aufstanden, waren Stefans Augen hinter den Brillengläsern noch feucht. „Der Brief ist drei Wochen alt ... Ich versuche, nicht mehr dran zu denken."
„Du hast eine neue Erfahrung gemacht", sagte Wendt auf der regenfeuchten Straße. „Glaub mir, mit Zwanzig steckst du sowas leichter weg als mit Vierzig."
Noch nie waren sie sich so nahe gewesen wie in den folgenden Minuten. Vor dem Kasernentor fragte sein Sohn, im Herbstwind fröstelnd: „Darf ich im Urlaub zu dir kommen, so um Weihnachten? Nach Hause zieht mich jetzt gar nichts mehr."
„Tu das! Ich freue mich auf dich und nehme mir frei."

Es erleichterte Wendt, von B. wegzukommen und wieder die nasse Autobahn unter sich zu haben. Soviel geballter Trauer gegenüberzustehen war schwer. Doch zugleich fühlte er sich unerträglich einsam. Hinter dem Steuer sitzend, dachte er an Jenny. Wäre er nicht in den „Anker“ gegangen, hätte er sie übrigens nie kennengelernt ... Natürlich gab es Gesetzmäßigkeiten auf der Welt, die Entwicklung der Menschheit wurde letztlich davon ja regiert. Im persönlichen Leben aber trieb der Zufall sein Spiel, er beherrschte die Partnerwahl, davon war der Hauptmann ebenso fest überzeugt. Vielleicht lächelte ihm doch noch einmal das Glück.

7. Anfang Oktober drehte der Wind auf Süd, trieb in einem Schwall Warmluft Altweiberfäden vor sich her. Zwischen Farnkraut und Kiefern wuchsen Maronen, zahlreich wie noch nie, und im Dorf roch es nach dem gärenden Grünfutter, das in Hängern über die Wiesen rollte. An jenem sonnigen Mittwoch hatte Leutnant Nauschütz die Uniform mit dem Blaumann vertauscht, um die Garageneinfahrt zu zementieren – belauert von einem Nachbarn, der ihm seit langem auf die Nerven ging.

Dieser Mann, ein gewisser Blödhorn, hatte es ihm verwehrt, seine Garage gleich an die Grundstücksgrenze zu setzen, drei Meter hatte er davon wegbleiben und seinen Garten verkleinern müssen. Selber freilich war dieser Bürger durchaus kein unbeschriebenes Blatt. Im Vorjahr erst hatte er versucht, seinen Grundbesitz durch heimliches Versetzen zweier Grenzsteine auf Kosten des Volkseigenen Gutes auszuweiten. Das war ihm aber anhand der Flurkarte versalzen worden, dafür hatte man gesorgt.

Ein Rückständiger; kein Unikum leider, von seiner Sorte gab es in Cumin noch mehr. Ehe Blödhorn in Rente ging, war er in mehreren Baubetrieben tätig gewesen und hatte (unter dem gängigen Vorwand, Schafställe oder Räume zur Altstofferfassung zu bauen) über sein Grundstück drei Bungalows zu verstreuen gewußt, fast manövermäßig im Gebüsch versteckt; teils massiv, teils aus Faserplatten, gedeckt mit Wellasbest, Dachpappe oder Ziegeln, je nach der Arbeitsstelle, die er zur Bauzeit innegehabt hatte: Stationen eines Lebens. Zwei Dutzend Betten vermietete er in der Saison, behutsam geschätzt zur Hälfte schwarz, was ihm zum Einkommen eines Generalmajors oder Staatssekretärs verhalf. Soweit durfte die Duldsamkeit der Gemeinde wahrlich nicht gehen.

Und damit nicht genug, lagerte der Mensch mit den Altstoffen, die sich bei ihm sammelten, weiteres Baumaterial wie Klinker, Riemchen und Vierkantholz dicht am Zaun, wo es ihm manchmal abhanden kam. Dann erstattete er dringlich Anzeige und verlangte von ihm, Nauschütz, diese Dinge wieder herbeizuschaffen. Was bei dem Tempo und der Vielfalt des lokalen Baugeschehens glatt unmöglich war. Da hätte einer hundert Augen haben und tagtäglich auf all den Kleinbaustellen herumkriechen müssen, um etwas davon wiederzufinden, bevor so ein Corpus delicti unterm Putz verschwand. Anstatt aber froh zu sein, daß man den Spieß nicht umdrehte und einmal die Quelle der Materialien und die Art des Bezugs untersuchte, wollte er Auskunft über deren Verbleib, tadelte auf Einwohnerversammlungen die Behandlung seiner Anzeigen („einfach abgelegt, als Altpapier“) und trug die Beschwerden bis hoch zum Rat des Kreises oder zum Kreisamt, was Nauschütz dann zwang, sich zu rechtfertigen. Dabei war sein Tag auch ohne solchen Schietkram weiß Gott ausgefüllt.

Der Leutnant stieß seinen Spaten in den Bottich, umwölkt von Zementstaub durchwühlte er den schmatzenden Brei kräftig nach allen Seiten. Die Fahrspuren waren schon mit Brettern verschalt. Er schuftete ganz gern zum Ausgleich der oft sitzenden Tätigkeit; sofern es methodisch geschah, schätzte er solche Arbeit sehr. Es war ihm mißglückt, einen Betonmischer auszuleihen, auch sein Helfer hatte ihn versetzt, daher mischte er das zähe Zeug eigenhändig, ächzend, oft pausierend, unter dem giftigen Blick des Alten von ne-

benan. Er hatte das Gefühl, Feindseligkeit sei ein ganz elementarer Zustand bei dem, und er habe ihn wieder einmal ertappt, bevor der gehässige Nachbar sich zwecks Umgang mit den übrigen Menschen verstellen konnte.
Beim zweiten Kübel spürte Nauschütz schon sein Kreuz und wußte, nach dem Duschen würde er zerschlagen auf der Couch liegen, kaum noch ansprechbar, doch in dem Wohlgefühl, etwas Bleibendes geschaffen zu haben. Was man bei aller Pflichterfüllung in puncto Ordnung und Sicherheit hier nicht so ohne weiteres sagen konnte. Sein privates und das berufliche Tun ließen sich durchaus vergleichen. Er fand, der Zement da ähnelte ein bißchen den Ordnungskräften im Land, war er doch das Bindemittel, das dem ganzen Halt verlieh. Während der Sand in seiner Tragkraft den übrigen Werktätigen und das Wasser dem Rest der Bevölkerung entsprach, den Frauen, Kindern und Alten, durch die all das erst verschmolz. Bei richtiger Zusammensetzung wurde daraus, im Bottich genau wie im Staat, etwas Festes und harmonisch Dauerhaftes. Fehlte es aber an Zement, dann verarmte das Gemisch, drohte bei Belastung zu zerbröckeln.
Tatsache war, er stand mit derzeit neun freiwilligen Helfern im Dorf allein. Die unterstützten ihn immer nur ab und zu, jeder vier Stunden im Monat, drückten sich vor einem Mehr, überbeansprucht durch nächtliche Streifengänge in der Siedlung wegen der drei Einbrüche, um die es still geworden war, nachdem Hauptmann Wendt den Ort verlassen hatte … Oder die Helfer verschwanden ganz, wenn die Armee sie einzog, ohne daß es ihm gelang, gleich Ersatz zu finden. Oft war er überfordert, sogar jetzt, außerhalb der Saison, wo die Einwohnerzahl auf ein knappes Tausend schrumpfte, kamen Dinge auf ihn zu, die man schwer im Griff behielt. Da war etwa die Festveranstaltung zum 7. Oktober, am Vortag die üblichen Auszeichnungen – Harry Krone sollte als Leiter der Konsumgaststätte für vorbildliche Urlauberbetreuung Aktivist werden, Udo Tidemann wollte man die Silberne Rose für Nachbarschaftshilfe anstecken, weil er den alten Erich Pertus betreute –; anschließend Tanz in der „Ostseeperle“, das en-

dete leicht in Suff und Schlägerei. Ein paar Raufbolde wollten partout Rabatz, wie das verhindern? Er, Nauschütz, konnte nicht überall sein, da hieß es wieder, bis spät in die Nacht zu schlichten und zu protokollieren, falls es zu einer Körperverletzung kam. Ach, diese Rauflust von Burschen, denen es bloß zu gut ging! Und der mäßige Beistand durch Bürger, die lieber wegsahen, wenn sie ihm nicht gar übelwollten wie der Späher von nebenan.

Beim dritten Kübel kam dem Leutnant die Idee, einfach zum Zaun zu gehen, mal ein freundliches Wort an den Mann zu richten und ihn so vielleicht zu entwaffnen. Es würde seine Großmut und Selbstsicherheit zeigen, rang er sich nach all dem dazu durch … Während Nauschütz noch überlegte – Major Bradhering hatte ihn einmal im Zorn *konfliktscheu* genannt –, fiel ihm sein erstes Scharmützel mit Blödhorn ein. Vor Jahren, ehe sie hier Nachbarn wurden, war Blödhorn in der Dienststelle erschienen (man saß noch im Kreisamt, Paß- und Meldewesen) und hatte sich über seinen Namen beklagt. Der müsse eigentlich Blödorn oder Blöhdorn lauten, das „h" sei bestimmt mal irrtümlich darin aufgetaucht oder an die falsche Stelle gerutscht, durch den Irrtum eines Pastors oder die Nachlässigkeit eines Kanzleischreibers im vorigen Jahrhundert; seine Familie leide unter dem Namen und wolle ihn geändert haben.

Weil aber Blödhorns Eltern, deren Trauschein er vorlegte, auch Blödhorn geheißen hatten, mit dem „h" als fünftem und nicht als viertem Buchstaben, hatte Nauschütz ihn abschlägig beschieden: eine Namensänderung würde nur in schwerwiegenden Fällen bewilligt, da gebe es noch ganz andere Namen, die den Träger wirklich diffamierten, und welcher vernünftige Mensch spreche denn das „h" in seinem Falle mit? Es sei nicht jeder so rücksichtsvoll, war die Antwort gewesen. Da lag wohl der Ursprung ihrer Feindschaft! Blödhorn war wütend gegangen, verbittert, hatte sich verhöhnt gefühlt – zu Unrecht, Nauschütz hatte nur korrekt gehandelt, indem er ihn pflichtgemäß auf die Problematik einer Namensänderung verwies. Als Polizist war ihm jede Retusche von Personalien aufs äußerste

zuwider, ganz unabhängig von der Verwaltungsarbeit, die daran hing. Er konnte da nicht anders, Ordnung war das halbe Leben ... Nein, die Wurzel der Abneigung lag zu tief, als daß sie sich noch ausgraben ließ.
In diesem Moment hielt hinter ihm ein senffarbener Motorroller vom Typ Schwalbe, zwei Burschen hockten darauf. „Herr Nauschütz", rief der Fahrer, „aus dem Ferienhaus von Tredup holen sie Möbel raus."
Nauschütz zog den Spaten aus dem Brei, der ganz durchgemischt und von bester Beschaffenheit war. Noch ein letzter Guß, dann hatte er's geschafft. „Und, und? Was ist denn dabei? Das wird schon seine Richtigkeit haben."
„Möchten Sie sich nicht vergewissern?"
„Ihr müßt mich nicht belehren, ich weiß selbst, was zu tun ist ..."
Aus den Augenwinkeln nahm der Leutnant den Kopf Blödhorns über der Sanddornhecke wahr, der verfolgte den Auftritt, würde im Dorf wieder erzählen, daß man passiv sei und auf Anzeigen kaum reagiere. Bis zum Haus des Chefarztes Tredup waren es höchstens fünf Minuten, ihn streifte der Gedanke, dem Beton etwas Kalk beizufügen, was das Abbinden verzögert hätte. Aber der Kalkzusatz minderte auch die Härte und würde die linke Fahrspur heller färben als die rechte, ihn also zeitlebens daran erinnern, wie er von zwei Schnöseln gefoppt worden war.
Denn natürlich kannte er die beiden. Der eine hatte eine Gruppe von Halbstarken angeführt, die Mercedessterne und andere Embleme von Westautos rissen, um mit derlei Trophäen am Waldrand ihre Höhle zu schmücken. Der andere war im April nach der Jugendweihe als Mitläufer einer Horde Vierzehnjähriger aufgefallen, die abends von Haus zu Haus zog, wie es leider der Brauch war, um Alkoholisches bat und angetrunken groben Unfug beging. Man hatte sie Mülltonnen umkippen und Zaunlatten abbrechen sehen, einer von ihnen drang sogar in das Objekt der Grenzkompanie ein und reizte die Armeehunde im Zwinger zu wütendem Gekläff, ein Vorgang, der gemeldet worden war. Da half dann

nichts, da hatte man durchgreifen, auch mal laut werden und bis in die Schule hinein ermitteln müssen. Er war dort gehörig unterstützt worden, der Direktor gab ihm einen Raum für seine Befragungen, die Lehrerin drohte der ganzen Klasse schlechte Betragensnoten an. Ein paar Eltern aber hatten sich mit der Ansicht, all dies sei in der Freizeit geschehen und habe mit der Schule nichts zu tun, gegen Nauschütz gewandt und ihn mit Klagen so überhäuft, daß er ins Schwitzen geraten war.

„Könnte ja 'n Einbruch sein", sagte der Fahrer.

„Am hellichten Tage, wär das erste Mal."

„Einmal ist immer das erste Mal."

„Na, na, nicht so vorlaut, ihr zwei."

„Wir wollten Ihnen das nur melden."

„Schön; ich hab's gehört."

„Laß sein", sagte der Beifahrer zu seinem Kumpel. „Der Sheriff hat Wurzeln geschlagen ..." Sie fuhren ab.

Immer ruhig bleiben! Nauschütz goß die linke Fahrspur aus. Sheriff, das ließ ihn kühl, das nahm er noch hin, es war der Einfluß des Zeltkinos oder des Fernsehens; erst bei Bulle zog er die Grenze. Er kannte auch seinen Spitznamen und hatte sich damit abgefunden. Kugelblitz, das stand für Flinkheit trotz Korpulenz, damit konnte man leben. Er beugte sich vor und fing an, den Beton glattzuziehen, eine vergleichsweise angenehme Beschäftigung. Nahm man dafür eine Harke, den Plastrechen umgedreht, befreite es einen vom Niederknien und ließ im Beton griffige Rillen entstehen – gewußt, wie.

Da fragte jemand vom Zaun her krächzend: „Sind Sie denn überzeugt, daß der Transport völlig in Ordnung ist?"

Nauschütz richtete sich kerzengerade auf. Ein Wunder geschah, Blödhorn wandte sich in einer fremden Angelegenheit an ihn. Und obgleich er den Nachbarn in dessen Boshaftigkeit durchschaute – den Beton sollte er im Stich lassen, hart werden sollte der ihm –, wurde er schwankend. Die Jugendlichen vom Hafenfest fielen ihm ein, deren Hinweis er verspätet nachgegangen war. Aus Fehlern lernen ... Aber Möbel! Mittwochs, bei Tageslicht! In keinem Punkt paßte das zu

der Serie. Trotzdem, etwas hinderte ihn, die Sache für zweifelsfrei harmlos zu halten.
„Damit Sie ganz beruhigt sind", rief er zum Zaun hinüber, zog sein Fahrrad aus dem Schuppen und schwang sich darauf. Kaum jedoch hatte der Leutnant die Grundstücksausfahrt erreicht, da rumpelte ein blauer Barkas vorbei und wippte, buntes Laub hochwirbelnd, durch die Bodenwellen. Das mußte der Wagen gewesen sein, der bei Tredup aufgeladen hatte. Ein anderer war gar nicht vorbeigekommen. Zwar, das Nummernschild war staubig, dafür aber hatte Nauschütz das Firmenzeichen an der Tür erkannt: *VEB Ostsee-Trans,* ein ganz normaler Transport.
Erleichtert blickte er dem Fahrzeug nach, das am Ende des Weges in die Dorfstraße bog. Schwarzrotgolden flammte dort an drei weißen Masten der Fahnenschmuck zum Tag der Republik, ihr Festkleid, das man vorzeitig wehen ließ.
„Haben Sie gesehen?" fragte er. „Ein Gütertaxi!"
Keine Antwort. Der Nachbar schien verschwunden zu sein. Hinter der Sanddornhecke regte sich nichts. Es war Blödhorns Art, zu kneifen, wenn er sich im Unrecht befand. Nauschütz stieg ab. Leicht taumelnd, wie mit letzter Kraft, bückte er sich nach der Harke und strich den noch gut formbaren Beton glatt. Im Grunde lohnte es sich nie, etwas zu überstürzen; vieles erledigte sich von ganz allein.

Als Ronald Franke, genannt Jack, in dem sandigen Gestellweg die Zündung abstellt, läßt der Druck im Schädel nach, und um ihn wird es still. Er atmet tief durch, die Sonne steht hinter den Kiefern, ein Specht klopft, hundert Meter weg rollt der Verkehr über die Bäderstraße. Er zieht sich die graue Perücke vom Kopf, die er Freddy verdankt, und den monströsen Schnauzer von der Oberlippe, der ihn mit seinen Silberfäden zwanzig Jahre älter macht. Er ist heilfroh, die Maskerade los zu sein. Den Freddy Holm hat es offenbar amüsiert, mit Hornbrille, Overall und falschem Haar einen älteren Transportarbeiter zu mimen, der nimmt ja alles leicht, dessen Ruhe müßte man haben. Aber ihm, Jack, steckt noch

das Flattern im Leib. Er dreht die Scheibe herunter, die Luft ist wie Balsam, riecht nach Harz und Pilzen, wie er sie im letzten Herbst mit Jenny in diesem Revier gesammelt hat...
Er hört Freddy trocken fragen: „Na, was sagst du nun?"
Nichts sagt er, sonst hört man noch seine Stimme zittern. Ihm hat's gereicht, er wartet darauf, daß der Knoten sich löst dort unterhalb seines Magens. Am schlimmsten der Augenblick, als man diesen Nauschütz auf dem Fahrrad sah! Da hat Jack um ein Haar die Nerven verloren und das Gaspedal durchgedrückt. Was der Anfang vom Ende gewesen wäre – davon ist er überzeugt.
Freddy springt ab, unter dem Kunstskalp, wie er das nennt, quillt kurz und lockig sein blondes Haar hervor. Ihn vor allem hätten die Cuminer Diskofans ja erkennen können. Jetzt schält er sich aus dem Overall, zieht den Aufkleber *Ostsee-Trans* von der Tür, geht vorn herum, tut auf der Fahrerseite das gleiche. Die Schilder reicht er herein: „Gut eintüten, Junge, wird noch gebraucht."
Das ist zuviel, Jack denkt nicht daran, Wahnsinn war es, nochmal riskiert er das nicht. Abrupt steigt er aus und verscharrt die Aufkleber abseits des Weges im Nadelboden. Es hat ihn einiges gekostet, sie zu beschaffen, trotzdem will er dies los sein, weg damit.
„Na schön, auch gut." Freddy steht neben ihm, groß und schlank – jünger, kräftiger, gelassen. „Man muß seine Taktik öfter ändern, wenn man erfolgreich bleiben will."
„Immer deine Sprüche!"
„Sei nicht so 'n nervöser Knilch. Morgen ziehen wir es anders auf."
„Morgen? Ich höre wohl nicht recht."
„Wann sonst? Das ziehen wir durch, rucki, zucki!, ehe die Fischköppe mitkriegen, was da gelaufen ist."
„Ausgeschlossen. Es fällt auf, wenn ich schon wieder wegbleibe vom Geschäft. Zwei Einkaufstouren hintereinander nimmt mir da keiner ab."
„Also dann passiert es nachts."
„Hast du 'n Knall? Nachts gehen die neuerdings Streife in

der Siedlung. Da wirkt ein Auto absolut ätzend."
„Aber nicht in Cumin-Strand, da wart ihr doch noch nie. Disponieren wir eben um! Das Haus von Tiedge; ich hab das voll durchgecheckt."
„Morgen auf keinen Fall! Da ist Regen angesagt."
„Und, sind wir denn aus Zucker?"
„Der Boden weicht auf, der Weg ist ungepflastert, willst du den Bullen Reifenspuren liefern? Den Wagen haben sie ja schon gesehen, gib ihnen noch meine Reifenabdrücke, und sie haben mich am Arsch, über kurz oder lang, mit meinem halben Alibi."
Darauf weiß Freddy keine Antwort. Es tut Jack wohl, ihn gestoppt zu haben. Er läßt sich nicht kommandieren von einem, den das viele Moos, die Erfolge im Job und bei den kleinen Mädchen gar zu sicher gemacht haben. Dessen wäßrig blaue Augen zwanglos Herzen knicken, der vielleicht auch mit Jenny schon im Bett gewesen ist. Dem die berufsmäßig gute Laune aus allen Knopflöchern lacht, auch jetzt noch, nachdem er die Witze gerissen hat, mit denen er aufgelaufen ist. „Mach uns da nichts kaputt", setzt Jack hinzu. „Freu dich mal an dem, was wir eben hochgezogen haben. Allein der Farbfernseher vom Herrn Chefarzt ..."
„Da ist was Wahres dran. Trotzdem, Junge, es bleibt dabei. Morgen muß die Glocke werden, frisch Gesellen, seid zur Hand! Von der Stirne heiß, schwinden muß der Reis, soll das Werk den Meister loben ..."
„Wach auf, Mann! Du bist nicht in deiner Disko."
„Wenn du wüßtest, wie wach ich bin! Sieh mal, übermorgen ist der Feiertag, das lange Wochenende, jeder Fettarsch fährt auf seine Datsche: Tredup auch, der schlägt dann Alarm, es wimmelt von Bullen, und die ganze Gegend ist dicht. Für die nächsten Wochen kannst du sie vergessen."
„Du hast den großen Durchblick, was?"
„Einer muß ihn doch haben."
„Fühlst dich wohl schon als Profi."
„Wie fühlst du dich denn, immer noch geschockt?"
„Wie eine aufgewärmte Leiche! Ich hab nicht vor, in den

Knast zu gehen, bloß weil du den Hals nicht vollkriegen kannst."
„Paß mal auf", sagt Freddy beim Einsteigen friedlich – stets bleibt er cool, es ist schwer, mit ihm zu streiten. „Wenn's bloß das ist, Reifenspuren, Profilabdrücke pipapo, nehmen wir einfach meinen Wolga. Mit dem Hänger dran schleppt der genausoviel."
Jack merkt, dies setzt ihn matt, ihm fällt nichts mehr ein. Er kann schlecht zugeben, daß er dringend eine Atempause braucht. Die Energie seines Kumpels, dessen Frechheit und Phantasie sind wie ein Zwang für ihn. Der denkt flinker, hat die besseren Nerven, und das reißt einen mit, ja, es stärkt kolossal, trotz der Zweifel. Für Freddy ist alles kalkulierbar, er scheint zu glauben, die Welt gehöre ihm, und wer das glaubt, dem gehört sie auch beinahe ... Vermutlich liegt darin der Reiz, den er auf Frauen ausübt, der Sunnyboy! Auf ganzer Linie ein Blender, sonst trägt er im Ohrläppchen einen Brillanten und den goldenen Talisman, der einen Inkagott darstellt, an einer Kette um den Hals. Die Fans himmeln ihn dermaßen an, daß er sich selber für eine Art Gottheit hält. Er hat Sprüche drauf wie *volles Rohr, det looft schon – palletti, da stehst du voll im Einsatz,* und prompt fallen die auch jetzt, begleitet von Handbewegungen, die etwas zu glätten scheinen; Gesten der Besänftigung, des Überlegenseins.
Dies ist der Moment für Jack, mit Anstand nachzugeben. „Du bist der Boß", sagt er und läßt den Motor kommen. „Auf deine Verantwortung."
„Ein Wort, tief und weise", lobt Freddy. „Es lohnt sich immer, dem Nachwuchs eine Chance zu geben. Denk dir, bald sind wir die Größten, der Schrecken der Küste, das absolute As im Datschenknacken ... Und die Bullen mit all ihrer Schulung ringen die Hände, wenn das Phantom aus dem Dunkeln heraus wieder zugehackt hat." Er stößt Jack an, prustet los, und beim Wenden merkt der, daß er selber mitlacht.
Warum Jack lacht, begreift er nicht, das Flattern ist wieder da, keineswegs hat seine Besorgnis sich verringert. An morgen will und darf er gar nicht denken, sonst wird ihm am

Ende noch schlecht. Aber das Lachen löst den Krampf in seinen Eingeweiden, Freddys Sicherheit steckt ihn an, und Sicherheit ist eben das, was er jetzt bitter nötig hat.

Ein Tiefausläufer erreichte den Kreis N. am 6. Oktober erst gegen Abend. Es kam Sprühregen auf, die Blautannen auf dem Grundstück Hellmuth Tiedges, Generaldirektor einer VVB, trieften im Wind. Immer, wenn Freddy Holm ein Stück zum Auto trug, das er an der Rückfront des Hauses geparkt hatte, rann es ihm kalt ins Genick. Aber das Wetter schützte auch! Ein Nest wie Cumin-Strand mit seinem Ferienheim und den zwei Dutzend Bungalows hatte man in solchen Nächten für sich allein. Bis auf den Doppelposten der Grenzbrigade Küste, der nach Holms Erinnerung alle paar Stunden über den Dünenweg stapfte, mehr dem Strand als den Datschen zugewandt ... Vor Jahren war er mit Tiedges Tochter bekannt und zwei- oder dreimal hier ihr Gast gewesen. Wie hieß sie noch gleich, Anette oder Eva-Maria? Es fiel ihm nicht ein, beim besten Willen, ihre Nachfolgerinnen waren halt zu zahlreich. Aber daß das Haus voll schöner Dinge war und wie man hineinkam, nämlich durch die Kellergarage, darauf hatte er sich immerhin besonnen.
Und nun war's geschafft. Harte Arbeit, karger Lohn. Holm zurrte die Plane des Hängers fest, früher hatte seine Diskoanlage darunter gesteckt, jetzt klumpten dort Tiedges Teppiche und Brücken, etwas feucht, doch echter Ware aus Vietnam schadete Nässe nichts. Noch einmal hob er sichernd den Kopf – nein, kein falscher Laut, kein Hundegekläff, nur das Windsingen in der Stromleitung und hinter den Dünen das tosende Meer. Als Segler schätzte er: Windstärke sechs; ab sieben begannen die Kabel regelrecht zu heulen. Ohne Licht rollte er vom Grundstück, während Jack das Tor im Jägerzaun schloß und überstürzt zustieg, wie in Furcht, man lasse ihn am Tatort zurück.
Zum Schnurren des Motors zogen sie die Handschuhe und ihre Gummistiefel aus, die sie, drei Nummern zu groß, über den Turnschuhen trugen; denn es war an alles gedacht. Dies

stopften sie nach hinten zu den Leuchtern, antiken Blumenkrügen und Fayencen, die Parkas darüber und los! Aktion nach Plan – paletti. Den Kofferraum füllten, in Decken gehüllt, der Biedermeiernähtisch und Kleinkram wie das Fernrohr, das Bandgerät, die Stereoanlage, ein Taschenrechner aus Texas und der tragbare Fernseher von Grundig... Herr Tiedge war Westreisekader oder hatte Verwandte drüben.
Ein letzter Blick zurück, hinter schwärzlichem Geäst und glitschigem Laub lag die Datsche friedlich-finster, scheinbar so unberührt unter ihrem Rohrdach wie ringsum die Nachbarhäuser. „Als ob die für uns geräumt worden wären", sagte Jack. „Kein Mensch, kaum ein Licht!"
„Angeborener Takt. Die Pommern halten sich meistens zurück. Übrigens sind ihre Vorfahren doch mal Strandräuber gewesen; sowas verbindet."
Der Wolga wippte durch Bodenwellen, die Scheiben beschlugen. Jack wischte sie ihm frei, gleich wurden sie wieder trüb, als schwitze der zuviel Angst aus. Pfützenwasser platschte, doch nirgends Schlamm, in dem man festfahren konnte, nur nasser Sand. Um die Radspuren machte Holm sich keinen Kopf, in seiner Berliner Garage lag ein Satz neuer Reifen bereit, die würde er aufziehen und die Polizei beim nächsten Mal vor ein neues Rätsel stellen. Der sollte es noch leid tun, daß man ihm die Lizenz entzogen hatte der paar Witze wegen, die reiner Spaß gewesen waren.
So weit er zurückdenken konnte, stets hatte er Witze verzapft, schon im Kindergarten, auf der Oberschule – das war ja ein Stück seiner Frohnatur – und erst recht an der TH, wo er Wärmetechnik studiert und ein Studentenkabarett aufgezogen hatte. Ein guter Diplomingenieur und braver Spießer wäre aus ihm geworden, hätte er immer den Mund gehalten und auch im Wohnheim die Normen beachtet, statt dort Sexorgien abzuziehen, wie verklemmte Aufpasser gemeint hatten. Was konnte denn er dafür, wenn die Mädchen ihm nachliefen? Wenn seine lockere Art so ankam bei denen? Er war eben ein lässiger Typ und meistens bester Laune, für die Mucker und Miesepeter reichte das schon hin, ihn zu

verwarnen und schließlich dann zu exen.
Ein Freddy Holm aber ging nicht unter, der stand sehr schnell wieder auf. Sein zweiter Start als Diskjockei begann als einer der Schallplattenunterhalter, wie es amtlich hieß, „die im Besitz einer Staatlichen Spielerlaubnis für Schallplattenunterhalter sind". Die vielen Vorschriften rückten bald an den Rand. Die Formel hieß: Qualität der Musik plus optische Perfektion plus schmissiger Vortrag – das war Vollkommenheit.
Nur manchmal (so neulich, als er dreißig wurde) fiel es ihm störend auf, daß er noch keine Frau fürs Leben gefunden hatte. Kam er nachts heim, erwartete ihn niemand, das konnte ganz schön trostlos sein. Und wer mochte auch blödeln auf Schritt und Tritt? Ein Gesprächspartner tat ihm not, den brauchte man schon von Zeit zu Zeit, doch seinen reizvollen Gespielinnen fehlte es da betrüblich an Substanz. Die hübschen Diskokäfer konnte man in dem Punkt glatt vergessen. Nicht mal zu lieben verstanden die, langweilten einen sogar im Bett. Es konnte nicht seine Aufgabe sein, sie da erst noch anzulernen.
Ansonsten aber stieg sein Stern. Allmählich rückte er in die Klasse auf, in der ein Abend mehr als zweihundert Mark bringt – netto, schon ohne die achtzig für den Tontechniker, ohne die Steuern, die Kosten für Transport und Übernachtung. „Irgendwo, Herr Holm, hört da der Spaß für uns auf", hatte der Kulturchef seines Stadtbezirks einmal zu ihm gesagt. „Wir haben nichts gegen Frank Schöbels ‚Gold in deinen Augen', aber alles gegen unberechtigt vergoldete Nasen." Sehr witzig. Leider schätzte der Mann nur Witze, die er selber riß. Das Geld hatte Holm ja immer wieder investiert. Sein Platten- und Bandarchiv, die Tonanlage nebst Lichteffekten waren einsame Spitze, Stück für Stück aus dem Westen beschafft, das wußten die Fans zu würdigen; nun saß er auf der Anschaffung fest.
Aber nicht mit ihm! Holm hatte Einspruch erhoben bei der übergeordneten Instanz und Besserung gelobt. Die Antwort auf seine Eingabe stand aus seit August, das ganze Saisonge-

schäft war ihm entgangen, und bis die Entscheidung fiel, hielt er sich eben woanders schadlos; wer wollte einem das verübeln? Du sollst nicht stehlen, dachte er. Du sollst nicht ehebrechen. Du sollst nicht – eine Menge Dinge sollst du nicht tun.
Ihm schwebte vor, in die Autobranche zu gehen, gedeckt durch Scheinarbeit in der Firma eines seiner vielen Freunde. Er verstand genug von Autos und hatte seit langem beobachtet, wie da in der Hauptstadt ein Grauer Markt entstand, speziell im Umsatz von Westwagen. Manche Leute waren ja so reich und versnobt, daß sie es sich fünfzig- bis siebzigtausend Mark kosten ließen, einen aufgepeppten Daimler, Porsche oder BMW aus den siebziger Jahren zu fahren. Ohne diesen Spleen zu teilen, konnte er mitreiten auf der Welle, dank seines Verkaufstalents und der zahlreichen Kontakte. Das einzige, was ihm fehlte, war das Startkapital. Noch ein, zwei Aktionen, dann hörte er auf, dann reichte es zum Einstieg ins große Geschäft. Dies hier war nur ein Zwischenspiel, scharf kalkuliertes Risiko – nichts, um eine Existenz darauf zu gründen. Solange man ihn fernhielt vom Mikrofon, würde ihn halt der Handel mit edlem Blech ernähren.
Da vorn die Einmündung zur Dorfstraße, schwach beleuchtet, der Lichtkreis vom Regen schraffiert. „Warum so schweigsam?“ fragte Holm. „Hat's nun geflutscht oder nicht?“
Die Antwort kam vage, sie klang, als stelle Jack sich vor, mit dem Zeug noch erwischt zu werden, was doch völlig ausgeschlossen war. Kein Zweifel, der war Mittelmaß und insofern eine Gefahr. Man hatte sich den Partner nicht aussuchen können, sollte aber versuchen, ihn aufzubauen; er wurde ja noch gebraucht.
„Junge, nur die Nieten kriegen sie dran. Kennst du den Gerichtsbericht vom Tage? Hör zu, eine journalistische Kostbarkeit: ‚Parasiten auf der Anklagebank …‘“ Holm zitierte die Kreisseite der Ostsee-Zeitung aus dem Kopf. „‚Ihr Puls schlug nur höher, wenn sie mit strahlenden Augen Schnaps und Bier vor sich hatten. Soziale Regungen und ihr Persön-

lichkeitsbild ertränkten die drei in alkoholischen Prozenten. Auch ihre Vorstrafen reichten nicht aus, um zu einem normalen Lebenswandel zu finden. Dabei gewährleistet unser Staat jedem Bürger ein ordentliches Leben. Wer dennoch glaubt, wider das Recht sein Leben zu führen, der hat dafür vor der Gesellschaft einzustehen. Auf weitere Einzelheiten, die das entgleiste Trio begangen hat, soll an dieser Stelle verzichtet werden.'"

Jack lachte, na also, er faßte wieder Mut. Solche Berichterstattung war stärkend, sie zog einem glatt die Schuhe aus.

Jetzt die Rechtskurve, der Wischer quietschte, schmierte auf dem Glas. Etwas kam Holm entgegen, ein Angeber mit sechs Scheinwerfern überschüttete ihn grell. Geblendet wich er zum Straßenrand aus, dabei war ihm, als glimme dort ein Katzenauge. Einen Schatten sah er, hörte das Geräusch, ein Schaben am Blech des Hängers und glaubte sekundenlang, jemanden gestreift zu haben, einen Radfahrer vielleicht. Die Heckscheibe war naß, der Rückspiegel überperlt, der zeigte ihm nichts, allenfalls ein flüchtiges Licht, das wie ein Funke ausging ... Verdammt, hatte er da wen erwischt? Was tun – anhalten, sich darum kümmern? Aber das hieß Polizei, dann platzte das Ding! Es blieb einem nur, aufs Gas zu steigen.

„Du, da war doch was", hörte er Jack sagen.

„Immer cool bleiben, ist nichts passiert ..."

Erst auf der Bäderstraße, ein Stück hinter Cumin, stoppte Holm. Er stieg aus, leuchtete die Flanke ab, fand keinen Kratzer, auch nicht am Kotflügel des Hängers.

„Reine Nervensache." Er klemmte sich wieder hinter das Steuer. „Wir wollen doch nicht Gespenster sehen."

Der Funke, entschied er, der da womöglich hinter ihm vorhin erlosch, war kein Fahrradlicht gewesen. Eher eine Zigarette, die jemand hatte fallen lassen, nach einem schreckhaft schnellen Zug.

8 In der Zeit, die seiner fruchtlosen Dienstreise nach Cumin folgte, entwirrte Wendt den Fall des betrügerischen Juweliers und löste den eines Dorfbürgermeisters, der Spendengelder unterschlagen hatte, sechshundert Mark. Ein kleiner Fisch, verglichen mit dem Goldschmied, bei dem ging es um Hunderttausende, dessen verzwickte Täuschungsmanöver machten es ihm schwer. Trotzdem blieb die Sache heikel. In solchen Fällen ging man behutsam vor, um das Vertrauen der Allgemeinheit nicht zu erschüttern und den moralischen Schaden zu begrenzen. Zwei Schreibtischarbeiten, für ihn unerquicklich.

Kein Wunder, daß er sich ablenken ließ. Immer wieder geschah es in jenen Tagen, daß er Jenny Franke vor sich sah: Wie sie so hinreißend ungeniert im „Blauen Anker“ tanzte, daß er ihr selbstvergessen applaudierte; wie sie ihn dann einlud auf das Boot, um mal ein Stück Staatsmacht unter sich zu haben; wie es ihr gegen den Strich ging, als er sich mit dem fingierten Verdacht ein bißchen an ihr rächte; und wie sie sich nach dem flüchtigen Brüderschaftskuß ohne Verabredung trennten, er aber dann ihr Bild bekam.

In den Protokollen, hinter überteuerten Brillanten und den hilflosen Einlassungen des Bürgermeisters, erschien Wendt ihr Gesicht – der Mund, das Haar, die samtig braunen Augen. Jenny folgte ihm nach Dienstschluß in die Einraumwohnung, wo er den Bildschirm oft dunkel ließ zugunsten der Bilder seiner Phantasie. Ein grotesker Zustand der Verzauberung! Ironisch ging er ihm zuleibe, gewillt, das übersteigerte Gefühl zu dämpfen, es auf ein gescheites Maß zurückzuführen. Umsonst! Er mußte sie wiedersehen.

Ein Rest von Vernunft hatte ihn daran gehindert, am Sonntag nach Cumin zu fahren. Jennys Verbindung mit diesem Fischer („Wozu ankern, wenn man sowieso festsitzt?“) stand dem ebenso entgegen wie der Altersunterschied – die Furcht, lächerlich zu wirken. Hielt man Beruf und Privatleben auseinander, ließ sich bei der Entfernung, den drei Autostunden nach Cumin auch kaum behaupten, zufällig in der Nähe zu sein. In dieser Lage schrieb er – die Finnhütte hatte kein Telefon – mit einiger Überwindung folgende Zeilen: „Liebe Jenny, falls Du mal in Rostock bist, möchte zur Abwechslung ich Dich gern bewirten. Wir könnten chinesisch, kubanisch oder sonstwie auswärtig essen gehen. Nachdem es Dir neulich mißglückt ist, mich auf der Cuminer Oie auszusetzen, könnte mir das in der ‚Kogge' oder in dem Nobelrestaurant Schillerstraße vielleicht gelingen. Hast du nicht demnächst eine Modenschau in Warnemünde? Gib Laut, wenn Du noch Stimme hast!"

Dies las er mehrmals durch und fand es ziemlich fade. Es klang betont flott, verriet von seinen Empfindungen nichts, ein Hauch gewollten Humors entstieg dem Papier. Vollends komisch aber wäre es gewesen, den Stil der heutigen Jugend nachzuahmen. Also ließ er's dabei und warf das Kuvert, expreß frankiert, vor der Hauptpost ein – in Unkenntnis der Tatsache, daß Eilsendungen in Cumin aus Personalmangel kaum jemals schneller befördert wurden. Immerhin, der Adressatin würde wohl aufgehen, die eigentliche Botschaft des Briefs lag in dem roten Aufkleber *Exprès*.

Bis zum 5. Oktober rührte sich nichts. Zu seinem Kummer blieb der Hausbriefkasten leer. Tagsüber wahrte er Haltung, ohne recht zu wissen, was ihn da so plagte. Es konnte doch nicht einzig dieses Mädchen sein? Enttäuschung umgab ihn wie Herbstnebel, Ungeduld während der Dienstbesprechungen, Langeweile beim Aktenlesen. Und abends dann der leere Kasten, das Gefühl von Vergeblichkeit, die Krise der sogenannten Lebensmitte mit der unausweichlichen Frage nach dem Sinn. Wozuwozuwozu? War denn viel von dem erreicht, was ihm in der Jugend vorgeschwebt hatte? Lag der größte und wohl auch bessere Teil des Lebens nicht schon hinter ihm? In solchen Fragen sah er gefährliche Signale. Sie zeigten ihn verletzlich, bedrückt, wiesen auf die *nach unten offene Stimmungsskala*.

Bis endlich am Mittwochvormittag über den Dienstanschluß der Anruf kam. „Hallo, hier ist die Zauberfee", hörte er Jenny so klar sagen, als stünde sie im Zimmer nebenan. „Die schöne Fee gibt Laut! Du hast drei Wünsche frei."

„Ja, erstens..." Wendt räusperte sich, ein Kribbeln in der Hand und im Ohr, das Telefon schien auf angenehme Art unter Strom zu stehen; nur leider war er jetzt im Zimmer nicht allein. „Wann können wir uns wiedersehen?"

„Übermorgen, nach der Modenschau im ‚Neptun'."

„Na fein, das paßt mir ganz gut."

„Unter einer Bedingung, Christian."

„Ja, ich höre?"

„Daß es rein privat ist."

„Ganz ohne Presse und Fernsehen? Das dürfte schwer sein bei der Beliebtheit eures Kollektivs ..."

„Wer spricht da?" fragte Major Fink, sein Arbeitsgruppenleiter, dazwischen.

Wendt deckte die Muschel ab. „Jemand aus Cumin."

„Sie glauben also noch, daß ..." Der Major ließ den Satz unbeendet, und Wendt hatte den Eindruck, er wünsche nicht, daß in diesem Stil telefoniert wurde, egal, wohin.

„Kannst du nicht frei sprechen?"

„Mal sehen, was sich tun läßt. Bis zu Absperrmaßnahmen will ich nicht gleich gehen."

„Was redest du da zusammen?"

„Daß ich versuchen will, die Medien von uns fernzuhalten." Wendt vermied es, Jenny vor den gespitzten Ohren des Majors beim Namen zu nennen.

„Die Medien? Die haben mich noch nie gestört."

„Vor wem soll ich dich dann schützen?"

„Du weißt schon, vor dem Kopfjäger in dir. Versuch nicht wieder, mich auszufragen."

„Das klingt ja, als wüßtest du etwas."

„Fängst du schon wieder an?"

„Keine Angst, ich bin nicht mehr damit befaßt."

„Geht's dir ansonsten nur um mich, oder hast du auch Interesse an der Schau? Ich könnte dir eine Karte zurücklegen lassen."

„Tu das! Und ich lasse uns gegenüber einen Tisch reservieren."

„Na fein. Ich freue mich, Christian."

Als Jenny auflegte, war es, als setze der elektrische Strom aus – ein stachelnder Impuls, wie hatte der ihn erfrischt! Er war plötzlich frei von jeder Last. Der Terminkalender zeigte, am Nationalfeiertag war ab Mittag dienstfrei für ihn... Anstatt den Schlußbericht zu vollenden, der in trockenem Deutsch die Verfehlungen des Bürgermeisters für die Staatsanwaltschaft zusammenfaßte, träumte er über der Ermittlungsakte, bis Major Fink – ein sehr genauer, scharf beobachtender Mann – fragte, ob ihm die Sache so behage, daß er auf einmal wie ausgewechselt sei. Der dumme Kerl tue einem doch eher leid, sechshundert Mark, größtenteils abgezweigt für die Kaffeekasse seines Büros. Jetzt müsse für ihn Ersatz gefunden werden, wo es den Räten der Kreise sowieso schon schwerfalle, die wenig begehrten Bürgermeisterstellen zu besetzen.
„Mir behagt das gleichfalls nicht", sagte Wendt.
„Und trotzdem so vergnügt?"
„Genosse Fink, ich mache nur ein dienstfreudiges Gesicht."
„Ich weiß sehr wohl, Sie sagen das, weil Sie verlegen sind, und ich vergebe Ihnen."
Zu Wendts Verdruß zog er die Lageskizze der Cuminer Einbrüche hervor, wie um ihm den Mißerfolg ins Gedächtnis zu rufen: das längliche Dorf zwischen dem Bodden und der See, die drei Kreuze, die er jetzt aus irgendeinem undurchschaubaren Grunde durch Bleistiftstriche miteinander verband. Ungeachtet seiner kurzen, stempelartig verdickten Finger hatte der Major die Gabe, aus dem Handgelenk einen geraden Strich zu ziehen. „Sehr hübsch, eine geometrische Figur, finden Sie nicht?" fragte er beiläufig.
„Ein fast gleichschenkliges Dreieck."
„Gleichseitig", verbesserte Fink. „Erinnert es Sie vielleicht an etwas?"
„Ich wüßte nicht. Mir fällt zu Cumin leider nichts mehr ein."
„Mir schon. Wenn man sich das so ansieht..."
„Darf ich fragen, was Ihnen einfällt?"
„Ja, wie heißt das Ding doch gleich – die Gegend, in der so al-

lerlei verschwindet, auf Nimmerwiedersehen?“ Fink lächelte matt, ein wenig boshaft, wie es schien.
„Keine Ahnung, was Sie meinen.“
„Ach, natürlich: das Bermuda-Dreieck.“ Als komme ihm eben erst die Erleuchtung, griff der Major sich an die Stirn. Ein ausgebuffter Kerl, dachte Wendt. Will mir einen Stich versetzen mit seinem verschrobenen Humor.

Am Freitag, dem 7. Oktober, lief um Viertel vor acht bei der Bezirksbehörde der Volkspolizei ein Fernschreiben ein mit der Kopfzeile: „Auf Weisung Leiter K/VPKA, betrifft: Herbeiführung eines schweren Verkehrsunfalls, pflichtwidriges Verhalten nach einem Verkehrsunfall und verbrecherischer Diebstahl persönlichen Eigentums in Cumin.“ Das Papier kam abschriftlich auf Wendts Tisch, er verwünschte es, denn es lag auf der Hand, dies blieb an ihm hängen, man würde ihn erneut in Marsch setzen. Die Paragraphen 196, 199,177 und 181 Strafgesetzbuch, ein ganzer Brocken, dachte er. Das Wiedersehen also fiel ins Wasser, die Tischbestellung, der schöne Abend, alles für die Katz. Wie oft passiert sowas! Verständlich, wenn eine Ehefrau da irgendwann einmal das Handtuch wirft.
In dem Telex hieß es: „Laut protokollierter telefonischer Meldung des ABV Cumin, Ltn. der VP Nauschütz, ist am 06.10. gegen 23.40 Uhr nahe dem Ortsausgang von Cumin ca. 35 Meter westlich der Einmündung des unbefestigten Fahrwegs nach Cumin-Strand in die Dorfstraße auf dieser der Rentner Erich Pertus von dem Kotflügel des Anhängers eines überholenden Pkw erfaßt worden und gestürzt, wobei eine Fraktur des Oberschenkelhalses eintrat. Erste Inaugenscheinnahme des Unfallortes führte den Gen. ABV anhand von Schmutzspuren auf dem Asphalt zu dem Schluß, daß der Pkw aus dem Strandweg eingebogen war. Das bestätigte die Aussage des zeugenschaftlich vernommenen Geschädigten Pertus, Erich, der beim Kreuzen der Einmündung die Annäherung eines Pkw wahrgenommen hatte, ohne Typ oder Farbe erkennen zu können. Auf dem z. Z. wenig benutzten

Strandweg wurden anschließend durch den Trassologen des VPKA Fahrzeugspuren gesichert, die zu einem Pkw mit Zweiradanhänger gehören. Die wetterbedingt verursachte Fahrspur ließ sich über 1,2 Kilometer Länge in Richtung des Ortsteils Cumin-Strand verfolgen, bis auf die Rückseite eines Ferienhauses auf dem Grundstück von Tiedge, Hellmuth, wohnhaft in Berlin. Die dort gut ausgeprägte Standspur ist von einem Pkw Wolga mit stark abgefahrenen Reifen und einem Zweiradanhänger (normales Profil) verursacht worden. Zahlreiche Schuhabdruckspuren der Schuhgrößen 45 und 47, vermutlich Gummistiefel, verliefen zur Kellergarage, deren Tür unverschlossen war, und setzten sich im Inneren fort. Verständigung des Hausbesitzers erfolgt von hier. – i.V. Adam, Ultn. d. K."

Die Fenster der Bezirksbehörde erbebten unter fernen Paukenschlägen, vom Markt her drang Marschmusik durch das Steintor, während die Arbeitsgruppe Fink beriet, wie zu verfahren sei. Sollte dies trotz des Ortswechsels und der veränderten Tatausführung ein Teil der Einbruchsserie sein, war es, wie der Major feststellte, Wendts Bier. Obwohl die Genossen vom Kreisamt N. prompt reagiert hatten und es auch geschickt anfaßten, drang Fink darauf, Wendt wieder hinzuschicken. „Es eskaliert", sagte er mehrfach. Ihn reizte besonders die Fahrerflucht, ein Delikt, das er hart verurteilte. Als man Fink einmal, um ihn da etwas zu bremsen, entgegengehalten hatte, Kraftfahrer seien die einzigen, von denen das Gesetz unter Strafandrohung verlange, sich nach einer nicht mal vorsätzlich begangenen Tat zu stellen, war er explodiert: Es sei ja so bequem wie gewissenlos, einfach Gas zu geben und ein Unfallopfer sich selbst zu überlassen, also rücksichtslos den Vorteil der Motorisierung auszunutzen ... Mit der ihm eigenen Strenge setzte er sich wieder durch.

Nun summte der Draht. Kaum hatte Wendt ein dringendes Telegramm nach Cumin aufgegeben, das ihn bei Jenny entschuldigte *(bin dienstlich verhindert hoffe auf morgen bestgruss christian)*, als von dort ein zweites Telex bei der BDVP einging. Es lautete: „In Ergänzung zum Fernschreiben vom 07. 10.,

Ausgang 7.45 Uhr, folgt vorläufiger Ermittlungsbericht. Auf den Namen des Hausbesitzers Tiedge, Hellmuth, bzw. dessen Familie sind ein Lada 1500 und ein Trabant 601 zugelassen. Tiedge hat auch kein anderes Fahrzeug auf sein Grundstück in Cumin-Strand geschickt. Nach seinem Eintreffen dort stellte er fest, daß folgende Gegenstände entwendet worden sind…" Wendt überflog die Liste, eine beachtliche Ansammlung von Ziermöbeln, Fayencen, Blumenkrügen, Heimelektronik und Optik sowie ausländischen Teppichen, Brücken und Gobelins.

Verblüffenderweise ging es weiter im Text: „Um 10.35 Uhr wurde dem ABV Cumin, Ltn. Nauschütz, ein zweiter Einbruchsdiebstahl gemeldet seitens Dr. Tredup, Albert, Chefarzt in Greifswald. Das Grundstück Tredup liegt ca. 3 Kilometer ostwärts des erstgenannten Tatorts in der Feriensiedlung, wo zwischen Juni und September bereits dreimal eingebrochen worden ist. Fahrzeug- oder Schuhabdruckspuren konnten hier nicht gesichert werden. Jedoch weist Ltn. Nauschütz darauf hin, daß zum Abtransport des Diebesguts am 05.10. gegen 17.30 Uhr offenbar ein mittelblauer Barkas B-1000 mit der Firmenaufschrift ‚Ostsee-Trans' benutzt wurde. Der Gen. ABV erhielt um diese Zeit einen Hinweis aus der Bevölkerung, demzufolge bei Dr. Tredup etwas aufgeladen werde. Als er im Begriff war, dem unverzüglich nachzugehen, fuhr an seinem (Nauschütz') Haus der o. g. B-1000 mit dem Emblem des VEB Ostsee-Trans vorbei, so daß er annahm, es handele sich um einen ordnungsgemäßen Transport durch ein Gütertaxi…"

Auch hier war die Beute umfangreich. Neben einer antiken Truhe und vier Daunendecken bestand sie aus dem Farbfernseher sowie einer kompletten Tonband- und Stereoanlage mit Bändern und vielen seltenen, vielleicht unersetzlichen Schallplatten. Womöglich hatte man die Steppdecken gestohlen, um das empfindliche Gut stoßsicher zu verpacken.

Wendt ließ sich ein Auto geben und brach auf – nicht mehr so unbelastet wie Ende September: im Nacken den Zwang

zum Erfolg. *Vamos a la Playa* summte er, ohne sich dessen bewußt zu sein. Entsprach die Aktenlage dem Stand der Dinge, war es ein wahrhaft verzwickter Fall. Hatten die Täter sich anfangs damit begnügt, zu stehlen, was sie tragen konnten, so kamen sie nunmehr mit Autos. Waren es überhaupt noch dieselben, oder lag ein Anschlußverbrechen vor? Sollten die unaufgeklärten Einbrüche des Sommers andere Leute gereizt haben, es gleichfalls zu versuchen? Zwei verschiedene Fahrzeuge, das erschwerte es noch mehr ... Etwas sprach dafür, daß es sich um eine echte Serie, um die alten Täter handelte; und allmählich dämmerte ihm auch, was es war: ihre Unverfrorenheit, am hellen Tag ein Haus zu plündern, und der Doppelschlag, die rasche Folge der letzten zwei Aktionen; die professionell anmutende Härte. Zeichen von wachsender Übung und gefährlicher Energie.
Als er am Sitz der Ostsee-Zeitung nach rechts abbog, schallte vom Markt her die Stimme eines Schauspielers, der dort – so hatte man es ihm erzählt – alle Jahre wieder von der Tribüne herab verkündete, welche Betriebskolonnen da vorbeizogen und was sie für die Volkswirtschaft geleistet hatten. Diese arbeitenden Menschen hatten natürlich Anspruch auf Schutz. Daß sie in Frieden leben und die Früchte ihres Schaffens genießen konnten, dafür war die K mitverantwortlich; eine Selbstverständlichkeit, die Major Fink an Tagen wie diesem zu unterstreichen pflegte.
Die Fernverkehrsstraße 105 war nicht so verstopft wie beim letzten Mal, aber naß. Ab und zu nieselte es, gerade genug für die Wischer zum Reinigen der Scheibe. Hinter Stralsund ertappte der Hauptmann sich dabei, entgegenkommende Wagen in der Hoffnung zu mustern, Jenny darin zu sehen. Dann fiel ihm ein, sie hatte ja gesagt, ihr Modekollektiv reise in einem Kleinbus. Irgendwo auf dieser Straße würden sie sich begegnen, doch die Sitzhöhe in Bussen nahm ihm den Blick, die Chance, Jenny zu entdecken, war gleich Null. Und was hätte er davon gehabt? Es ging ja wohl nicht an, dem Bus zu folgen, um ihn zu stoppen. So etwas tat ein Polizist allenfalls in einem Filmlustspiel.

*Vamos a la Playa,* wieder ins Bermuda-Dreieck! Finks Witz hatte in der Arbeitsgruppe gezündet wie fast jeder Geistesblitz. Die Amtssprache war so arm und in verbrauchten Formeln erstarrt, daß man jedes frische Wort aufgriff und es bis zur nächsten Neuschöpfung gern in den Mund nahm. Wie überall gab es in Wendts Umgebung Menschen, die wenig selbständig dachten, kaum lasen und deren Fähigkeit, sich auszudrücken, daher nicht ganz überzeugend war. Sie neigten dann zur Nachahmung. Anders Major Fink, der war recht eloquent. Er hatte einen suggestiven Baß und äußerte sich oft originell, wobei er seine Stimme und seinen Humor sichtlich genoß. Nur schien er dabei meist einem Nebenzweck zu folgen, dem Ziel, seine Autorität zu festigen, indem er sie einfach spüren ließ – in höflich verhüllter Form. Aus diesem Grunde wurde man mit ihm schwer warm.

Um nicht ständig an Jenny zu denken, stellte Wendt sich vor, es sei geplant, die Cuminer Einbrüche zu verfilmen, publikumswirksam und lehrreich, etwa im Rahmen der Fernsehreihe „Polizeiruf 110". Das lag für ihn nahe, war er doch im Laufe der Zeit mehrfach bei Dreharbeiten und dem, was ihnen voranging, um Rat gefragt worden. Dies war ein Teil der Öffentlichkeitsarbeit. Doch es fiel ihm schwer, sich die Cuminer Serie als Film zu denken. Er sah da ernste Darstellungsprobleme. Der Stoff war wenig unterhaltsam, es floß ja kein Blut, auch schien er sich den Regeln der Gattung zu entziehen. Diese Handwerksregeln, die der Szenarist und der Regisseur zu beachten hatten, forderten höchstens drei Verdächtige, Leute mit klaren Motiven (Trunksucht, Raffgier, Mißgunst, Geltungsdrang), bekannte Gesichter möglichst, die sich einprägten. Im Grunde Menschen wie du und ich, nur eine Spur ungehemmter. Erwünscht war ein einziger roter Faden, der durch die Handlung lief, und zwar in kurzer Zeit an wenigen Schauplätzen mit sparsamen Außenaufnahmen, denn das Budget war schmal.

Hielt man sich an diese Regeln, wurden der Haushaltsplan und die Drehkapazität geschont, alles klärte sich binnen achtzig Minuten auf. Rechtzeitig vor Beginn der nächsten

Sendung wurde den Schuldigen das Handwerk gelegt, es siegten die Gerechtigkeit und der kriminalistische Spürsinn – Gefährdeten zur Warnung und den Bürgern, die biertrinkend oder erdnußknabbernd vor dem Bildschirm saßen, zum aufpeitschenden und dennoch beruhigenden Genuß. Ungelöste Fälle galten, obschon es sie gab, nirgends auf der Welt als geeigneter Stoff.

Hier nun schleppte sich die Handlung über Monate hin, auch war ein Filmschluß keineswegs in Sicht. Nicht nur der Dramaturg, auch das Besetzungsbüro würde die Hände ringen. Es mußte für den ermittelnden Hauptmann einen Schauspieler finden, dem man seelische Regungen und Stimmungsschwankungen glaubte, bewirkt durch den Kontakt zu einer jungen Frau. Ein Dutzend Geschädigte unterschiedlichen Typs waren aufzubieten, vom Bonvivant mit Charakterkopf bis zur komischen Alten. Dazu ein selbstbewußter Amtsleiter, ein lavierender Abschnittsbevollmächtigter und zwei Verdächtige mit den ungewöhnlichen Schuhgrößen 45 und 47. Wie sollte da der Betrachter nicht die Übersicht verlieren? Ging es so weiter wie bisher, nahm die Liste der Darsteller, die zu engagieren waren, leicht den Umfang eines kleinstädtischen Telefonbuchs an.

Auch der Filmarchitekt würde leiden, er hatte zu viele Schauplätze zu bauen, fünf teure Interieurs bis jetzt. Und der Produktionsleiter mußte zu einer Zeit, da jeder ans Meer wollte, dort Quartier für den Drehstab machen … Das Meer oder doch der Bodden mußten es sein, ohne ein Mindestmaß an optischen Reizen, Schauwert genannt, kam nun mal kein Film aus. Das, was den Fachberatern immer am Herzen lag, nämlich kriminaltechnische Kleinarbeit zu zeigen, wie das Sichern von Fingerabdrücken, Schuh-, Blut- oder Speichelspuren, das ermüdete angeblich die Leute. Der ewige Gegensatz von Kunst und Wirklichkeit.

Schenkte man den Filmemachern Glauben, lebte das Publikum nur auf, wenn Jäger und Gejagte einander kühl ins Auge blickten, sich Fallen stellten und listig die Klinge kreuzten. Hierbei durften Szenaristen ihre Dialoge schreiben –

doppelbödig, hartgesotten –, und es konnten auch die Schauspieler glänzen. Wann aber kam es im Alltag schon zu solchen Begegnungen, Szenen voll getarnter Feindschaft und dramatischer Urgewalt? Nein, für den Bildschirm sprang bei dieser Sache nichts heraus... Daran aber, daß es ihm überhaupt einfiel, den Fall unter diesem Aspekt zu sehen, merkte Wendt, er näherte sich ihm trotz des Erfolgsdrucks einigermaßen locker. Es war wichtig, unverkrampft zu sein, nicht auf einen Lösungsweg fixiert. Er fand sich besser in Form als beim letzten Mal.

9 Im Kreisamt von N. empfing ihn der K-Leiter, Hauptmann Drews, mit zwei Neuigkeiten. Erstens hatte er am örtlichen Sitz des VEB Ostsee-Trans festgestellt, daß es dort zwar ein paar Barkas-Wagen gab, doch waren sie grün und am 5. Oktober nachmittags vollzählig im Hof gewesen. Ähnliches galt für die Zweigbetriebe in den übrigen Kreisen, auch deren Gütertaxis schieden als Tatfahrzeug aus. Zweitens aber – jedes Betriebsmitglied kam an die Embleme der Firma heran. Sie lagen in drei oder vier Größen zahlreich in den Werkstätten herum, ungeschützt vor einem Zugriff.
Beides bittere Pillen. Drews verwünschte diese Unordnung, den Mangel an Übersicht. Er sagte, es sei auch keine Kunst, sich ausgemusterte Busfahrerjacken, Mützen mit dem Abzeichen des VEB und sonstige Berufsbekleidung zu verschaffen, alles, was Einbrechern dazu dienen konnte, einen Möbeltransport vorzutäuschen. „Rund tausend Kollegen hatten Zugang“, schloß er gallig. „Damit ist der Kreis noch unabsehbarer als bei Professor Rasmus oder Dr. Mau! Sollte das Beispiel Schule machen, kommt da was auf uns zu.“
„Es macht nur Schule, falls wir versagen.“
„Genauso ist es, Genosse Wendt.“
„Was halten Sie davon, sämtliche Fahrer eines blauen Barkas im Bezirk der Reihe nach auf ihr Alibi zu überprüfen?“
„Wer sagt uns denn, daß der Wagen aus dem Bezirk kam?

Leutnant Nauschütz hat nicht mal den Anfangsbuchstaben der Nummer erkannt. Nebenbei bemerkt, nach Auskunft unserer Verkehrsexperten ist hier jeder zweite Barkas blau."
„Vielleicht finden wir aber einen Wolga mit Hängerkupplung und abgefahrenen Reifen."
„Wissen Sie, wieviel Wolgas des neueren Typs bei uns laufen? Das wird gleichfalls uferlos. Da haben wir ja nicht einmal die Farbe. Zwar ist an dem linken Hosenbein des Rentners Pertus ein bißchen schwarzer Lack gewesen. Das Labor prüft noch, ob es sich um Lack vom Fahrrad des Verunglückten oder um Abrieb von dem Kotflügel des Hängers handelt, der ihn streifte."
„Bloß, was nützt uns das? Die Farbe eines Hängers wird doch nirgends zuverlässig erfaßt."
„Eben", sagte Drews. Sein Mund glich einem in Klammern gesetzten Minuszeichen. Er bot Kaffee an, selber trank er Milch, während man nun ins einzelne ging. Dabei merkte Wendt, daß Drews sich, anders als vor zwei Wochen, gefühlsmäßig engagierte. Es empörte ihn, daß in der Abgeschiedenheit seines Randkreises plötzlich Dinge geschahen, deren Format an organisiertes Verbrechen denken ließ. Das ließ auf wirksame Unterstützung hoffen, es schloß jedoch Reibungen nicht aus. Neulich hatte Drews ihm völlig freie Hand gelassen, jetzt entwickelte er selber Ideen, die sich mit Wendts eigenen Vorstellungen schwerlich deckten.
So schwebten Drews in der Erwartung, ein mit Diebesgut gefülltes Auto ginge beim nächsten Mal ins Netz, weiträumige Verkehrskontrollen vor. Man muß als Kriminalist schon ziemlich ratlos sein, dachte Wendt, um flächendeckende Maßnahmen zu fordern, die ebenso aufwendig wie chancenarm sind. Erstmals tat sich die Frage auf, wer hier wem folgen mußte: der K-Leiter des Kreises dem Abgesandten vom Bezirk, wie in solch einem Fall auch bei gleichem Dienstrang üblich, oder umgekehrt – er, der Neuling an der Küste, dem erfahrenen Mann vor Ort?
Bevor es ihm gelang, die Unterstellungsfrage taktvoll in seinem Sinne zu klären, ließ der Amtsleiter sie zu sich rufen.

Wiederum betrat Wendt den preußisch kargen Raum, aus dem Zigarettenrauch quoll, und stieß durch den Dunst in eine Versammlung. Um den Konferenztisch setzten sich mit ihm acht Offiziere: neben Major Bradhering, dessen Stellvertreter und den Leitern der Schutz-, Verkehrs- und Kriminalpolizei auch Leutnant Nauschütz aus Cumin und ein Unterleutnant Adam als Protokollant oder Offizier vom Dienst, jedenfalls als junger Mann von Drews. Die gesamte Polizeiführung des Kreises war versammelt. Das und die steinerne Miene des Amtsleiters gaben der Zusammenkunft ihr Gewicht.
„Wir haben", begann der Major, „die Cuminer Ereignisse ausgewertet und hinsichtlich der Energie und Raffinesse, die hinter den letzten Einbrüchen steckt, eine steigende Tendenz festgestellt. Die Rigorosität nimmt zu, auch wird die Beute immer umfangreicher. Mit einem Wort, das eskaliert und kann unmöglich weitergehen, ohne daß Unruhe entsteht in der Bevölkerung. Ich bitte um Ihre Vorschläge, Genossen."
Er drückte sich fast wie Fink aus, man konnte ihm kaum widersprechen. Wendt hielt sich zurück, er ließ die anderen reden, die ausnahmslos Bradherings Linie folgten und sie ein wenig weiterführten. Es wurde klar, Cumin sollte zum Brennpunkt der Verbrechensbekämpfung erklärt und ein Einsatzstab gebildet werden. Hatte der Amtsleiter die drei ersten Fälle zu leicht genommen, so schien er nunmehr gewillt, grobes Geschütz aufzufahren. Er war eine starke Persönlichkeit und hatte seine Mitarbeiter fest im Griff. Wendt fühlte, er würde es schwer haben, sich als Leiter der Einsatzgruppe zu behaupten. Denn die Genossen, auf die er sich da stützte, hörten letzten Endes doch auf Bradhering. Er blieb ihr Chef, während Wendt verschwinden würde, sobald alles hier erledigt war.
Ihm gegenüber saß ein stämmiger, flachsblonder Oberleutnant namens Sternhagel, dem unterstand die Verkehrspolizei. Er hatte eine Karte des Kreisgebiets und das Meßtischblatt von Cumin vor sich, die fünf Tatorte darauf rot markiert: drei in der Siedlung, einer am Boddendeich, der letzte im Ortsteil Cumin-Strand. Noch ehe Sternhagel das Wort ergriff,

ersah man aus seinen Vorbereitungen die Absicht, Drews' Plan zu unterstützen, der zweifellos von Bradhering inspiriert worden war. Der Oberleutnant hatte nämlich mit Filzstift die Bäderstraße an zwei Punkten unterbrochen. Seine Kreuze lagen an jenen Stellen, wo Meer und Bodden so dicht zusammenrückten, daß es andere Wege zum Festland dort nicht gab. Sternhagel sagte mit militärischem Anflug: „Riegeln wir hier ab, haben wir die ganze Bäderküste des Kreises im Sack."

„Die Täter", erklärte Hauptmann Stange, der Leiter der Schutzpolizei, „sind unserer ersten Maßnahme – Kontrollgänge nachts mit Schwerpunkt in der Siedlung – durch Wechsel des Ortes und der Tageszeit ausgewichen. Das haben die glatt unterlaufen. So aber nimmt man sie großräumig in die Zange, ganz gleich, wo und wann sie aktiv werden, sie kämen nicht noch mal ungeschoren davon."

„An diesen Punkten", sagte Sternhagel zu Wendt, „haben wir schon letztes Jahr bei der Maul- und Klauenseuche abgeriegelt."

Er redete für den kleinen Kreis zu laut, ein derbes Sprachrohr des Amtsleiters, das spatenförmige Gesicht rötlich überhaucht.

„Bei der Tierseuche – schön, aber jetzt?" fragte Wendt. „Fahrzeugkontrollen sind auffällig, die schrecken zunächst einmal bloß ab."

„Das wär' doch auch schon was", warf Unterleutnant Adam ein.

„Nein, dann tauchen die Brüder weg und sind wieder da, wenn wir die Kontrollpunkte abbauen. Über Wochen hinweg lassen die sich nicht halten."

„Genossen", rief Hauptmann Poppei, Bradherings Stellvertreter, „ich bin überzeugt, bei Anspannung aller Kräfte läßt sich das Kontrollnetz zeitlich bis in den Winter ziehen, die verkehrsarme Zeit begünstigt uns da. Wir müssen handeln, bevor noch mehr passiert."

„Handeln schon, aber lieber in der Stille. Leutnant Nauschütz, was meinen Sie?"

„Ich schließe mich der Meinung an."
„Welcher Meinung?"
„Der... Absperrung."
„In der Stille ermitteln", fragte Bradhering sanft, „das hatten wir doch schon?" Er spielte auf den Mißerfolg vom September an. Und als hebe da ein Dirigent den Taktstock, fiel gleich das ganze Orchester ein.
„Schieben wir noch heute einen Riegel vor", drängte Sternhagel, der jung und schneidig genug war, darauf zu brennen, seine Kontrollpunkte zu errichten; diesmal ohne Seuchenmatten.
„Denn abwarten und Tee trinken", pflichtete ihm Hauptmann Stange bei, „also mal kraß gesagt, auf den nächsten Einbruch hoffen, das hielte ich für unverantwortlich."
„Verdeckt ermitteln heißt nicht, auf den nächsten Schlag hoffen."
„Aber es fordert ihn heraus. Und das kann sich doch noch steigern! Stellen Sie sich mal vor, Genosse Wendt, die steigen dann in ein Haus, wo zufällig jemand anwesend ist. Bisher wurde das vermieden, aber die können sich auch mal irren – dann fließt womöglich Blut."
Hauptmann Poppei sagte: „Das darf man einfach nicht riskieren. Die Sicherheit unserer Bürger geht in jedem Falle vor."
„Und was halten Sie von einer Pressemitteilung, in der wir die gestohlenen Gegenstände nennen und um Mithilfe der Bevölkerung bitten?"
„Zum jetzigen Zeitpunkt nicht viel", antwortete der Amtsleiter. „Das macht uns momentan nur die Pferde scheu. Bedenken Sie mal, fünf Einbrüche, und keiner bisher aufgeklärt!"

Eine Schlappe. In keinem Punkt hatte Wendt sich durchgesetzt. Das war auch unmöglich gegenüber diesem eingespielten Team. Allerdings, es lag auch an ihm, Wendt gestand es sich ein. Er hatte keine deutliche Alternative zu dem simplen Absperrplan entwickelt. In der Stille ermitteln, das blieb viel zu allgemein. Unterwegs nach Cumin, begleitet von Nau-

schütz, suchte er das nachzuholen; oft kamen ihm die Einfälle erst im Gespräch. Doch der Leutnant wirkte betreten, wohl weil ihm der blaue Barkas entwischt war.
Am Klubhaus des Chemiewerkes wies er Wendt auf einen elfenbeinfarbenen Wolga hin, der dort mit dem Hänger halb auf dem Fußweg stand. Sie hielten an, Nauschütz notierte die Nummer und schob einen Strafzettel unter den Wischer, der Hauptmann sah sich die Bereifung und den Hänger an. Die Reifen hatten Profil, und der Kotflügel des Hängers war beige, ganz intakt. „Solche Zufälle gibt's nicht", sagte er beim Einsteigen, während vom Klubhaus her ein Tusch erscholl. „Die Täter hätten wohl kaum die Nerven, vor unserer Nase aufzukreuzen, einen Tag danach."
„Das Fahrzeug gehört einer Tanzkapelle. Wolgas werden oft von Musikern benutzt, es ist Platz darin für eine Combo, die Instrumente passen in den Hänger."
Wendt bat um eine Liste der Kapellen, die in Cumin und Umgebung gastierten, sofern sie einen Wolga fuhren. Es wollte ihm nicht in den Kopf, daß die zwei Wagen, wie Drews es für möglich hielt, aus fernen Bezirken gekommen sein sollten. Alle fünf Einbrüche zeugten durch ihre Eleganz von einer Ortskenntnis, die man in zwei Urlaubswochen kaum erwarb. Saisonkräfte freilich konnten es schon dazu bringen ... Er brauchte auch eine Aufstellung des Gaststättenpersonals.
Den Rest des Tages verbrachte Wendt mit Nauschütz bei den zwei bestohlenen Familien. Die Besuche verliefen wie jene vom September, mit dem Unterschied, daß die Täter nirgends Zettel hinterlegt hatten und die Opfer weniger exzentrisch waren. Es bot sich ihm das Bild professioneller Einbruchsarbeit ohne persönliches Motiv. Niemand würde sich gleich an fünf Menschen ganz unterschiedlicher Herkunft und Tätigkeit rächen wollen, schloß man krankhaften Neid auf alle aus, die ein eigenes Ferienhaus besaßen.
Der Chefarzt Dr. Tredup und der VVB-General Tiedge wirkten mitsamt ihren Angehörigen bestürzt, ja verstört, sie konnten den Verlust so vieler Dinge, die ihnen teuer waren,

noch gar nicht fassen. Sie sahen sich außerstande, Hinweise zu geben oder gar Verdächtige zu benennen. Ein Blick in die Hausbücher, die zumal im Grenzgebiet sorgsam geführt werden sollten, zeigte Wendt jedesmal, daß dies nachlässig und lückenhaft geschehen war. Er ersuchte beide Familien, ihm bis morgen sämtliche Personen aufzuschreiben, die jemals bei ihnen zu Gast oder auch als Handwerker im Haus gewesen waren, ohne Rücksicht auf das vermeintlich Unwahrscheinliche einer Täterschaft.

Draußen sagte Nauschütz gepreßt: „Die Hausbücher, wissen Sie, ich hab's nicht mehr geschafft, die zu kontrollieren, Genosse Hauptmann ... Bei all den Datschen wächst einem das über den Kopf."

Wendt versprach ihm, dies im Kreisamt nicht an die große Glocke zu hängen. Dafür sollte er ebensolche Gästelisten von den drei Erstgeschädigten bringen, das mußte sein, auch wenn es ihm bei Professor Rasmus schwer werden würde. Wendt hoffte, daß irgendein Name auf den fünf Listen dann doppelt oder dreifach erschien; das wäre schon ein Indiz gewesen. Nach diesem Rasterprinzip kam man bei Serien oft voran.

Das Quartierangebot des Leutnants lehnte er wiederum ab, und so trennten sie sich wie damals nahe dem „Blauen Anker". Er spürte, Nauschütz fürchtete weitere Plagen, der hatte von ihm und seiner Hartnäckigkeit bestimmt genug. Nun, das galt auch für Wendt selber. Noch mehr Gerede um das, was sie alle da in Atem hielt – nein, das ging jetzt über seine Kraft.

Doch als er dann, nach dem unvermeidlichen Bratfisch und Bier aus der Hand des Wirtes, in dem klammen Bett lag, fand er keinen Schlaf. Ohne Jenny war das Lokal für ihn ganz reizlos gewesen; immerhin lag es zur anderen Seite des Hauses, der Betrieb dort störte ihn nicht. Von draußen aber drang ein tiefes Summen an sein Ohr, als laufe nebenan oder über ihm ein Kühlschrank. Das konnte nicht gut sein, die Küche war weit weg, und das Summen setzte nie aus. Hörte er scharf hin, unterschied er ein von rhythmischem Knirschen durch-

setztes Geräusch an der unteren Grenze der Lautempfindung. Es ließ an einen Bohrturm oder einen fernen Schiffsmotor denken, der in der kritischen Drehzahl lief, so daß die Welle an den Lagern riß.
Wendt öffnete das Fenster, da verflog das Summen durch den Wind und das Laubgeraschel. Schon zwölf, das Lokal schloß. Und in der Lautlosigkeit, die dem Auszug der letzten Gäste folgte, trat das Mahlen wieder hervor, ein bohrendes, durchdringend widerwärtiges Geräusch. Es steckte womöglich in seinem Kopf, schien sein eigener Pulsschlag zu sein. Die Pillen, die ihm den Blutdruck senkten und ihn durstig machten, hatte er daheim vergessen ... Er legte den Finger an die Halsschlagader, fand aber nicht heraus, ob das Knirschen, das den Laut so widerlich machte, zu seinem Herzschlag in Beziehung stand.
Zum Teufel damit! Wendt zog sich an und verließ das Haus. Es nieselte nicht mehr, er sah ein paar Sterne, freilich keinen Mond. Das war korrekt, laut Polizeibericht schien der nicht, hatte Hauptmann Drews doch die gestrige Nacht im Hinblick auf den Tathergang eine Neumondnacht genannt ... Unwillkürlich nahm er den Weg zur Siedlung, wie um die Frechheit der Einbrecher nachzuschmecken, mit ihrer Beute unter der Nase des Abschnittsbevollmächtigten wegzufahren. Bei Nauschütz brannte noch Licht, der Leutnant hatte wohl in der „Stranddistel“ oder der „Ostseeperle“ nach dem rechten gesehen, wo man den Tag der Republik beging. Hinter dessen Haus erst begriff Wendt, was er hier wirklich suchte: Jennys Finnhütte.
Sie lag stockfinster hinter einer Ligusterhecke. Am Briefkasten klebte ein Zettel, der auf ein Telegramm verwies, und als der Hauptmann ihn im Schein seiner Taschenlampe aufklappte, fiel ihm sein eigenes Telegramm entgegen *(bin dienstlich verhindert hoffe auf morgen bestgruss christian)*, wobei sein Name auch noch verstümmelt worden war. Sie hatte es also nicht mehr bekommen und würde enttäuscht, ja wütend auf ihn sein! So endete dieser Tag, so mußte er auch enden, nachdem ihm beruflich so viel mißlungen war. Überzeugt, nun

erst recht nicht einschlafen zu können, stapfte er weiter und hatte das Haus der Tredups fast erreicht, als weit hinter ihm ein Kleinbus anhielt und wendete, so daß er die roten Schlußlichter sah.

Jenny war zurück!

Sogleich kehrte er um, ganz von selbst beschleunigte sich sein Schritt, das Licht in der Finnhütte zog ihn an. Er sah Jenny wieder vor sich auf dem Boot, hautenge Jeans umspannten ihre Hüften. Kurz vor eins, kaum die passende Besuchszeit, er wollte nur nachsehen, ob sie das Telegramm gefunden hatte ... Ja, es lag nicht mehr im Kasten.

Da war ihm, als gleite ihr Schatten, groß und flackernd, über das Mattglas des Oberstocks. Klaviermusik rieselte perlend auf ihn herab, voll melodischer Verheißung. Getrieben von dem Wunsch, Jenny zu sehen, und sei es bloß am Fenster, drückte Wendt auf die Klingel, trat zurück und sah hoch zu dem Glasdreieck des Giebels. Nichts regte sich dort. Das Bermuda-Dreieck, flüsterte es in ihm, wo alles spurlos verschwindet, auch die Seele eines Hauptmanns der K. Er klingelte noch einmal und prüfte den Sitz seiner Krawatte. Gute Formen, dachte er, sind alles.

In dem gläsernen Dreieck klappte ein Fenster, er leuchtete sich selber an und rief hinauf: „Darf ich noch stören?"

„Du immer", war die Antwort, erwärmend und umwerfend prompt. Leise schnelle Schritte treppab, dann öffnete sich ihm die Tür. Jenny war barfuß, im T-Shirt, mehr nahm er gar nicht wahr. „Ach, Christian", sagte sie, „wenn du wüßtest, wie ich dich verflucht hab heute abend und die ganze Rückfahrt lang."

„Kann ich noch hereinkommen, für einen Moment?"

„Unbedingt." Sie drückte die Tür hinter ihm ins Schloß. „Und ich hab mit dir erst morgen gerechnet."

„Sieh auf die Uhr, es ist soweit."

„Du steckst voller Rätsel. Bist du dienstlich hier?"

„Davon ein andermal."

„Kann ich dir etwas anbieten?"

Wendt schüttelte den Kopf. Sie standen einander, so schien es ihm, ein bißchen steif gegenüber. Auf Jennys T-Shirt las er *Terra incognita*. Was nun? Er hatte seinem Sohn versprochen, zu lernen, wie man mit Frauen umgeht; doch jetzt war es ihm schleierhaft, wie er sich verhalten sollte.
Mit lässiger weiblicher Gebärde strich Jenny das Haar aus dem Gesicht. Sie trug blaugrüne Lidschatten, die er nicht mochte, aber keinen Lippenstift. Vermutlich ein Rest ihrer „Neptun“-Maskerade. „Willst du dich nicht setzen?“ fragte sie. „Oder gehen wie lieber hoch in mein Reich?“
Die Kehle war ihm wie zugeschnürt. Das klang ja äußerst vielversprechend. Solch einem Mädchen war er noch nie begegnet. Sein durchschnittliches Aussehen hatte ihn stets daran zweifeln lassen, daß Frauen ihn bemerkten. Er war einfach nicht hübsch genug. Damals vor zweiundzwanzig Jahren hatte er sich nur darüber wundern können, daß Helga, die ziemlich umschwärmt war, überhaupt mit ihm ging. Nie brauchte er für sein Selbstgefühl jene Eroberungen, mit denen manch ein Mann sich so gern brüstete. Er hatte sich früh damit abgefunden, daß die reizvollsten Mädchen anderen zufielen; später dann war er ein treuer Ehemann gewesen ... Und jetzt, nach all der Zeit, geschah es ihm zum zweiten Mal, daß ein solch anziehendes Wesen offenkundig Gefallen an ihm fand. Es war eine atemberaubende Erfahrung.
Plötzlich spürte er Jennys Lippen, ihren Körper durch den Stoff. Der Kuß elektrisierte ihn, er glaubte unter Strom zu stehen, sekundenlang durchrieselte es ihn von Kopf bis Fuß. Auf närrische Art hörte er sich ihren Namen stammeln, als gelte es, sich zu bestätigen, wen er – oder wer ihn – da so spontan, kopflos und köstlich umarmte. Es war schlechthin überwältigend. „Gehen wir hinauf?“ fragte er.
„Kein Einspruch, Euer Ehren ... Da ist's allerdings so eng, daß ich ins Bett muß, wenn Besuch kommt.“
„Akzeptiert“, erwiderte er scheinbar kaltblütig und folgte ihr treppauf – diesem hinreißend schlanken Frauenkörper über langen nackten Beinen –, halb benommen, wie verhext. So sehr er sich auch mühte, die phantastische Erwartung zu

dämpfen, die ihr letzter Satz in ihm wachrief, sie drang immer wieder durch und stieg von Stufe zu Stufe.
Oben brannten im Leuchter ein paar Kerzen, mild reflektiert von schön poliertem Holz, der Plattenspieler lief, Jennys Bett war aufgeschlagen und tatsächlich der einzige Platz. Auf Tisch und Stuhl ein Wirrwarr von Anziehsachen, den Fußboden bedeckten ein aufgeklappter Koffer und eine Reisetasche, aus denen bunt-chaotisch noch mehr Kleider quollen. Das Zubehör der Modenschau... Ein herber Duft umfing ihn, ihr Parfüm, schwer, aufreizend, mit einem Hauch von Blumen.
Jenny ließ sich mit weiblicher Anmut auf dem Bett nieder, als sei dies selbstverständlich. Die bloßen Füße züchtig gekreuzt, fragte sie: „Und ich kann dir wirklich gar nichts anbieten – außer mir?"
Wieder versagte ihm die Stimme. Unfähig, ein Lächeln zu unterdrücken, das von innen heraus unaufhaltsam auf sein Gesicht drängte – das aufstrahlende Lächeln eines jungen Mannes, der im Vorgeschmack der Erfüllung aller Wünsche seine erste Liebe anhimmelt –, außerstande, sieghaft und besitzergreifend zu sein, setzte er sich stumm zu Jenny, nahm ihre Hand und führte sie zärtlich an den Mund. Das träumst du doch nur, dachte er, während seine Lippen an der Innenseite ihres Arms aufwärts wanderten über die warme Haut bis zum Nest der Achselhöhle. Es kam ihm vor wie ein Rausch, ein Zauber, der Weg zu unerhörten Genüssen, als seine Hände sich unter das T-Shirt schoben, es ihr über den Kopf streiften und er sie heftig atmen hörte, unter dem aschblonden Haar ihre Augen sah, die sie nun schwelgerisch schloß, wie um sich ganz dem Tastreiz hinzugeben.
Wendt blies die Kerzen aus.
„Warum tust du das?" fragte sie. „Sei nicht altmodisch. Was haben wir denn zu verbergen?"
„Es ist mir eben lieber so."
„Ja, Christian, wenn du dich und mich unbedingt um einen schönen Anblick bringen willst ... Bei deiner Scheu werde wohl ich es sein, die dich verführt."

Er sah sie erst wieder, als sie eine Zigarette aus der Schachtel fischte und anzündete. „Willst du auch eine?"
„Danke, ich rauche nicht."
„Um so besser, dann wirst du ewig leben. Wie alt bist du eigentlich?"
„Stand das nicht auf Krones Meldezettel?"
„Doch, ich erinnere mich. Zweiundvierzig. In der Blüte deiner Jahre. Bitte schlaf nicht wieder ein, Sex macht mich munter. Ich möchte mich ein bißchen mit dir unterhalten."
Das Zifferblatt seiner Uhr zeigte ihm, daß es schon halb drei war. „Worüber denn?" Er fühlte sich unbeschreiblich wohl, doch nicht mehr zum Reden aufgelegt.
„Über uns und unsere erste Nacht." Von der Glut der Zigarette fiel ein rötlicher Hauch auf Jennys Profil. „Weißt du, daß es höchst erfreulich mit dir war?"
Wendt schwieg verblüfft. Erwartete sie von ihm das gleiche Kompliment? Er war nicht darauf gefaßt, daß Geschehen der letzten Stunde einschätzen zu sollen. Ausgewertet wurde sonst doch bloß im Dienst.
„Sehr, sehr angenehm", wiederholte sie. „Aber wir sollten nicht in der Vergangenheit sprechen. Ich hoffe doch, du bleibst mir eine Zeitlang erhalten."
„Bekommen deine Liebhaber Zensuren?"
„Im Bett hast du sie beinah alle übertroffen. Du warst fast so gut wie ein namhafter Schauspieler in Berlin. Der hat die Liste bisher angeführt, jedenfalls wenn er in Form ist und ihn kein allergischer Husten befällt."
„Tust du nur so, oder bist du im Ernst so abgebrüht?"
„Nimm es als meine Rüstung. Sie schützt mich davor, sentimental zu sein und den Kopf oder das Herz zu verlieren an einen Mann. Ihr mögt doch keine, die sich sinnlos in euch verknallt, nicht wahr?"
„Ehrlich gesagt, ich persönlich hätte nichts dagegen."
„Du tust sowas nicht oft, Christian?"
„So gut wie nie. Merkt man es sehr?"
„Es ist unverkennbar – in positivem Sinne."
Wendt räusperte sich und knurrte: „Ich war mir eigentlich

nicht bewußt, hier eine Vorstellung zu geben."
„Cumin ist ein Künstlerdorf. Ein Bad der Kulturschaffenden, voller Lebenskünstler. Irgendeine Schau zieht hier jeder ab."
„Na, ich nicht."
„Ja, du bist die ganz große Ausnahme."
Wendt verspürte ein übermächtiges Schlafbedürfnis. „Wann muß ich aus dem Haus, deiner Nachbarn wegen?"
„Um die mach dir mal keinen Kopf. Verschwinden mußt du meinetwegen! Wenn du auch nur einen Tag länger bleibst, lasse ich dich höchstwahrscheinlich niemals mehr weg. Und was würde deine Firma dazu sagen?"
Er horchte auf. Es klang ja fast wie eine Liebeserklärung, im Stil der heutigen Zeit. Eine gewisse betrübliche Unterkühlung der Ausdrucksweise. Romantik war *out*, Zynismus *in*. Er suchte nach einer passenden Form, ihr ähnliches zu sagen, fand aber die rechten Worte nicht. Er war dazu nicht schnodderig genug. Es war auch einfach schon zu spät.
Jenny aber gab noch keine Ruhe. Sie zündete die Kerzen an, strich mit wippenden Brüsten umher, holte zwei Gläser, sich und ihm etwas zu trinken, trockenen Wermut, und legte eine Schallplatte auf.
Hymnisch-Euphorisches flutete durch den Raum, Titel von Elton John wie „Don't Let The Sun Go Down On Me" hüllten Wendt ein. Er hörte Aufnahmen aus den siebziger Jahren, mit einem Mal überzeugt, auch in den neunziger Jahren noch mit ihr zusammen zu sein ... Nie würde die Sonne ihnen untergehen. Dies war für immer, das spürte er.

10 Jenny Franke erwachte im Morgenlicht. Christian schlief neben ihr, den Arm um sie gelegt. Behutsam löste sie sich daraus und hob den Kopf ... Dies war nun ihr Liebster. Ja, er gefiel ihr auch schlafend und unrasiert, sie mochte seine Hände, sein Gesicht, den derben Mund, das gekerbte Kinn; die Nase war etwas zu kurz, um die Augenwin-

kel drängten sich Fältchen, das zerraufte Haar mit der grauen Strähne gab ihm etwas Verwegenes. Mein Gott, dachte sie, plötzlich ist da ein Mensch, ein erfahrener Mann, von dem man wenig weiß, dessen entscheidende Jahre man nicht kennt. Jetzt aber gibt es ihn, wer ist er? Sein bisheriges Leben liegt im Nebel, *Terra incognita,* wie auf ihrem T-Shirt steht. Was hat ihn geformt? Hoffentlich nicht nur die Polizei. Ein schlimmer Beruf. Die gestrige Enttäuschung fiel ihr ein. Nervös war sie gewesen, hatte dauernd zu dem Tisch gespäht, an dem Christian sitzen sollte. Das übliche Gemurmel der Anerkennung, aller Applaus halfen ihr nicht, fahrig führte sie die Modelle vor. Und beim Umkleiden, wo man sonst spaßte, über einzelne Zuschauer herzog, war sie einsilbig und reizbar gewesen, zog man sie doch auf mit diesem Herrn, der da nicht erschien; so etwas war ihr noch nie passiert. Auf der Rückfahrt hatte sie beschlossen, Wendts Brief über seine Dienststelle zurückzuschicken, damit er gleichfalls lächerlich wurde. Schließlich, wer war er denn? Ein Polizist in mittleren Jahren, der es nicht verdiente, daß sie seinetwegen litt.
Dann das Telegramm, gleich darauf er selbst. Und diese Nacht! Alles sah danach anders aus ... Eine Zeitlang versuchte sie, sich vorzustellen, daß dies womöglich ein Schritt nach vorn in ihrem Leben sei. Oder sogar ein Wendepunkt. Erstmals verband sie sich mit einem wirklichen Mann. Einem, der ihr Schutz und Halt versprach. Mit dessen Hilfe es ihr bestimmt gelang, die Leichtfertigkeit abzustreifen und das Vergangene zuzudecken, um darauf etwas Neues zu bauen, gemeinsam mit ihm! Voller Reue dachte sie an ihr dummes Bettgeflüster. Es war eine Kostprobe von Abgebrühtheit, von reiner Impertinenz gewesen, die sie ihm da geboten und die er knurrend geschluckt hatte. Mißtraue deinem Glück, sei stets auf der Hut: ihr Wahlspruch, die gewohnte Rüstung. Der Wunsch, überlegen zu erscheinen, um gleichberechtigt zu sein ... Nicht der geringste Anlaß, Christian damit zu traktieren. Vor ihm mußte sie sich nicht in acht nehmen, nicht verstellen – nicht gegen ihn wehren, das fühlte sie. Als Polizist war er ein Risiko, als Mann keineswegs.

Jenny Franke kannte das Leben. Männer, die durchschaute sie, die hatte sie acht Jahre lang studiert. Was gab es da doch für triste Typen! Bisher hatte sie geglaubt, Dieter Marten, der Star vom Deutschen Theater, das sei schon die höchste Verfeinerung, die Spitze der Gattung Mann. Er war auch ungewöhnlich einfühlsam, nur wurde sie bei ihm den Verdacht nie los, er spiele mit ihr und beobachte sie, koste seine Einmaligkeit aus in der Wirkung auf ein sensibles, genießerisches Geschöpf. Er war eben Effekthascher und Ästhet, ein Artist der Verführungstechnik, selber gab er sich kaum richtig hin. Für ihn war sie die Zugabe, das Stück Zucker im Kaffee – Objekt seiner Liebeskunst und Spiegel der Eitelkeit, die grotesk und maßlos bei ihm war.
Jack aber, Ronald Franke, war das glatte Gegenteil, er lag vor ihr auf Knien, deshalb hatte sie geglaubt, in ihm einen treuen Menschen, den Mann fürs Leben gefunden zu haben. Treu war er, doch ohne erotische Kultur und Phantasie. Anfangs störte sie das kaum, da hatte es sie gereizt, Jack aus der Reserve zu locken, ihn anzuspornen mit ihrem Einfallsreichtum, ihrer Ungehemmtheit; später war's ihr langweilig geworden. Wie in vielen Ehen verlief bei ihnen alles nach einem Ritual. Ergriff er tatsächlich einmal die Initiative, kam ihm eine kosige Idee, wirkte es gar zu bemüht und eher peinlich. Ihm fehlte jegliche Spontanität, es war ihm einfach nicht gegeben, eine Frau körperlich an sich zu binden.
Und Udo, der Fischersmann, stark und hübsch? Auch kein Meister im Bett, zärtlich schon, doch nicht ausgiebig, viel zu schnell, hauptsächlich aus auf den eigenen Genuß, mit anderen Worten: das Übliche. Es war gar nicht mal seine Schuld, die Mädchen machten es ihm zu leicht, also meinte er, es genüge, wenn er, der Ferienschwarm mancher Urlauberin, sich überhaupt zu einem lege. Nun ja, es konnte lustig sein mit ihm. Schön das Gefühl, von anderen beneidet zu werden um diesen flotten Burschen. Auf die Dauer nicht genug! Einen Sommer lang hatte es gehalten, da blieb er der Beste von allen, doch der Sommer war vorbei ... Jenny wollte ihm das sagen, heute noch. Kein angenehmer Gedanke; aber es mußte sein.

Christian blinzelte in den Sonnenstrahl, der auf die Unordnung fiel, das große Chaos im Zimmer, das ihm gewiß zuwider war, er fragte etwas töricht: „Schon wach?"
„Hm –; ich denke nach über uns zwei."
„Gibt es da ein Problem?"
„Mehr als eins. Zum Beispiel ist mir, als hätte ich mich heute nacht dir gegenüber schlecht betragen."
„Seltsam. Nach meiner Erinnerung – ganz im Gegenteil."
„Ich meine all die losen Reden. Verzeih mir, wenn du kannst."
„Es gibt nichts zu verzeihen, Jenny. So zart besaitet bin ich nicht."
„Ich finde doch. So etwas Albernes hätte ich einfach nicht sagen dürfen. Ich muß erst noch lernen, in deiner Gegenwart die Rüstung abzulegen."
„Danke. Schon vergessen! Was ziehst du für ein Gesicht? Ist da noch etwas, das dich bedrückt?"
„Nur noch ein Punkt."
„Und der wäre?"
„Dein Beruf. Sieh mal, du bist Polizist, Genosse Offizier und so weiter, nicht wahr? Wenn auch zum Glück nicht in Uniform."
„Wo ist da der Haken?"
„Na, ich bin links, du bist rechts, kann das gut gehen?"
„Wieso zum Teufel bin ich rechts?"
„Du bist für mehr Ordnung, ich für mehr Freiheit."
„Komm, komm, was hast du gegen die Polizei?"
„Ich mag keine autoritären Typen, bei euch wimmelt es davon."
„Die gibt's doch in jeder Branche. Direktor, Intendant, Polizist, Tischler, Bäcker, Fischer ... Das sind alles Berufe, ganz normal."
„Da sind aber feine Unterschiede."
„Was du machst, ist egal, bloß gut sein mußt du darin. Und weißt du, mir ist so, als ob ich's bald wieder bin."
„Was bist du bald wieder?"
„Gut im Beruf, rundum zufrieden und okay. Und zwar ver-

danke ich das dir. Jemand wie du hat mir gefehlt. Du gibst mir regelrecht neue Kraft."

Für Jenny klang das, als hieße es *ich liebe dich,* dennoch schokkierte es sie. „Du meinst, hier wird ein guter Polizist aus dir?"

„Es scheint so. Diesmal schaffe ich's todsicher."

„Das hab ich wirklich nicht bezweckt, Christian. Nicht in erster Linie."

„Du tust eben absichtslos Gutes, nach Art der Heiligen ganz von selbst." Er grinste sie frech an und sah dadurch viel jünger aus. „Meine Arbeit verkennst du auch. Ich bilde mir nämlich ein, jedes Land hat eine Polizei. Denn was wäre ohne die? Mord und Raub, Faustrecht, tiefstes Mittelalter. Der Starke nimmt sich, was er haben will, der Schwache winselt und kuscht. Jenny, mal dir das mal aus! So unpolitisch kann doch keiner sein, daß er das nicht sehen will."

„Was ich sehe, ist ein Hauptmann, der kaum aufwacht und bereits sein Mädchen schult. Theorie schon samstags früh."

„So theoretisch ist das gar nicht in Cumin. Denk dir, du kämst von der Modenschau und dein Heim wär' leer geräumt. Wer schützt dich davor, wenn wir's nicht schaffen? Das ufert neuerdings völlig aus. Am Mittwoch der Einbruch bei Tredup, vorgestern noch einer in Cumin-Strand, auf dem Rückweg fahren die einen Rentner an und lassen ihn hilflos am Straßenrand liegen."

Jenny erschrak, das war ihr neu, es machte sie sprachlos. Wie hatte sie gehofft, Jack gebe vor ihr bloß an, der komme noch zur Vernunft, nachdem sie ihm erklärt hatte, daß mit ihr nie mehr zu rechnen und wie groß auch das Risiko sei. Und jetzt hatten die es doch getan, gleich zweimal, er und sein großer Freddy! Die beiden gegen den ganzen Apparat der Polizei! Und natürlich war ihnen was schiefgegangen ... Ihr wurde angst, sie saß da wie gelähmt.

„Ja", hörte sie Christian sagen, „deshalb habe ich dich gestern versetzt."

„Und am Telefon hieß es noch, du hättest nichts mehr zu tun mit diesem Fall."

„Das war auch so, bis gestern früh. Da sah es noch so aus, als landete die Geschichte im Archiv. Bei den unaufgeklärten Fällen, wie es sie überall mal gibt."
„Die dann nicht mehr bearbeitet werden?"
„Na, ganz locker lassen wir nie."
„Ich mach uns was zu essen." Jenny stand auf. „Du willst doch bestimmt gleich los, diese Gangster fangen."
„Ich bin ja nicht allein. Die ganze Küste wird bewacht, ich sitze einfach da wie die Spinne im Netz ... Aber du hast schon recht, ich müßte wenigstens erreichbar sein."
Unten in der winzigen Küche gewann sie ihre Fassung wieder. Die Gefahr schrumpfte beim Anblick der vertrauten Dinge, bei den gewohnten Handlungen – Wasser aufsetzen, Eier kochen, Brot schneiden, den Tisch decken. Christian wollte natürlich erfolgreich sein. Aber er hatte schon einmal ergebnislos ermittelt, ohne daß man ihm den Kopf abriß. Es war bloß Routine, halt sein Job. Für ihn stand wenig auf dem Spiel. Wer sagte ihr denn, daß nicht auch diesmal alles wieder im Sande verlief, besonders, wenn sie Jack und Freddy warnte? Ja, das mußte sie schleunigst tun.
Als Christian im Kaffeeduft herunterkam, sah sie von seinem Handgelenk die kleine Tasche baumeln, die ihr schon in der Nacht aufgefallen war. Da stecke seine Dienstwaffe drin, sagte er, es sei gegen die Vorschrift, für ihn aber praktisch, sie so zu tragen, er habe sich das in den zwei letzten heißen Sommern angewöhnt. Irgendwie beruhigte sie der Umstand, daß er zugab, eine Vorschrift nicht genau zu nehmen.
„Entschuldige die Unordnung da oben", sagte sie brav. „So sieht's bei mir nur nach einer Modenschau aus."
„Die nächste sehe ich mir unbedingt an."
„Für mich ist es immer ein Glanzpunkt, weißt du? So wie früher ein Bauer stur vor sich hingeschuftet hat, um dann mal zum Markt zu fahren, den Kram anzupreisen und sich dabei auch zu amüsieren."
„Solche Bauern kommen nur noch im Märchen vor."
„Es ist ja auch märchenhaft. Der Laufsteg, das Rampenlicht,

die Erwartung, das Baden im Erfolg. Etwas Schimmer braucht der Mensch."

Beim Frühstück fragte er, ob er abends wiederkommen dürfe.

„Wenn es dich nicht stört, meine Eltern kennenzulernen?"

„Im Gegenteil, das trifft sich gut. Da kann ich gleich um deine Hand anhalten."

Es war ihm nicht anzusehen, ob er scherzte. „Mutter wird sich freuen, ein solider Mann, darauf hat sie gar nicht mehr gehofft bei mir! Vielleicht kriegst du als gelernter Tischler sogar meinen Vater von der Glotze weg."

„Ich will ihm sagen, auch mein Beruf hat Zukunft."

„Bist du da sicher, Genosse Hauptmann?"

„Absolut. Die Polizei hält sich länger noch als die Armee. Wir überleben auch eine allgemeine Abrüstung."

„Aber was wird aus euch im Kommunismus? Wenn dermaleinst der Staat abstirbt?"

„Was verstehst du darunter?"

„Das, was bei den Klassikern steht. Gibt es bei euch keine Staatsbürgerkunde? Dann paß mal auf: Kommunismus – das ist, wenn jeder von allem genug hat."

Christian starrte sie an, dann setzte er die Tasse ab, fing an zu lachen und verschluckte sich. Sie klopfte ihm auf den Rükken, hilfreich und demonstrativ. In diesem Moment war sie sicher, es werde doch noch alles gut.

„Ein paar von uns", sagte er, „wird's wohl auch dann noch geben."

„Und du bist dabei. Okay! Das letzte, was man verliert, ist immer die Hoffnung."

Sie trennten sich erst vor der Post. Jenny hatte ihm erklärt, sie wolle bei Udo Tidemann reinen Tisch machen und ihre Eltern davon unterrichten, daß ein Komet am Himmel erschienen sei: seriös, graumeliert, staatstragend und in fünf Jahren schon rentenberechtigt; das dürfte den Vater bewegen, sich einen Schlips umzubinden ... Statt dessen wählte sie, allein nun in der Zelle, die Nummer in N., die bis vor vier

Monaten noch ihr eigener Anschluß gewesen war. Durch das dicke, gesprungene Glas sah sie Christians Gestalt in Stücke brechen und langsam kleiner werden. Da ging er hin, ihr Liebster, in Richtung des ABV, seinem Stützpunkt. Jack hob nicht ab. Minutenlang wartete sie ergebnislos.
Aber sie mußte ihn sprechen! Ihr blieb nichts übrig, als den Elf-Uhr-Bus in die Kreisstadt zu nehmen. Das Gespräch mit Udo, den schlimmen Schlußstrich, schob sie auf. Doch zu ihrer Verblüffung traf sie ihn vor dem rohrgedeckten Wartehäuschen, einen Beutel in der Hand. Es klirrte darin, als er den absetzte.
„Grüß dich, Mädchen." Trotz menschenleerer Straße gab er ihr nur flüchtig einen Kuß. Er ist es seinem Nimbus, dem Ruf als Herzensbrecher schuldig, dachte sie, bloß sparsam zärtlich zu sein – gut, das erleichtert ihr den Absprung. Udo fand mit Sicherheit Ersatz.
Da hörte sie ihn murmeln: „Erich liegt im Krankenhaus." Er sprach gedämpft und blickte zu Boden, vielleicht, weil es zu Befürchtungen Anlaß gibt, wenn ein Endsechziger erkrankt. „Ich wollte es dir gestern schon sagen, aber du warst ja nicht da. Kommst du mit, Jenny? Ich besuch ihn in der Chirurgie. Dich sieht er doch so gern."
„Was fehlt ihm denn?"
„Stell dir vor, er ist angefahren worden vorgestern nacht. Vielleicht ist sein Fahrrad nicht richtig beleuchtet gewesen, der Sheriff hat mich danach gefragt, die Lampe war kaputt und der Draht ab vom Dynamo, keine Ahnung, ob erst durch den Sturz ... Aber so ein Kraftfahrer hat selber Licht, der sieht doch, was vor ihm fährt! Einfach abgehauen ist der Lump."
„Und was ist Erich passiert?"
„Knochenbruch an der Hüfte. Heilt in dem Alter schwer."
Der Bus hielt schniefend an, er war ziemlich leer, Jenny setzte sich zwischen freien Bänken, um unbelauscht reden zu können, merkte aber, daß ihr Mut sank. Sie brachte es jetzt nicht fertig, Udo das Nötige zu sagen. Er hing so an Erich Pertus, mit dem er das Boot und den Katen teilte. Eine Weile rang sie

mit sich – ihn zu betrügen war auch nicht besser –, doch da er kaum sprach, schwieg auch sie.

In jedem Dorf stoppte der Bus auf dieselbe nervtötende Art. Die Wiesen dazwischen, das Schilf und den Mais, die silbrigen Silos und windschiefen Bäume nahm Jenny gar nicht wahr. Sie fragte sich, was Udo Tidemann ihr, über das Körperliche hinaus, denn bedeutet habe. Sollte es einzig sein Schwung, die mitreißende Unbekümmertheit gewesen sein? Die Gabe, das Leben zu nehmen, wie es kam, aus allem das Beste zu machen? Nein, es hatte da mehr gegeben; ein Rest von Anziehung war noch da.

Bei allem Eigensinn nämlich war Udo formbar, das hatte sie gereizt an ihm. Wenn er es leicht hat, dachte sie, ist er gedankenlos, oberflächlich, egoistisch. Fängt er genug Fisch, ist die Natur ihm schnurz. Sinkt aber sein Ertrag, fühlt er sich gefordert, geht der Sache nach, tritt dem Kulturbund bei und engagiert sich in der Gruppe Umweltschutz. Da kämpft er dann um alte Bäume, um verbesserten Buhnenbau an der Küste, um die Vogelbrutplätze auf der Cuminer Oie und für mehr Sauberkeit im Bodden, um das Bild der Heimat überhaupt. Da sind bei ihm Reserven. Genauso im Umgang mit Frauen. Solange die ihm schmachtend zu Füßen liegen, sieht er nur das schnelle Abenteuer, sind sie ihm austauschbar und letzten Endes gleich. Mit ihr ist das schon anders gewesen, sie hat in ihm den Sinn für Partnerschaft geweckt. Durch sie, Jenny, hat er kapiert, daß Frauen menschliche Wesen sind, die ihm mehr geben können als warmes Essen und Spaß im Bett. Ja, ein bißchen ist er gereift, in den vier Monaten hat sie da etwas aufgebaut.

Aber hat das Bestand? Nun, da sie ihn verläßt, bricht das wohl ein, und er landet wieder dort, wo er vorher war. Sie kennt sein Aufbrausen, seinen Trotz. An der gesamten Weiblichkeit wird er sich rächen wollen – er ist es, der den Schnepfen den Laufpaß gibt, nicht umgekehrt! Ein Schlag für ihn, fast so, als kippte über Nacht der Bodden um und alle Fische wären tot. Da würde er auch resignieren, auf den Umweltschutz spucken ... Das warf Schatten auf den Abschied. Udo lieb nichts von dem, was ihm durch sie zugewachsen war, ie zerstörte es ja eigenhändig.

Vährend ihr dies durch den Kopf ging, hielt der Bus in Sichtveite des Chemiewerkes, dort, wo sich der Schilfsaum des oddens bis an die Straße schob. Es war derselbe Punkt, an em man bei der Tierseuche vor anderthalb Jahren abgeperrt hatte, die Hütte für die Wachtposten stand noch da. enny sah Polizisten und freiwillige Helfer zwei Autos überrüfen, einen Volvo und einen Barkas. Der Bus wurde rasch urchgewinkt. Es dämmerte ihr, daß dies einer der Kontrollunkte war, die Christian gemeint haben mußte, als er von en neuen Maßnahmen sprach.

n der Chirurgie des Kreiskrankenhauses hieß es: keine Beuchszeit. Udo schob der Oberschwester einen Aal in Silberapier zu und gab an, er sei Seemann und könne die Zeit chlecht einhalten. Sie durften hinein. Der Verunglückte lag n einem Dreibettzimmer, er war eingedöst. Udo berührte hn sanft am Arm. „Tag, Erich! Na, wie geiht dat di?"

„Nich so gaud", hörte Jenny den alten Mann antworten. „Ik löw, dat watt nich bäder ..." Er erkannte sie, versuchte zu ächeln und gab ihr die Hand. Sein Gesicht war bleich, wie us knittrigem Papier. Sie rückte zwei Stühle ans Bett, belrückt von dem Gedanken, wer dies verschuldet hatte.

„Du hest schon ganz annere Sak'n üwerstahn", sagte Udo. „Ein bät'n Geduld meust schon hemm."

„Ach, min Jung, dat is dat nich. Ik heff öwerhaupt keene Kraft mir. Wenn ik doch blot lop'n künn ..."

„Immer eins na'n annern." Aus seinem Beutel zog Udo Kompottbüchsen, Gewürzgurken und zwei fette Aale, das ackte er auf den Nachttisch. „Du meust erst mol richtig ät'n, onst kümmt keene Kraft."

„Öwer ik heff doch nie Hunger."

„Ok nich uf so wat?"

„Ik dank di ok. Du büst so leiv tau mi, und ik oller Dussel naak die blot Kummer."

Während das Gespräch weiterging, fiel Jenny ein, daß sie den lten Pertus zum ersten Mal auf dem Hafenfest hatte reden hören, als ihre Liebelei mit Udo begann, und nun wieder, da sie zu Ende ging. Was hatte der alte Mann vom Leben eigentlich gehabt? Sechs Jahre lang war er Soldat gewesen, vier Jahre in Gefangenschaft, dann von früh bis spät auf den Beinen, ausgefahren bei jedem Wetter und doch stets ein armer Hund geblieben... Jenny merkte, daß ihr die Tränen kamen, sie wandte sich ab. Dieser Besuch nahm sie sehr mit.

Als sie wieder hinsah, hatte Pertus seinen Udo nah an sich herangezogen. „Ik möst mit di räd'n ..."

„Wat is'ent, Chef?"

„Du, ik glöw, ik wa'r nie wedder." Mit krummen Fingern wehrte er Einspruch ab. „Doch, ik spür dat. Ik heff in letzten Dag'n väl doröwer na'dacht ... Du weeßt, ik heff utter di keenen Minschen. Du sahst min' oll'n Kat'n hemm, mit alln's rund üm ..."

„Nu hür öwer up!"

„Ik heff ja alln's blot für di maakt ... Dat heff ik din Mudder in Starb'n verspraak'n – und nu bün ik an 'ne Reihg'."

„Du kannst mi doch nich alleen lat'n."

„Du hest doch die'n Jenny. Dat is ne prima Fru, dei holl di fast. So 'ne fin'st nie wedder."

„Heff ik do binah ganz verget'n."

„Und nu maak ein fründlicheres Gesicht. So is nu mal dat Läb'n, einmal is jeder dran."

„Ik glöw, Erich, du kannst dat schaff'n, wenn du blot wist."

„Nu denk mal an wat anners. Grüß all, dei nah' mi frag'n daun ... Ik bün jetzt mäud' und will mi ein bätt'n utstreck'n."

Jenny stand auf, ihr Mund war trocken. Die letzte Minute war quälend gewesen. Sie beugte sich vor und küßte den alten Mann auf die Wange. „Gute Besserung."

„Lat di dat gaud gahn", sagte Udo. „Ik kaam wedder vörbi."

„Tschüß, min Deern und min Jung."

„Bet bald", rief Udo, die Hand schon an der Tür. „Und schön ät'n, Erich! Von nix kümmt nix."

Ein paar Schritte vor der Klinik, zwischen der Haltestelle und dem Telefonhäuschen, blieb Jenny stehen. Der nächste Bus kam erst in einer Stunde. Udo schlug ihr vor, in der „Seerose“ zu essen, sie lehnte ab. Keinen Bissen hätte sie heruntergebracht. Der denkbar schlechteste Zeitpunkt, ihm zu sagen, es ist aus. Auch ihn nahm dies ja mit, man sah es ihm an. Falls Pertus nicht wieder auf die Beine kam, war er mit dem Boot und – den Winter über – im Katen ganz allein ... Aber Christian, das war kein Seitensprung, der sich vertuschen ließ, das konnte ihre Zukunft sein, ihr Leben. Besser ein rascher Schnitt als feiges Hinauszögern, als noch so ein Krankenbesuch, bei dem Pertus womöglich ihre Hand in Udos legte. Nie hatten sie einander ewige Treue gelobt, keiner von ihnen hatte sich binden wollen, Jenny schon gar nicht, so kurz nach ihrer Scheidung.

Um Zeit zu gewinnen, sagte sie Udo, sie müsse ihren Exmann anrufen, mit dem noch etwas zu regeln sei, und betrat die schmutzige Zelle. Während sie wählte und das Rufzeichen ertönte, wurde ihr klar, weshalb sie trotz allem den Schlußstrich jetzt ziehen mußte. Nicht nur anstandshalber und der Klarheit wegen – das Bild ihrer Eltern, die sich nichts mehr zu sagen hatten und doch beisammen blieben, warnend vor Augen. Sondern auch aus dem banalen Grund, daß Cumin ein Dorf war, in dem nichts verborgen blieb. Udo würde es von anderen erfahren. Oder er konnte, falls sie schwieg, bei ihr auf Christian prallen; vielleicht schon heute abend. Also mußte es sein.

Da hörte sie erleichtert Jacks Stimme – im nächsten Moment schon empört. Er sprach so, als habe er etwas getrunken. Die Art, wie er ihren Anruf quittierte, brachte sie heftig gegen ihn auf. „Ich spreche von der Klinik aus“, sagte sie. „Kannst du dir denken, wer dort liegt? Udos Partner, der alte Mann auf dem Fahrrad, den ihr auf dem Gewissen habt.“

„Was soll das heißen?“

„Das heißt, er hat mit kaputten Knochen hilflos im Regen gelegen, bis ihn zufällig jemand fand ... Für mich ist so etwas das absolut Letzte! Drücke ich mich deutlich aus?“

Nach einer Pause, in der sie ihn atmen hörte, fragte Jack: „Das sollen wir gewesen sein? Unsinn! Wer behauptet das?"
„Bis jetzt noch keiner. Nur ich weiß es aus sicherer Quelle. Was ihr euch da geleistet habt, ist der blanke Wahnsinn! Ihr seid wohl total ausgeflippt?"
„Hör mal, wer ist denn deine Quelle?"
„Der, vor dem ich dich letzthin gewarnt hab."
„Ach so, es geht also weiter mit euch?"
„Das geht dich einen Dreck an."
„Nun, das sagt mir schon alles", erklärte Jack glatt, mit alkoholbeschwingter Freundlichkeit. „Da gratulier ich dir aber, Schätzchen! Und herzliches Beileid an den schönen Fischersmann ... Dein Tempo ist beachtlich."
„Halt dich aus meinen Sachen raus!"
„Hast du nicht beim Abschied gesagt, laß uns Freunde bleiben? Freunde tauschen sich aus! Nicht unbedingt telefonisch, dazu ist das Thema zu heiß. Bitte komm her, wenn du schon in der Stadt bist, Freddy ist auch bei mir."
„Dann hast du ja Gesellschaft. Mich siehst du nicht, und den Rest der Freundschaft kündige ich dir, falls ihr nicht sofort aufhört mit dem Scheiß."
„Immer sachte, Jenny. Wir sitzen im selben Boot."
„Wenn es kentert, nicht mehr! Und noch etwas: Die ganze Küste wird kontrolliert, an den Checkpoints vom letzten Jahr. Man hält jedes Auto an."
„Schönen Dank für den Tip. Wir wissen das zu würdigen. Sobald du mehr erfährst, ruf mich bitte an oder besser noch, komm her – das tust du doch, schon im eigenen Interesse? Ich stehe dir immer zur ..."
Jenny hängte ein, grußlos, wütend, zerschmettert. Sie fühlte sich beschmutzt, gedemütigt von dem Mann, der einst vor ihr auf Knien gelegen hatte; außerdem in eine Spitzelrolle gedrängt – genau dahin, wo Jack sie neulich schon hatte haben wollen. Das also konnte der mit ihr machen! Mochte sie ihm auch die Freundschaft aufkündigen, sie blieb seine Komplizin, das gab er ihr zu verstehen.

Beim Verlassen der Zelle kam sie sich niederträchtig vor in dem Gefühl, dicht daran zu sein, Christian auszuhorchen, um diese Burschen vor der Verhaftung zu bewahren und so die eigene Haut zu retten. Denn faßte man die beiden, kam alles heraus; dann ging sie als Anstifterin des ersten und Mittäterin des zweiten Einbruchs selber ins Gefängnis. Ich bring die Strolche zur Vernunft, dachte sie, bemüht, ihre aufflakkernde Trostlosigkeit im Griff zu behalten. Ich werd sie mit Übertreibungen so erschrecken, daß sie nicht mehr wagen werden, sich zu rühren!

In dieser Verkrampfung ging sie auf Udo zu und stieß wie unter Zwang heraus: „So eine Gemeinheit. Das ist unverschämt ... Aber nicht mit mir!" Sie begriff, daß er sie nicht verstand, nun, das sollte er ja auch nicht, sie hatte sich einfach Luft gemacht. „Ich hab Sorgen, Riesenärger", sagte sie auf seine Frage. „Laß sein, Udo, damit muß ich allein fertig werden. Es hat nichts mit dir zu tun."

Er war verdutzt, musterte sie aufmerksam, seine Augen hatten ihr immer gefallen, leicht schräggestellte Augen mit heller Iris. „Ärger mit Jack? Wenn du willst, knöpf ich mir den mal vor, schüttele ihn kurz durch, das wirkt kolossal."

„In dem Fall kaum. Da kann mir keiner helfen."

„Ach was, ich steh dir bei, dazu bin ich doch da." Er sah sie herausfordernd an, als wollte er sie dazu bringen, ihm alles zu gestehen.

„Misch du dich nicht auch noch ein", rief sie, mit ihrer Beherrschung am Ende. Von allen Seiten drang es auf sie ein. „Halt dich da raus! Das ist einzig meine Angelegenheit, verstehst du?"

„Nein, überhaupt nicht. Was ist los, was hast du nur? Du bist so grob auf einmal, das kannst du mir nicht antun ... Ich biete dir meine Hilfe an, und du hast kein Vertrauen."

„Hör mal, es ist schon kompliziert genug. Seit Stunden quäle ich mich ... Ich muß eine klare Linie finden, ganz allein, ohne dich. Wir zwei, Udo, das mit uns, das ist sowieso vorbei."

„Was sagst du da?"

„Ja, ja, wir müssen uns trennen!" Jenny sah ihn erstarren, sie merkte, daß sie schonungslos sprach, viel härter als geplant; es kam ihr nur noch darauf an, dies hinter sich zu bringen.

„Was hab ich dir getan?" fragte er stumpf.

„Nichts. Da ist einfach wer anders. Es tut mir leid."

„Wer soll das sein?"

„Du kennst ihn – Christian Wendt."

„Der Bulle? Das ist doch nicht zu fassen! Ein lausiger Bulle, was find'st du an dem?"

Jenny gab keine Antwort.

„Hast dich wohl schon mit ihm langgemacht", hörte sie Udo toben. „Du und dieser Alte, daß du so tief sinken kannst! Und ich Idiot hole den noch selber an den Tisch und gieße ihm Sekt ein ..."

Er packte ihre Schulter, rüttelte und riß sie zu sich heran. „Du verschaukelst mich, ja? Das ist doch bloß ein Witz! Der paßt zu dir wie der Sattel auf die Kuh. Willst du etwa auch zur Polizei? Du bist doch immer kontra gewesen."

Sie schwieg und versuchte, sich aus seinem Griff zu winden.

„Gerade jetzt, wo wir uns brauchen ... Kommt ein Bulle und schnappt mir das Mädchen weg. Aber der hat sich getäuscht, das laß ich mir nicht bieten, mit dem werd ich Schlitten fahren! Mir hat noch keiner die Frau ausgespannt."

„Dann nimm es als neue Erfahrung!" Sie fand ihn anmaßend, selbstherrlich, gewalttätig. Seine Besitzansprüche, ha! Wie viele Mädchen hatte denn er schon weggeschickt? „Udo, es war schön mit uns, aber nie die Rede davon, daß es für immer ist."

„Und der da soll dein Traummann sein?"

„Das kann ich mir immerhin vorstellen."

„Wenn du dich nur nicht irrst. Wie der Kerl sich verstellt hat bei uns am Tisch! Der ist kalt wie ein Hecht, der nutzt dich aus, und dann wirst du von ihm abserviert."

„Woher willst du das wissen?"

„Ich kenn doch die Brüder. Mit dem wirst du noch dein blaues Wunder erleben. Und denk mal an, das gönne ich dir!" Er ließ sie los. „Weiber! Ihr seid doch alle gleich."

Als er von ihr abließ, gewann sie ihre Haltung wieder. „Udo, ich kann dich ja verstehen. Aber hab auch du Verständnis für mich!"
„Da verlangst du zuviel. Das ist ja völlig absurd. Und eins will ich dir noch sagen: Keine Frau kriegt mich so weit, daß ich vor ihr winsele."
Er machte auf dem Absatz kehrt und ging ohne ein weiteres Wort in Richtung der „Seerose" davon.

11 „Laß sie sausen", sagte Freddy Holm. „Dicht hält die von ganz allein, die verpfeift keinen, darauf kannst du Gift nehmen."
„Ich weiß", antwortete Ronald Franke. „Das ist auch gar nicht mein Problem ..." Er überlegte, wie weit er sich dem Kumpel anvertrauen, ihm seine Not offenbaren sollte. Der Weinbrand stand zwischen ihnen, die Flasche war fast leer, er goß erst einmal nach. Sein Wunsch, zu reden und Holms Rat zu hören, wuchs mit jedem Glas. Durch den letzten Coup hatte Holm sich in seinem Bewußtsein als übergroße Figur etabliert, als kraftvoller Bewältiger von Schwierigkeiten und Lebensrätseln, als jemand, der souverän mit Menschen und Dingen umging. Der geborene Kaltblüter, dachte er in alkoholischer Hellsicht. Schlangen und Fische sind seine nächsten Verwandten. Der Mann mit dem wahren Durchblick.
„Wo drückt dann der Schuh?"
„Frauen, allgemein", gestand Franke mit Überwindung. „Du, mir fehlt da deine Übung ... Bei vielen komm ich einfach nicht an. Das ist auch der Grund, weshalb ich Jenny halten wollte, beinah um jeden Preis." Gott sei Dank, nun war es gesagt.
„Fehler Nummer eins. Gib ihnen nie das Gefühl, sie wären wichtig für dich. Das steigt ihnen sofort zu Kopf. So 'ne Frau wie sie war nichts für dich. Die Alte hat mit dir doch gemacht, was sie wollte!"
Franke nickte, er sagte nichts.

„Wer sind wir denn, Junge, daß die Weiber uns Befehle erteilen."
„Da ist was Wahres dran."
Holm behielt den Weinbrand kennerisch im Mund, badete seinen Gaumen und ließ den Schluck langsam über die Zunge in die Kehle rinnen. „Bei Frauen hast du im Prinzip zwei Möglichkeiten, Jack. Entweder du reißt dir 'ne blutjunge auf, die zu dir hochblickt, die du dir erziehst. Das ist die Variante eins. Du mußt der absolute King sein, verstehst du? Biegst du sie nicht hin, tanzt sie dir bald auf der Nase rum. Eine Frau hat dich zu achten, sie darf nie groß aufmucken... Was hermachen soll sie natürlich. Ist noch 'n bißchen Kies dabei, schadet's nichts. Im übrigen merk dir: Die Bräute müssen nicht bloß dufte aussehen, sie sollen auch ein bißchen was auf'm Kasten haben. Man muß ja auch mal ein Wort mit denen reden können, eh? Aber immer zeigen, wo die Grenzen sind."
„Und die Variante zwei?"
Holm starrte ihn an, als habe er den Faden verloren.
„Die Alternative, Freddy."
„Die was? Wovon quatschst du eigentlich?"
„Na, von der zweiten Möglichkeit."
„Ach so. Entschuldige, kurzer Filmriß. Die zweite Wahl, das sind die älteren Semester. Damen um die Vierzig, noch ganz proper, verwitwet oder geschieden, mit 'ner Portion Kies. Manchmal auch noch verheiratet mit einem Ehepartner, dessen Männlichkeit nicht mehr so recht intakt ist. Solche Damen sind dir ungemein dankbar, wenn du ihnen den Macker spielst."
„Aber da geht doch nichts mehr los. Sexuell, meine ich."
„Täusch dich nicht, Junge. Die sind heißhungrig, schärfer als junge Bienen. Ich sage bloß: Torschlußpanik. Da bist du echt gefordert! Da stehst du voll im Einsatz."
„Das brächte ich kaum, bei Pudding im Bett."
„Warte ab. Klar, die sind nicht mehr so knackig. Birne statt Apfel, wenn du weißt, was gemeint ist. Aber ihr Plus ist – bessere Körperpflege. Und was dir an Taufrische fehlt, das gewinnst du bei denen in puncto Raffinesse und Erfahrung. Du

lernst sogar noch zu. Da heißt's dann: volles Rohr. Und wie gesagt, die sind nicht kleinlich. Von denen wirst du echt verwöhnt."

„Skol!" Franke wußte nicht, ob die Auskünfte ihn stärkten; er hatte eigentlich auf ein Rezept zum Anmachen gehofft.

„Na sdarowje!" Holm schraubte die zweite Flasche auf. „Zur Tagesordnung. Vor uns stehen die Aufgaben des Fünfjahrplans. Genossen, wir unterschätzen nicht die Situation. Der Klassenkampf verschärft sich. Der Feind hält die Küste besetzt und hat 'nen Einsatzstab gebildet, um seinem Ziel, uns von den Importen abzuschneiden ..."

„Er lauert auf unseren nächsten Zug. Bloß den Gefallen tun wir ihm nicht. Da kann er warten, bis er schwarz wird."

„Laß mich mal ausreden. Bei Einsatzstab sind wir gewesen. Der sperrt nicht nur ab, Junge, der will auch aufspüren. Du gehst nun davon aus: Wer sich wohl verborgen hält, hat gut leben in der Welt. Scheue Recht und tue nie was."

„Mit Sprüchen kommst du jetzt nicht weiter."

„Sprüche? Volksmund! Der Schatz kollektiver Weisheit, den schiebt man nicht ungestraft weg... Sich regen bringt Segen."

„Aber Freddy, ich hab doch alles gemacht. Die Gummistiefel auf den Müll, den Barkas ausgesaugt und auf Hochglanz poliert, kein Dreck von Cumin mehr dran, keine Spur von dem Aufkleber, das Fahrtenbuch geführt pipapo, ja, was willst du denn mehr?"

„Einmal noch nach Bombay, Rio, Panama ..."

„Das wär glatter Selbstmord."

„Sieht nur so aus. Hohe Schule der Kriegskunst. Neue Spur legen, den Feind verwirren. Ihn von dem abbringen, was er vielleicht schon entdeckt hat. Mit total veränderter Taktik."

„Keine zehn Pferde kriegen mich wieder nach Cumin."

„Wer spricht von dem Nest? Es gibt noch mehr Datschen am Bodden, welche mit Landungssteg, hab sie vom Boot aus gesehen. Das ist alles hier registriert." Holm tippte sich an die Stirn. „Jack, wo ein Wille ist, da ist auch ein Steg. Und wo ein Steg ist, da ist auch 'ne Villa."

„Willst du mit deiner Jacht hin und aufladen?"

„Ich sehe, du kannst mir noch folgen."
„Jetzt im Oktober? Man friert schon an Bord."
„Sitzt lieber am Ofen und machst 'nen Bunten, eh, bis sie dich am Arsch haben? Der Feind schläft nicht."
„Der Haken ist bloß, die Saison geht zu Ende. Am nächsten Samstag ist Absegeln. Vorher hängen da im Klub die Typen rum, es fällt dumm auf, wenn einer erst nachts einläuft."
„Du meinst, es macht 'nen schlechten Eindruck?"
„Genau! Ob mit oder ohne Licht."
Holm roch am Kognakglas, als steige ihm mit dem Duft Inspiration in die Nase. „Wir wollen unseren alten Kaiser Wilhelm wieder haben. Seefahrt tut not. Deutschlands Zukunft liegt auf dem Wasser..." Er konnte nicht anders, das Blödeln war ihm zur zweiten Natur geworden, es half seinem Denken auf, zumal wenn er getrunken hatte. Und schon kam ihm die Erleuchtung, ja, sie brauchten Hilfe – Udo Tidemann und dessen Zeesenboot. Udo war ein armer Hund, geil aufs große Geld! Ein Kerl, der von den goldenen Zwanzigern und den Schmuggeltouren seines Großvaters träumte. Einmal um die ganze Welt und die Taschen voller Geld. Mit dem Fischfang ging es abwärts. Auf die Bullen mußte er stinksauer sein nach Jennys Absprung. Udo war also hoch motiviert und voll ansprechbar. Man durfte ihm nur nicht auf die Nase binden, wer bisher hinter den Aktionen steckte. Denn er wußte ja, die Boys hatten seinen Kumpel umgenietet. Folglich sollte man ihm bloß sagen: Schau her, was die da alles hochgezogen haben – und was die können, das bringen wir schon lange, sogar noch flotter, einen Zahn stärker, treibstoffsparend im Seetransport, ganz im Sinne der Volkswirtschaft, friert der Bodden erst zu, sogar per Segelschlitten, bong!
„Freddy, du bist Klasse. Hast Format, glatt das Zeug zum Vize, zum Vizeadmiral der Inneren Seegewässer."
„Amboß oder Hammer sein. Entweder wir gehen in die vollen, oder wir streichen die Segel, und es heißt dann über uns: Parasiten auf der Anklagebank. Das entgleiste Trio."
„Wieso Trio? Ach ja – Jenny mitgezählt."
„Wer spricht denn noch von der Schnepfe?"

„Nicht sie? Wen hast du dann im Auge?“
„Na, ihren starken Fischersmann.“
„Udo, den kann ich nicht verknusen. Ein Kraftprotz ohne Hirn.“
„Grips haben wir selber für drei. Das Zeug hat mich erleuchtet. Habe schon alles durchgecheckt. Udo, den heuern wir an – paletti. Es geht nicht um sein Hirn, sondern um seine Zeese... Auf die christliche Seefahrt!“

Udo Tidemann fühlte sich allem gewachsen, was passieren konnte. Er war clever, reaktionsschnell, auf dem Bodden der Größte. Aber er hatte auch schon erlebt, daß man es nicht schaffte, eine Situation gleich zu erfassen. Der Moment der Umkehr wurde dann von einem verpaßt. So hatte er im vorletzten Winter, als sein Segelschlitten mit sechzig Sachen um das Schilf kurvte, die Wake zu spät entdeckt, ein langes schmales Eisloch, von der Strömung freigeleckt, und war voll hineingezischt. Im Rausch der Geschwindigkeit! Irgendein Rausch, ein Kitzel ist immer schuld gewesen. Dies war dann stärker als die Vorsicht: der Wunsch, Erfolg zu haben, ein toller Hecht zu sein, wild und herzhaft zu leben. Er wich Gefahren aus, dennoch zogen sie ihn an. Die stets Vernünftigen, so schien es ihm, waren praktisch doch schon tot.
„Ja, min Jung“, hörte er Freddy Holm sagen, „öfter mal was Neues! Du läßt die Ohren hängen, weil der Bodden verdreckt und die Schnepfe dir entschlüpft? Versuch's mal mit Geld, wenn du dich morgens schlapp fühlst und die Welt grau in grau siehst.“
„Mit Geld?“ Immer diese Sprüche. Wenn die zwei, die ihn da besuchten, den Mund auftaten, kam meist etwas heraus, das nach Fernsehwerbung klang.
„Steigen wir drei doch ein ins Antiquitätengeschäft, das lohnt sich. Ihr ahnt gar nicht, was in den Seegrundstücken rundum so alles vor sich hingammelt. Zwei- bis dreimal zugehackt, und wir sind restlos saniert.“
„Ist das nicht 'ne Nummer zu groß für uns?“
„Keine falsche Bescheidenheit“, erwiderte Jack.

„Kapier doch", sagte Freddy. „Nie mehr arm!"
Tidemann sah ihre Blicke über die Einrichtung streichen. Gott, der alte Katen; niedrige Decke, verräucherte Wände aus gekalktem Lehm, grüner Kachelofen, der blinde Spiegel, die kleinen Fenster, die Möbel aus den fünfziger Jahren. Der Fernseher und die Stereoanlage waren das einzig Gute hier, immer hatte er alles Geld in das Boot und die Netze gesteckt oder durch die Gurgel gejagt, im „Blauen Anker". Was mußten die zwei von ihm denken? Aber ihr Vorschlag war windig, der gefiel ihm nicht.
Fische fängt man mit der Angel, dachte er, Leute mit Worten. Auch wenn sie da Whisky hinknallten und ihn unter Alkohol setzten, sowas wollte überlegt sein. Übrigens trank er die beiden noch allemal unter den Tisch. Wollten ein Ding drehen mit ihm, animiert von dem, was da neuerdings geschah... Nur, er war kein Ganove, sein einziges krummes Ding lag weit zurück. Eine halbe Fahrradstunde weg gab es ein Heim für Prominente, mit 'nem abgezäunten Teich dabei, wo die Großkopfeten exklusiv den edelsten Fisch angelten. Mit einem Kumpel hatte er mal den Maschendraht zerschnitten, noch vor Sonnenaufgang, war hochgestiefelt hineingestiegen und hatte mit dem Spezialnetz das Becken leer geräumt. Auch nicht gerade Mundraub, doch kein Vergleich mit dem, was die ihm da antrugen. „Und", fragte er, „was mach ich dabei?"
„Nur den Transport", erklärte Freddy. „Beschaffung und Absatz sind in unserer Hand."
„Trotzdem", sagte Jack, „wird exakt durch drei geteilt."
„Im Klartext, ihr Brüder brecht da ein."
Freddy verzog den Mund. „Das mußt du locker sehen. Die irdischen Güter sind ungerecht verteilt, da tut ein bißchen Ausgleich gut! Von der Cuminer Serie hast du doch gehört."
„Das ist das Thema jetzt im Dorf."
„Da wird nur von denen genommen, die mit links das große Geld machen. Wie bei Rasmus, wo von der Mokkatasse bis zum Nachttopf alles echt Meißen gewesen ist. Wir haben halt Lust gekriegt, auch mitzumischen, bloß eben nicht hier, da wimmelt es von Bullen – ein paar Orte weiter."

„Der Tag geht und Johnnie Walker kommt“, sagte Jack, als er wieder einschenkte aus der viereckigen Flasche.
„Denn sieh mal, Udo“, fuhr Freddy fort, „die meisten von euch Einheimischen schuften und schuften und kommen auf keinen grünen Zweig. Und dann sind da welche von außerhalb, die setzen sich ins gemachte Nest. Zaubern tolle Datschen hin, und die stehen die meiste Zeit leer.“
„Nicht ganz im Sinne des Erfinders“, fügte Jack hinzu. „Karl Marx dreht sich im Grabe rum.“
„Ihr müßt mir nicht politisch kommen, auf dem Ohr bin ich taub. Was passiert, wenn sie euch schnappen?“
„Halten wir dich raus. Hast du von nichts gewußt. Dir haben wir gesagt, das ist ’ne Möbelladung nach einer Haushaltsauflösung.“
Möbeltransport nachts über den Bodden? Tidemann fand, das höre sich bescheuert an. Dies nahm ihm nicht mal der dicke Nauschütz ab. Irgendwie klang das ganze nach Dummenfang. Er hatte den Eindruck, die zwei sagten ihm nur die Hälfte. Er witterte zwischen denen ein augenzwinkerndes Einverständnis. Nur in welchem Punkt, das blieb ihm schleierhaft, sie legten doch scheinbar alles auf den Tisch? Er zog die große Boddenkarte vom Schrank, entrollte sie und beschwerte die Ecken mit Aschenbechern und Flaschen. „Nun mal konkret, wie soll das laufen?“
Jacks Finger glitt auf dem Festland nahe der Kreisstadt in eine Bucht, die ein Feldweg streifte. „Unser Umschlagplatz. Feuchte Wiesen, menschenleer. Da steht dann mein Kombi, weit außerhalb der Sperren, die sie gebaut haben.“ Nun tippte er auf die Gegenküste, eine Landzunge, neun Kilometer von Cumin, wo die Zweimeterlinie gleichfalls dicht ans Ufer kam. „Hier hast du Fahrwasser bis zum Steg. Dahinter liegt die Datsche des Parteisekretärs vom Chemiewerk. Dem Bonzen schleppen wir was ab. Das ist doch einer von denen, die dich kaputtmachen, Udo. Der kriegt die Orden und Prämien, und dir krepiert der Fisch.“
„Muß man sich da nicht wehren?“ fragte Freddy.
Tidemann schwieg, er kannte das Haus. Im Frühjahr hatte

dessen Inhaber den Vorsitzenden seiner Genossenschaft und ihn selber als Vertreter der Gruppe Umweltschutz im Kulturbund dorthin eingeladen, um ihnen bei Kaffee und Kuchen den Stand der Dinge zu erläutern. Gestützt auf das Gutachten eines netten jungen Chemikers vom Institut für Meereskunde, der auch dabeigewesen war. Der hatte für die Staatliche Gewässeraufsicht den Bodden über Jahre hinweg chemisch und biologisch geprüft, nämlich an acht festgelegten Punkten immer wieder Proben entnommen und sie analysiert, mit traurigem Ergebnis. Der Hauptverschmutzer, das Werk, sollte laut Auflage der Wasserwirtschaftsdirektion sein Zeug nur noch bestens gefiltert und geklärt einleiten. Aber aus Kapazitäts- und Kostengründen, sagte der Parteisekretär, sei das von heute auf morgen leider nicht zu schaffen. Die Grenzwerte an Schadstoffen würden derzeit noch überschritten, obgleich man bestrebt sei und ständig daran arbeite, die Belastung zu senken... Es klang höchst besorgt, Fakt aber blieb, das Gift floß vorerst weiter, und der Sauerstoffgehalt des Wassers sank. Nur weil der Bodden so flach war und von Stürmen durchlüftet, ja regelrecht umgepflügt wurde, war er noch nicht biologisch tot. Doch nicht nur die Abwässer, auch die Schornsteine des Werks waren ruinös, sie überpuderten den Bodden, begünstigt durch den vorherrschenden Südwestwind, tagtäglich mit Schwebstoffen und Abgasen.

Das hatte Tidemann klargestellt, dem Gastgeber höflich widersprochen und an frühere Havarien, wie das Ausfließen von Salzsäure, erinnert, das unbestreitbar war, da es zu einem Badeverbot geführt hatte. Keineswegs, so gab er zu verstehen, gehe es nur um seinen Fisch, auf den man vielleicht noch verzichten könne. Da stehe mehr auf dem Spiel, es drohe die Zerstörung der Landschaft, seiner Heimat, des natürlichen Gleichgewichts! Aber er war um Verständnis gebeten und wortreich beschwichtigt worden. Das Werk müsse nun mal den Plan erfüllen, seinen Beitrag zur Volkswirtschaft, zur Erfüllung von Exportverpflichtungen, zum Wohlstand und Fortschritt leisten; noch sei die Decke insgesamt zu kurz.

Wenn die zu kurz ist, hatte Udo Tidemann bildkräftig erklärt, dann zieht man sie nicht über den Kopf und läßt die Füße frieren, die Umwelt ist der Boden, der uns alle trägt, den verdirbt man nicht ungestraft! Eine harte Auseinandersetzung, offen und ehrlich. Am Schluß aber hatte er sich so machtlos gefühlt, als renne er gegen Beton, der mit Schaumstoff gepolstert war. Alles in den Wind gepustet, man ließ ihn reden, Dampf ablassen, doch er hatte nichts zu melden. Sollte er helfen, diesem Mann, der ihn damals eingewickelt hatte, einen Denkzettel zu verpassen?

„Den Heini beklauen, das ist auch keine Lösung“, sagte er. „Dem müßte man krepierte Fische auf den Teppich schütten, das brächte ihn am Ende zur Besinnung.“

„Und dich hinter Gitter“, entgegnete Freddy. “Da hätten sie dich gleich im Visier.“

„Denk an deinen Großvater“, riet ihm Jack. „Der ist nicht so naiv gewesen. Der hat auch ohne Kompaß gewußt, was anlag.“

„He, he, was weißt du denn schon von dem!“

„Was du uns selber erzählt hast. Der und seine Abenteuer... Oder sind das bloß Märchen gewesen?“

„Märchen? Wer den noch gekannt hat, der kann euch bestätigen, was der für ein Kerl war!“

„Und du?“ fragte Freddy. „Schiß vor dem Macker deiner Braut?“

Tidemann hob ihm die Faust unter die Nase. „Das nimmst du zurück!“

„Na schön, aber es sieht doch verdammt danach aus.“

„Also, ihr zwei... Wenn ihr glaubt, ich kneife – in dem Fall habt ihr euch geirrt.“

„Wir können demnach auf dich zählen?“

„Prost“, sagte Jack. „Up dei christliche Seefohrt!“

Sie kippten den Whisky, und plötzlich, als sei da ein Knoten geplatzt, schwatzten die beiden durcheinander. Tidemann hörte sie sagen: Die Zukunft liegt auf dem Wasser, uns kann keiner, weder der Kugelblitz noch Jennys Macker, es gibt viel zu tun, packen wir es an, mit deiner Zeese looft det, da sind wir die Größten, und so weiter; das halbe Sortiment der

Sprüche, die diese Brüder drauf hatten. Jack stupste so au die Landzunge, daß sein Finger fast durch die Karte stieß: „Dieses wird der sechste Streich, und der nächste folgt sogleich."
Tidemann hob den Kopf, was hieß das denn? Er rollte die Karte zusammen. Der vage Eindruck eines Mißtons haftete in ihm.
„Hör nicht auf den", sagte Freddy. „Der ist rund wie 'n Buslenker. Verträgt eben nichts... Gott, was für 'ne Freude aber auch! Dein Opa wäre stolz auf dich, min Jung."

12 Es war wieder eine Lust, zu leben. Eine derart beflügelnde Heiterkeit hatte Hauptmann Wendt noch nie verspürt. Nicht in den letzten zehn Jahren... Seit jener Nacht, der Nacht zum 8. Oktober, war die Welt verändert; oder doch sein Blick auf sie. Gewiß, es gab darin noch so Bedrohliches wie Atomraketen – die waren ja keineswegs verschwunden, es wurden weitere aufgestellt –, nur, das bedrückte ihn wenig, er dachte kaum mehr daran. In solch bedrohter Welt nach Diebesgut zu fanden, das war ihm kürzlich noch so vorgekommen, als wollte man auf Tischsitten achten, in einem Haus, unter dem die Erde bebt. Nun aber hatte es durchaus wieder Sinn. Er verstand den eigenen Vergleich nicht mehr. Wie hatte er so resignieren können?
Es war sein Beruf, für Recht und Ordnung einzutreten, und Wendt wußte, er war gut darin. Es stärkte ihn, zu seiner Überzeugung zurückzufinden, zu den Gewißheiten, mit denen er aufgewachsen war, die ihn all die Jahre hindurch erfüllt, geprägt und begleitet hatten. Wem verdankte er den Wandel, der sich ganz von selbst in ihm vollzog? Keiner Belehrung, keinem Zweckoptimismus, nicht mal eigenem Nachdenken, sondern einfach der Liebe einer Frau. Gefühlsmäßiger Bedrängnis und Bitterkeit kam man mit dem Verstand nicht bei. Das Eingekeiltsein in die scheinbare Ausweglosigkeit des Lebens, wie hatte es ihn gequält! Und nun, fern

jeder logischen Erwägung, wich das zähe Gift der Depression aus seinen Adern. Er war wie neugeboren – welch unverschämtes, unverdientes Glück! Ständig hörte er Musik, von *Vamos a la Playa* bis *Don't Let The Sun Go Down On Me,* bestrebt, dies nicht im Dienst zu pfeifen, überhaupt den Eindruck zu verwischen, ganz aus dem Häuschen zu sein.
Er hoffte, niemand außer Jenny ahnte etwas von seinem Wohlbefinden. Es kam der Arbeit zugute; die ging ihm wie selten von der Hand. In diesem Zustand strömten ihm Ideen nicht nur zu, er hatte auch den Schwung und die Kraft, sogleich zur Tat zu schreiten. Das engmaschige Netz seiner Ermittlungen, mit Hilfe der Genossen warf er es von Cumin aus über die Küste und das restliche Kreisgebiet – nicht bloß routiniert: mit stiller Begeisterung. Der Leutnant Nauschütz brachte ihm die Besucherlisten von vier Häusern, die fünfte Liste stand aus, der Besitzer des Einbruchsobjekts Nummer drei, Professor Rasmus, war schon wieder in Berlin. Da schickte Wendt ihm den Unterleutnant Adam ohne Rücksicht auf das Wochenende nach.
Die Papiere. Obenan der Name Ziegenhagen, gefolgt von Jürß, der gleichfalls auf sämtlichen Listen erschien. Jürß war der Schornsteinfeger aus N., Ziegenhagen ein Klempner aus Carlsgrim, dem Nachbardorf, der unermüdlich Fernsehantennen errichtete, Häuser winterfest machte und bei Rohrbrüchen half. Er stand in dem Ruf, so besessen zu wühlen, daß nach seinem überstürzten Eingriff oft die Anschlußstellen und Wasserhähne tropften. Bei Tiedge hatte er einmal in wildem Eifer die Wand durchbort, ein Wasserrohr quer durch einen Schrank verlegt un ihn so an seinen Platz gebannt. Jürß hingegen ging gemächlich vor, er neigte dazu, Häusern auszuweichen, deren Schlot schwer erreichbar war oder wo man genau auf das Geld sah. Beide hatten ein Alibi für die Nacht zum 19. Juni sowie für den 5. und 6. Oktober. Auch gehörte ihnen weder ein Wolga noch ein blauer Barkas. Der dritthäufigste Name war, zu Wendts Erstaunen, Udo Tidemann. Der Sohn des Ehepaars Mau, die Kinder Dr. Tredups und die Tochter von Tiedge führten ihn als gelegent-

lichen Besucher auf. Von denen werde, erläuterte Nauschütz, der junge Fischer vermutlich eingeladen, weil sie gern auf dessen Zeese mitsegelten, weil er ihre eigenen Boote warten könne und ansonsten ein flotter Bursche sei. Das hörte sich plausibel an. Tidemann hatte kein Auto. In der Nacht zum 19. Juni war er auf dem Hafenfest, also in der Nähe des Tatorts gewesen. Nach seinem Alibi für die zwei Oktobertage wollte der Hauptmann ihn selber fragen; nicht sehr angenehm, doch unvermeidlich.

An diesem Punkt fiel Wendt ein, daß Jennys Verhalten während der Segelfahrt, in der Kajüte am Ufer der Oie, ihm das Gefühl vermittelt hatte, sie wisse vielleicht etwas, womöglich einen Mann betreffend, den sie schützen wollte. Noch am Mittwoch, als sie ihn in der Bezirksbehörde anrief, hatte sie Wert darauf gelegt, ihn rein privat zu treffen, ohne dienstlichen Hintergrund. Sollte Udo Tidemann es sein, den Jenny zu decken suchte? Sie selbst danach zu fragen war natürlich zwecklos. Immerhin, die neidvoll klingende Abenteuerlust, die deutliche Hochachtung, mit der Tidemann von den Schmuggeltouren seines Großvaters erzählte, sprach für eine latente Bereitschaft, das Gesetz zu übertreten – was noch gar nichts heißen mußte. Diese Bereitschaft, ein Funke männlicher Aggression, schlummerte in vielen Menschen. Gewöhnlich blieb das bloß Gedankenspiel und Rederei.

Jenny wurde übrigens auch zweimal genannt, auf der Liste von Dr. Mau, dort hieß sie noch Jenny Blom, und auf der von Dr. Tredup; hier als Jenny Franke zusammen mit Ronald, ihrem damaligen Ehemann. Derselbe Herr Franke erschien auf der Liste des Oberpharmazierats Dropsch als Lieferant von Stilmöbeln, ohne seine Frau... Nur ein weiterer Name tauchte noch zweimal auf, nämlich der des Diskjockeis Freddy Holm. Er stand bei Mau und Tiedge auf der Liste, eine Partybekanntschaft ihrer Kinder. Während die Hausbesitzer voneinander kaum Notiz nahmen, hielt die junge Generation eben Kontakt. Alles schien harmlos zu sein, unergiebig. Wenn nicht Liste fünf – die des Professors – noch Aufschluß brachte, hatte das Rastersystem offenbar versagt.

Allerdings erinnerte sich der Leutnant Nauschütz, daß Freddy Holm einen Wolga fuhr, mit einem Hänger für die Diskoanlage. Er wohnte in Berlin. Wendt rief dort den Unterleutnant Adam an und gab ihm auf, Holms Alibi zu überprüfen und sich das Fahrzeug nebst Hänger anzusehen. Es war nur ein schwacher Versuch; für die Nacht zum 19. Juni schied Holm sowieso als Täter aus. Wie der Vorsitzende der Sportgemeinschaft, Reger, bestätigte, hatte Holm das Festgelände nicht verlassen: erst Mitgliedsbeiträge kassiert und dann zum Tanz aufgespielt, im Wechsel mit dem Trio der Grenzbrigade Küste. Udo Tidemann hätte den Festplatz unauffällig verlassen können, Freddy Holm aber nicht, der stand im Mittelpunkt. Hinzu kam, daß die einzige Spur auf dem Grundstück Mau, die der Fährtenhund entdeckt hatte, am Bootssteg zu enden schien. Das wies eher auf einen wie Tidemann hin, für den es kein Kunststück war, nachts einen fremden Steg unbemerkt anzurudern. Da er dort Gast des Sohnes gewesen war, konnte er dessen Schlüsselversteck kennen... Aber das galt auch für Holm und für Jenny, die ebenso wie Ronald Franke auf dem Fest gewesen war.
Die Regeln der Logik. Wendt beschloß, Mau junior zu fragen, wie nahe ihm Tidemann stand. Dabei war ihm, als blinke in einem Winkel seiner Gedankenwelt ein Warnlämpchen auf. Durch all die Fälle, über zwanzig Jahre hinweg, war in ihm ein Gespür für Zweifelhaftes gereift, ein Sinn für eigenartige Verkettungen. Und solch eine Verquickung glaubte er hier zu sehen. Seltsamer Zufall, die drei Männer, die auf den vier Listen doppelt oder dreifach erschienen, waren sämtlich auf jenem Fest gewesen. Und alle standen sie zu Jenny in Beziehung, denn, kein Zweifel, auch mit Holm war sie bekannt. Hatte sie doch gestern beiläufig erwähnt, daß viele ihrer Schallplatten von ihm stammten, darunter der Song, der ihr beider Lied geworden war. Drei Männer um Jenny, dachte Wendt, wen von ihnen will sie schützen? Oder welche zwei? Wer von denen ist so lang, daß er Schuhe der Größe 47 trägt? Sinnlos, die Fragen noch zu vermehren. Er schüttelte dies ab, überzeugt, dabei zu sein, sich zu verrennen. Das war ihm

auch schon passiert. Gab man ungesicherte Kombinationen nicht rasch genug auf, wurden sie einem manchmal zur fixen Idee. Nein, da war keine zwingende Logik drin. Das Ganze beruhte auf einem vagen Empfinden, dem matten Eindruck, daß Jenny jemanden vor einem Zugriff bewahren wollte.
Es konnte aber auch ganz anders sein! Am Ende war seine Arbeit, waren polizeiliche Ermittlungen überhaupt ihr dermaßen zuwider, daß sie gefühlsmäßig davor zurückwich, nichts damit zu tun haben wollte. Leider sprach einiges dafür, ihr übersteigerter Freiheitsbegriff etwa, ein heimlicher, uneingestandener Drang zur Herrschaftslosigkeit... Sie liebt mich und die Anarchie, dachte er. Keine ganz glückliche Verbindung. Insofern geht man mit ihr ein Risiko ein. Nun, alles hat seinen Preis; es gibt wohl nirgends ungetrübte Seligkeit.

Weder den jungen Mau noch Udo Tidemann traf Wendt am Montag, dem Morgen des 10. Oktober, daheim an. Der Student war schon wieder in Leipzig, Tidemann vom Fischen noch nicht zurück, wie es im Hafen hieß. Die Besprechung im Kreisamt war auf zehn Uhr angesetzt, der ausgefallenen Befragungen wegen blieb Wendt in N. noch reichlich Zeit. Er ging in das einzige Uhrengeschäft, in dessen Schaufenster auch Schmuck auslag, um Jenny am Abend mit Verlobungsringen zu verblüffen. Es gab hübsche schmale Ringe, doch man mußte Gold abgeben. Sein Ehering lag in Rostock, er wog zwei dieser Ringlein auf, den stellte er dem Goldschmied in Aussicht und schlug ihm vor, einen Scheck oder Bargeld als Pfand zu hinterlegen.
Aber der Mann zögerte, ihm behilflich zu sein. Wendt wünschte den betrügerischen Juwelier an dessen Stelle, der hätte ihn übers Ohr gehauen und prompt bedient, doch der stand nicht mehr zur Verfügung... Endlich begriff der Ladeninhaber das Dringliche seiner Bitte, er bot ihm zwei Ringe aus Altbesitz an. Wendt überredete ihn auch noch, sie bis zum Nachmittag passend zu machen – Jennys Ringfinger entsprach im Umfang seinem kleinen Finger, davon hatte er

sich heimlich überzeugt – und neben ihren Initialen das Datum des 8. X. einzugravieren. Es sprach für sein Auftreten, die neu gewonnene freundliche Entschiedenheit, daß der Mann den Eilauftrag übernahm.
Die Ringe fast schon in der Tasche, lief der Hauptmann durch das Städchen. Es wirkte heiter und aufgeräumt. Der Gedanke an Jenny und an das, womit er sie überraschen würde, beschäftigte ihn mehr als sein Fall. Es gelang ihm nicht, sie aus seinem Kopf zu verbannen. Vielleicht hatte es an der milden Witterung gelegen – in gestohlenen Stunden sonnten sie sich auf dem winzigen, windgeschützten Balkon der Finnhütte –, vielleicht an ihrer fast restlosen Übereinstimmung, der wohltuenden Harmonie, jedenfalls war Jenny seit gestern ein anderer Mensch.
Nichts mehr von der Keckheit, dem abgebrühten Humor, der ihn in der ersten Nacht teils amüsiert, teils befremdet hatte. Sie war sanft gewesen, sehr darauf bedacht, ihn nicht zu verprellen. Trotz aller Zärtlichkeit hatte es ja Spannungen gegeben und gab sie noch, nun war Jenny ausgeglichen, anschmiegsam, deckte möglichen Widerspruch sanftmütig zu. Sie verbrachten so viel Zeit miteinander, wie der Dienst ihm ließ, hielten sich an den Händen, hörten Musik, sprachen über Bücher und Bilder, lachten wie Kinder über Nichtigkeiten. Sie zeigte ihm ihre Entwürfe nach Vorbildern wie Paul Klee, und er bewunderte den Einfallsreichtum ihrer Variationen. In der Umarmung hatte er nicht mehr das Gefühl, sie suche nach etwas, das nicht zu finden ist. Das Wochenende war wunderschön gewesen, zumal ihre Eltern eines fernen Trauerfalls wegen nicht gekommen waren, der gestrige Sonntag der „Tag des Herrn“, wie sie sagte, um hinzuzufügen: des Herrn Wendt. Sorglos und voller Sinnenfreude, ohne ein Wort über seine Pflichten.
Der Hauptmann hatte es konsequent vermieden, die zu berühren. Schon früher, in seiner Ehe, hatte er es sich zur Regel gemacht, Dienstliches auszuklammern, wie es seiner Schweigepflicht entsprach. Hier nun gab es weitere Gründe dafür, Jenny damit zu verschonen – die dörfliche Enge, in der die

Ermittlungen abliefen. Vor allem aber wußte er jetzt, daß er sich wünschte, Jenny solle in jeder Hinsicht eine gute Meinung von ihm haben. Das war ihm klar nach all den Stunden, die sie seit seiner Ankunft in Cumin miteinander verbracht hatten. Einmal sagte sie zu ihm: „Weißt du, ich bin ein richtiges Luder."

„So hart würde ich es nicht ausdrücken", beruhigte er sie.

„Du gibst mir einfach das Gefühl, ein Biest zu sein."

„Was kann ich tun, diesen Eindruck zu vermeiden?"

„Gar nichts. Sieh mal, es könnte doch sein, daß ich dich beschwindele."

„Warum solltest du?"

„Frauen tun so etwas, sie verschweigen gern ihr ‚Vorleben'."

„Wir leben jetzt. Was vorher war, kümmert mich nicht."

„Du hast recht, es ist nicht mehr aktuell... Auch du bist ja ein anderer geworden, Christian."

„Ein anderer?"

„Der Mann, den ich neulich aufs Boot gelockt hab, war mir fremd. An dem konnte man sich reiben, dem konnte man mit Segelkünsten imponieren und sich nebenbei noch über ihn lustig machen; jedenfalls über seinen Beruf."

„Das war der Grund? Ich hab diese Einladung nie so ganz kapiert."

„Mir fehlte halt ein Fockschotmann. Und dein Job hat mich gereizt. So wie ein rotes Tuch den Stier."

„Und was bin ich nun, statt dessen?"

„Das sag ich dir ein andermal." Sie hatte leise gelacht, es klang ein bißchen traurig. „Laß uns lieber noch etwas trinken." Und sie war nach unten gegangen, um die letzte Flasche Wein aus dem Kühlschrank zu holen.

Bestrebt, der Erinnerung, die ihn ablenkte, zu entfliehen und den Rest der freien Zeit zu nutzen, ging Wendt auf das An- und Verkaufsgeschäft zu, dessen Leiter Ronald Franke hieß. Er betrat es in dem Gefühl, ihm könne gar nichts mehr mißlingen. Jennys ehemaliger Mann saß, eingezwängt zwischen

einem Rollschrank, dem Schreibtisch, dem Waschbecken und Warenstapeln hinten in seinem Büro. Er war um die Dreißig, mittelgroß – eher kleiner als sie – und machte in seiner Blässe einen recht durchschnittlichen Eindruck. Es blieb unerfindlich, was Jenny an ihm gefunden hatte. Von der jungen Generation in Cumin durchweg Jack genannt, war er vielleicht unterhaltsam, ein Witzbold auf Partys und auch sonst ein lustiges Haus; die Lachfältchen an den Schläfen deuteten das an.
„Womit kann ich Ihnen dienen?" fragte er, nachdem der Hauptmann sich vorgestellt hatte. Wie es allgemein üblich ist, warf er kaum einen Blick auf den Ausweis. „Bitte nehmen Sie doch Platz! Und verzeihen Sie die Unordnung, bei uns ist Hochbetrieb ... Worum geht es denn? Etwas Unangenehmes?"
„So ist das leider meistens bei der Polizei."
Mit einem raschen, verständnisvollen Lächeln stimmte Franke ihm zu. Er wirkte gewandt, selbstsicher, allenfalls eine Spur zu eifrig. Vom Typ her zählte er zu den schlagfertigen Burschen, die nie recht erwachsen werden, das auch gar nicht wollen, weil es *in* ist, jung zu sein, und die sich über vieles hinwegsetzen. Seine einzige Sorge schien der Andrang vorn im Laden zu sein, der eigentlich sein Eingreifen dort erforderte. Er sprach schnell und viel, so als könne er mit der Sturzflut von Gedanken nur Schritt halten, wenn er sie so rasch wie möglich äußerte.
„Sie könnten uns helfen, Diebesgut zu finden." Wendt gab ihm eine Liste der gestohlenen Gegenstände. „Ist irgendwas dabei, das Ihnen bekannt vorkommt?"
Ronald Franke ging die Positionen durch, er schüttelte langsam den Kopf. „Tut mir leid." Er sah den Hauptmann bedauernd an, ein bißchen unterwürfig, doch war dies wohl nur die Art, die Leute wie er für vorteilhaft hielten im Umgang mit der Polizei.
Nein, er war nicht sehr sympathisch, da zog Wendt jemanden wie Tidemann noch vor, gab jedoch zu, bei beiden befangen zu sein. „Falls Ihnen etwas davon zum Kauf angeboten

wird, erreichen Sie mich unter dieser Nummer ..." Er stand auf, bemüht, kein Vorurteil in sich zu dulden und nicht nur äußerlich korrekt zu sein. In diesem Moment erblickte er durch das Fenster zum Hof einen mittelblauen Barkas. „Ist das Ihr Auto, Herr Franke?"
„Unser Betriebswagen, ja."
„Darf ich mir den mal ansehen?"
„Aber selbstverständlich." Franke kam um den Schreibtisch herum, entriegelte eine Tür und ließ Wendt den Vortritt in den Hof. „Ich nehme an, Ihr Interesse an dem Wagen hat einen besonderen Grund?"
„Richtig. Mit einen Fahrzeug dieses Typs ist Diebesgut befördert worden, von Cumin in Richtung Süden. Es hatte allerdings den Aufkleber *VEB Ostsee-Trans* an der Tür. Aber wie wir feststellen konnten, ist es gar nicht weiter schwer, sich so ein Ding zu beschaffen."
Der Wagen war sauber, er wirkte von außen wie von innen wie poliert, nur auf dem Dach hatte sich schon wieder Staub abgesetzt.
„Es leuchtet ein, daß Sie sich unter diesen Umständen jeden Barkas vornehmen", sagte Franke; es klang emotionslos, tolerant, fast zu glatt. „Möchten Sie das Fahrtenbuch einsehen?"
„Später vielleicht. Ich bin sicher, es wird hier bestens geführt."
„Wir bemühen uns."
„Das dachte ich mir. Wer den Wagen so pflegt, der hält gewiß auch die Papiere in Ordnung... Gibt es außer Ihnen noch jemanden, der ihn benutzt?"
„Nein. Die Schlüssel sind immer in meinem Schreibtisch. Außer natürlich, wenn er zur Durchsicht in der Werkstatt ist."
„War das am letzten Mittwoch möglicherweise der Fall?"
„Lassen Sie mich nachdenken... Nein, am Mittwoch bin ich nachmittags zu einer Haushaltsauflösung nach Carlsgrim gefahren und hab ein paar Stücke abgeholt."
„Carlsgrim, acht Kilometer vor Cumin?"

In Frankes Augen trat ein kleines, leicht entschuldbares Erschrecken. „Ein dummer Zufall, Herr Hauptmann."
„Na, na", sagte Wendt begütigend. „Da sind sicherlich noch mehr solcher Wagen unterwegs gewesen. Wer nicht in Cumin selber war, der scheidet selbstverständlich von vornherein schon aus."

13 Die Besprechung im Kreisamt fand beim K-Leiter statt, in kleinerem Rahmen als am Freitag. Anfangs waren die Kriminalisten ganz unter sich. Viel war in drei Tagen geleistet worden, man ging es durch und zog Bilanz. Im Netz der Straßenkontrollen hatte sich mancher Sünder gefangen – Leute, die zu schnell, unter Alkohol oder mit schadhaften Autos fuhren; und solche, die Baustoffe unklarer Herkunft transportierten. All dem wurde nachgegangen, man versank im Kleinkram, die wirkliche Ausbeute blieb Null. Das Bermuda-Dreieck. Drews', Sternhagels und Stanges Männer hatten anhand der Zulassungskartei haufenweise blaue Barkas-Wagen und Wolgas mit Hängerzugvorrichtung sowie das Alibi von Fahrzeughaltern und sonstigen Bürgern überprüft, die einschlägig vorbestraft oder auch nur polizeibekannt waren: nichts!
Wendt fand seine Mitarbeiter abgespannt, leicht reizbar, ihr Wochenende war zum Teufel gegangen, oft hatten sie Nachtdienst gehabt. Man war im Streß, ein Ende des Sondereinsatzes nicht in Sicht. Für manch einen, das lag auf der Hand, bedeutete dies auch häuslichen Zank. Es gab Ehefrauen, die ihre Männer beargwöhnten, unter dienstlichem Vorwand fremdzugehen. Man konnte ihnen schlecht Bescheinigungen schreiben zur Entkräftung von Intimvorwürfen... Seine eigene Gelassenheit, deren Quelle niemand kannte, stand in wohl augenfälligem Gegensatz zu der allgemeinen Ernüchterung, der nervösen Atmosphäre, die mit dem Zigarettenrauch über ihnen hing.
Aus diesem Stimmungskontrast, so erschien es Wendt, ent-

stand zwischen dem Hauptmann Drews und ihm ein Geplänkel; ziemlich unvermutet, denn bisher neigte Drews keineswegs dazu, sich querzulegen. Er war ein eher trockener, absolut sachlicher Mann. Auch baute sich sein Widerstand so verhalten und allmählich auf, daß Wendt dies zunächst entging. Er merkte nur, daß der K-Leiter mehrfach Tabletten zur Neutralisierung von Magensäure einnahm. Leicht vorgebeugt saß er da, die Linke auf den Magen gepreßt, als habe der ganze Cumin-Komplex sich ihm dort schmerzhaft festgesaugt. Behutsam tadelte Drews die Naivität, nach hochgewachsenen Tätern zu suchen. Einem Trick sei man da aufgesessen! Er stellte Wendt den Unterleutnant Quast vor, seinen Fachmann für Spurensicherung, um ihn mit dessen Erkenntnissen vertraut zu machen.

Quast legte Gipsabgüsse der Fußstapfen vom Grundstück Tiedge auf den Tisch und erläuterte seine Auffassung, die zwei Täter hätten Gummistiefel, ein paar Nummern zu groß, mit Einlegesohlen und dicken Socken getragen, um einen irrezuführen. Das sage ihm die schwach ausgeprägte, demnach hochgebogene, weil nicht mehr vom Fuß ausgefüllte Stiefelspitze. Die unterschiedliche Dicke der Abgüsse erklärte sich daraus, daß die Täter tiefer eingesunken waren, wenn sie ihre Beute zum Fahrzeug schleppten ... Während des Vortrags tat Drews rücksichtsvoll wie jemand, der mehr Peinliches bereithält. Welche Trümpfe zog er wohl noch aus dem Ärmel?

Wendt fragte, weshalb er das erst jetzt erfahre, und man sagte ihm, er sei in Cumin nicht erreichbar gewesen, als Quast dies endgültig geschlußfolgert habe. Ihm war, als höre man in der Brennpunktsache nur formal auf ihn. Faktisch hielt Drews die Fäden in der Hand, bereit, sein Vorgehen zu kritisieren. Nun, das sollte ihn nicht kümmern. Er ließ die vier Besucherlisten kursieren; die zeigten immerhin, daß auch ihm etwas eingefallen war.

Hauptmann Drews verzog den Mund, das dürftige Ergebnis war ihm schon bekannt. Er beklagte, daß die Alibis von Udo Tidemann, der dreimal auf den Listen stand, noch nicht geklärt worden seien. Dies sei auch nicht bei Ronald Franke ge-

schehen, konterte Wendt, der über einen blauen Barkas verfüge, wie von ihm zufällig entdeckt... Drews nahm einen großen Schluck Milch, setzte das Glas hart ab und sagte abrupt: „Ein Wolga mit Hängerkupplung gehört diesem Holm, das gab uns der Genosse Adam durch."
„Na, das ist nicht neu", erwiderte Wendt. „Da teilt Adam etwas mit, das er von mir selber weiß."
„Gegen Mittag ist er zurück, er hat uns Resultate angekündigt."
„Tidemann, Franke und Holm", rief Oberleutnant Sternhagel, der die Kontrollpunkte überwachte, „kennen die sich untereinander? Ja? Dann dürfte das eine Clique sein."
„Immer langsam", antwortete Wendt in dem Gefühl, bremsen zu müssen. Mit seinem flachsblonden Schopf über dem quadratischen Gesicht erinnerte Sternhagel ihn an ein schilfgedecktes Haus. „Keine vorschnelle Theorie, es fehlt uns jeder Beweis. Die drei sind nicht vorbestraft und unbescholten..."
„Sind Sie da sicher?" fragte Drews gekrümmt von seinem Platz, er wand sich wie in einem Magenkrampf. „Auch im Hinblick auf Holm?"
„In Cumin haben alle drei einen guten Ruf." Wendt kannte das, nach Tagen der Anspannung entwickelte sich eine Ungeduld, aus der heraus man leicht den ersten Verdächtigen für den Täter hielt. Ein Sog setzte ein, der fast zwanghafte Wunsch nach Schuldzuschreibung und Erfolg. Eine Vermutung, in solcher Lage geäußert, verselbständigte sich rasch, drohte sich über den Fall zu stülpen und die Realität zu schlucken; das hatte er schon erlebt.
„Na ja", sagte Sternhagel, „die Namen auf den Listen und die zwei Fahrzeuge, das kann kein Zufall sein."
„Fassen wir zu", riet Hauptmann Stange, der Leiter der Schutzpolizei, der sich der Runde beigesellt hatte. „Ehe es weiter eskaliert."
Da fiel das Wort wieder. Schon Major Fink hatte sich dieses Ausdrucks bedient. Eskalation war ein Begriff aus dem Militärwesen, der nach Wendts Erinnerung während des Viet-

namkriegs aufgekommen war. Da schlug wohl die Tatsache durch, daß die älteren hier ihre drei Jahre Armee in den sechziger Jahren absolviert hatten. Der Dienst bei der Fahne hatte sie geprägt bis in solche Einfälle wie die Sperridee – ein eher militärisches Vorgehen. In Streßsituationen neigte man dazu, kurzen Prozeß zu machen nach dem Motto: Auf einen groben Klotz gehört ein grober Keil.

„Sonst geht das endlos weiter", fügte der S-Leiter knapp hinzu. Er war wortkarg und benutzte häufig dieselben Ausdrücke. Vielleicht rührte Stanges verbale Sparsamkeit von einem Mangel an Gedanken her; so wurden Wiederholungen unvermeidlich.

„Wir müssen zu Stuhle kommen", drängte Sternhagel, „so oder so, nicht wahr? Die Kontrollen rund um die Uhr, das strapaziert enorm."

So oder so, was hieß das? Und hatte Sternhagel nicht vor drei Tagen noch versichert, das Sperrnetz lasse sich bis in den Winter ziehen? „Die Sperren kann man lockern, Stichproben genügen", hielt Wendt ihm entgegen. „Vermutlich sind die Täter längst im Bilde. Falls sie überhaupt noch was riskieren, weichen sie den Kontrollen todsicher aus."

„Das ist unmöglich, wir kontrollieren beide Richtungen."

„Wenn Sie perfekt sein wollen, Genosse Oberleutnant, müssen Sie auch an die Seeseite denken und den Bodden abriegeln. Zwei der Leute von den Listen könnten durchaus auch den Wasserweg nehmen. Holm hat eine Segeljacht auf dem Klubgelände, Tidemann sogar zwei Fahrzeuge, nämlich eine Zeese und ein Fischerboot, beide mit Dieselmotor, aber nachts auch lautlos zu rudern oder zu segeln."

„Dann beziehen wir den Hafen in die Überwachung ein."

„Tidemanns Boote sind nicht dort. Das kleine liegt am Ufer unterhalb seines Grundstücks, die Zeese ankert hundert Meter davor im Bodden, nur bei Sturm läuft er damit ein."

Wendts Einwand wurde sehr ernst genommen. Zwar hatte er ihn vorgebracht, um den Wert der Straßenkontrollen herunterzuspielen, aber in den Augen seiner Mitarbeiter war es ein geradezu entscheidender Gedanke. Sie schickten nach Ober-

leutnant Daskow, dem örtlichen Leiter der Wasserschutzpolizei. Durch ihn stellte es sich heraus, daß es im Cuminer Bodden derzeit nur ein Polizeiboot gab: nicht einsatzbereit, in Reparatur. Es sei aber, sagte Daskow, kein Problem, durch Major Bradhering über die Bezirksbehörde Verstärkung aus dem Nachbarkreis anzufordern.
Das Mittagessen nahm Wendt in der Kantine des Kreisamtes ein. Neben ihm aß Hauptmann Drews eine Schonkost aus Kartoffelbrei und gedünsteten Möhren. Um ihm ein bißchen näherzukommen, sagte Wendt, ihm selber mache öfter das Herz zu schaffen, deshalb habe er aufs Rauchen verzichtet... Aber Drews ging kaum darauf ein.
Eigentlich war alles gesagt, dennoch wurde die Besprechung fortgesetzt. Die Ankunft des Unterleutnants Adam gab ihr einen letzten Impuls. Adam hatte Freddy Holm nicht erreicht, der mit unbekanntem Ziel verreist war, dafür jedoch dessen Wolga in der Garage einer privaten Autowerkstatt entdeckt. Der Inhaber gab an, Holm als Aushilfskraft zu beschäftigen. Die Reifen des Wagens – kein Befund, die waren weder abgefahren noch fabrikneu. Den Unterboden hatte man nach gründlicher Wäsche eingesprüht, ihm haftete nichts mehr an, das sich mit Bodenproben des Cuminer Strandwegs chemisch hätte vergleichen lassen. Von dem Hänger keine Spur, es hieß, den habe Holm einer anderen Diskogruppe geliehen. Ihm selber sei im Juli die Staatliche Spielerlaubnis für Schallplattenunterhalter entzogen worden.
Hier hielt Adam inne. Er sah Wendt an, als müsse jemand, der eine so einträgliche Lizenz verliert, zwangsläufig kriminell werden. Dann legte er ihm die Besucherliste des Professors Georg Rasmus vor.
Diese Liste, vier Seiten lang in der gestochenen Schrift einer elektrischen Schreibmaschine, war ein Kunstwerk an Präzision. Sie enthielt, alphabetisch geordnet, über hundert Namen, darunter die zweier Minister, des Ersten Bezirkssekretärs, ausländischer Komponisten, Dichter oder Dramatiker und weiterer Persönlichkeiten aus dem Umkreis der schönen Künste, Politik und Diplomatie. Es war, als lege der General-

intendant es darauf an, das Verlangen der Polizei ad absurdum zu führen. Die Liste endete ganz unvermeidlich bei dem Klempnermeister Ziegenhagen; auch Jürß kam vor, der Schornsteinfeger. Rasmus hatte also auch Frau Wagner befragt, die ihm den Haushalt führte. Von den anderen Namen, die auf den übrigen Listen mehrfach erschienen, gab es hier gar keinen. Natürlich, bei Rasmus hatte die Jugend von Cumin ja nie verkehrt... „Fehlanzeige", sagte Wendt und hob die Sitzung auf.

Während der K-Leiter, ohne noch ein Wort zu verlieren, etwas schattenhaft verschwand, trat Unterleutnant Adam auf dem Korridor an Wendt heran. „Genosse Hauptmann, die Liste ist kalt, aber ich bin noch nicht ganz fertig gewesen."
„Haben Sie noch etwas herausgekriegt?"
„Ich glaube schon. Auf zwei der Listen erscheint doch der Name einer Frau, Jenny Franke oder Jenny Blom."
Wendt blieb stehen und ließ Sternhagel vorbei, den reetgedeckten Oberleutnant. „Ja...; das ist ein und dieselbe Person."
„Ich weiß", fuhr Adam fort. „Auf meiner Liste fehlt sie, aber im Gespräch mit dem Pressereferenten des Theaters ergab sich... Der Pressereferent händigte mir heute früh die Liste aus, im Auftrag des Intendanten."
„Ja, und?"
„Im Gegensatz zu Professor Rasmus, den ich gestern auch danach fragte, hat er sich an diese Frau erinnert. Sie ist vor etwa vier Jahren von Rasmus persönlich, der das gar nicht mehr weiß, aus einer Premierenfeier gewiesen worden. Es war ein glatter Rausschmiß, sie bekam sogar Hausverbot."
„Hausverbot? Gibt's das nicht nur in Lokalen?"
„Offenbar in Theatern auch. Der Grund war, das Material für eine unsachliche Pressekritik, die den Intendanten empörte, stammte angeblich von ihr. Der Hinauswurf geschah in schroffer Form. Sie hatte demnach ein Motiv, sich an ihm zu rächen."
„Nach vier Jahren, plötzlich, aus heiterem Himmel?"

„Es klingt merkwürdig, das schon. Ich wollte nur nicht unerwähnt lassen, daß es da eine alte Beziehung gibt."
„Danke, in Ordnung. Gründliche Arbeit, Genosse Adam."
„Es war nicht ganz leicht mit dem Professor", sagte der Unterleutnant noch. „Rasmus, das kommt mir vor wie ein Pseudonym, ein Künstlername vielleicht."
„Es ist ein skandinavischer Name."
„Bei uns an der Küste heißt es soviel wie großer Sturm."
„Na, er macht ja auch viel Wind."
Jetzt ging Wendt auf, weshalb Jenny im Boot so hochgefahren war, als er ihr im Hinblick auf Rasmus ein Tatmotiv zuschrieb. Strenggenommen hatte sie ja wirklich einmal eins gehabt. Heute abend würde er sie aufziehen mit dem Rausschmiß nebst Hausverbot seitens des „großen Sturms". Ein Name eher für einen Indianerhäuptling als für einen Theaterchef; doch letztlich mochte in puncto Magie und Autoritätsanspruch der Unterschied da gering sein.
Er holte die Verlobungsringe ab und beschloß, eine Flasche spanischen Rotwein zu kaufen. Ihm kam die Idee, mit Jenny anzustoßen auf die gemeinsame Zukunft – und auf dem Grund der Gläser würden die Ringe liegen. Sie liebte alles, was ungewöhnlich war. Ihr zuliebe wollte er versuchen, immer wieder überraschend zu sein.

In der Kaufhalle von N. begegnete ihm Trude Mau. „Gut, Sie zu treffen", tuschelte sie und schob ihr Wägelchen in einen ruhigen Winkel. „Sie haben meinen Sohn verfehlt, nun, der war bloß auf einen Sprung bei uns diesmal, aber durch ihn ist mir etwas wieder eingefallen, das möglicherweise für Sie Bedeutung hat", fuhr sie verstohlen fort, doch mit der Bestimmtheit, die Wendt an ihr schon kannte.
„Ich wollte ihn nach seinem Freund Udo Tidemann fragen."
„Der ist nicht mit Norbert befreundet. Schön, er hat wohl ein paarmal an diesen Feten teilgenommen und uns gelegentlich Fisch verkauft... Nein, es handelt sich um die junge Frau Franke. Erst von Norbert hörten wir, daß auch sie bei uns im

Haus gewesen ist. Sie behandeln meinen Hinweis doch vertraulich?“

„Gewiß, wenn Sie es wünschen.“

„Allerdings, mir liegt daran.“ Frau Mau sah sich vorsichtig um, sie waren allein in diesem Gang der weiträumigen Halle, inmitten von Farbbüchsen, Pinseln, Schreibwaren, Büchern und Toilettenpapier. „Der Name hat mich erst daran erinnert, daß es da im Frühjahr eine Auseinandersetzung gab mit ihr. Es ging um die Wiedergabe der Figur des Klaus Störtebeker in unserer Volkskunst.“

„Störtebeker war hier.“

„Ganz recht. In dem Textilzirkel, der mir unter anderen anvertraut ist und in dem Frau Franke rege mitarbeitet, hat sie mir plötzlich widersprochen und sich heftig gegen das Motiv gewehrt.“

„Gegen wessen Motiv, bitte?“

„Gegen meine Idee, die Störtebeker-Gestalt zum Vorwurf des volkskünstlerischen Schaffens zu nehmen.“

„Ich verstehe.“ Wendt rief sich ins Gedächtnis, daß Wörter wie *Vorwurf* und *Motiv* von dieser Frau nicht in juristischem Sinne gebraucht wurden, vielmehr etwas aus den Sphären von Kunst und Kultur bezeichneten.

„Dabei ging sie, glaube ich, so weit, das, was ich vorschlug, mit ‚wilhelminischem Kitsch‘ zu vergleichen. Ich war sprachlos, wie Sie sich denken können. Ihre Ausdrucksweise war ganz ungebührlich, man muß schon sagen, ungezogen. Ich habe mich dagegen verwahrt – ein ärgerlicher Auftritt! Damit hat sie den anderen Teilnehmerinnen des Lehrgangs die Figur so weit vermiest, daß überhaupt keine brauchbare Arbeit zu dem Thema entstand.“

„Und nun schlußfolgern Sie...“

„Ich schlußfolgere gar nichts“, betonte Frau Mau, ungeachtet des Einkaufswagens von ihrem Erscheinungsbild her halb Kulturpflegerin, halb Landedelfrau. „Das zu tun obläge Ihnen. Natürlich traue ich der Jenny Franke keine Straftat zu, aber auf mich kommt es dabei doch wohl nicht an. Ich wollte Ihnen lediglich den Fakt mitteilen.“

„Danke, sehr aufmerksam von Ihnen."
„Das war Ihnen doch sicherlich neu?"
„Das ist es", sagte Wendt. „Man lernt nie aus."
„Ich hielt es für meine Pflicht. Sie kennen ja inzwischen Frau Franke auch persönlich und machen sich Ihr eigenes Bild. Das war's schon. Guten Abend, Herr Wendt."
Er stand da, die Flasche Wein im Drahtkorb, und sah zu, wie die Informantin vorn im Gewühl verschwand. Ihr graumeliertes Haar, straff zu einem Dutt geschürzt, schwebte eine Zeitlang dort über der Kasse. Sein Umgang mit Jenny sprach sich im Dorf herum – das blieb ihm als Quintessenz des Gesprächs. Der Argwohn, den Frau Mau so distanziert geäußert hatte, wirkte dagegen eher grotesk. Wendt sah keinen Sinn darin, daß jemand, der eine Leiterin kränkt, obendrein noch bei ihr einbricht. Sie und nicht Jenny hätte auf die Szene reagieren können. In seinen Augen reichte der Fingerzeig noch nicht einmal, wie es bei Adams Hinweisen der Fall war, zu einer Aktennotiz. Schwerlich trieb das Gezänk von Textilschaffenden, deren Kunstgeschmack auseinanderging, die Ermittlungen voran. Wäre es ein wirklich erbitterter und folgenschwerer Streit gewesen, hätte Trude Mau auch schon früher daran gedacht, gleich im Juni, als sie den Zettel fand; spätestens Ende September, als Wendt ausführlich mit ihr sprach.

Auf dem Rückweg nach Cumin plagte ihn dennoch eine Empfindung, deren Ursprung dunkel blieb. Es war kühl und windig geworden, große dunkle Wolken fegten über den Himmel. Wendt fuhr schnell. Hatten die letzten Auskünfte ihn doch berührt, fing dies an, ihn zu beschäftigen? Es war, als ob sich lauter Teile eines Puzzlespiels langsam ineinanderschoben und rätselhaft ordneten, ohne daß schon ein Bild erschien; bis auf ein paar Konturen. Zwei Zettel, zwei peinlich gesäuberte Autos – wie, wenn die Genossen recht haben sollten, denen das mehr als ein Zufall war?
Aus einem Gefühl des Unbehagens heraus hielt er in Carlsgrim, um Ronald Frankes Angaben nachzugehen. Ein winziges Dorf, man zeigte ihm gleich das Haus, dessen Mobiliar am

letzten Mittwoch verkauft worden war. Es stand leer, zwei Nachbarn aber bestätigten ihm, ein blauer Barkas aus N. habe nachmittags davor geparkt, ein paar Gegenstände seien dann aufgeladen worden. An die genaue Uhrzeit erinnerte sich niemand. Franke konnte vorher oder nachher zwar in Cumin gewesen sein, sehr wahrscheinlich war das jedoch nicht. Es sprach mehr dafür, daß seine Angaben stimmten.
Wendt wollte es nicht wahrhaben, merkte nun aber doch, daß ihm ein Stein vom Herzen fiel. Die Täterschaft Frankes hätte Jenny mitbelastet, und sei es auch nur indirekt, da sie ja von ihm geschieden war. Es hätte sie irgendwie einbezogen, obgleich ihre Scheidung schon im Juni lief, zum Zeitpunkt des ersten Einbruchs. Wie Reger und Nauschütz bemerkt haben wollten, hatte sie beim Hafenfest auffallend oft mit Udo Tidemann getanzt, sich ihm vielleicht an jenem Abend zugewandt, an dem die Serie begann.
Gewillt, auch diesen Verdacht noch auszuräumen, bog Wendt bei Tidemanns Grundstück von der Dorfstraße ab und traf ihn vor seinem Katen an. Anders als Franke empfing Tidemann ihn schroff, fast rüpelhaft, was man ihm kaum verdenken konnte. Zunächst ließ er den Hauptmann stehen und ging allein ins Haus, als befände sich darin noch jemand, der nicht mit ihm zusammentreffen sollte. Endlich eingelassen, gewahrte Wendt das dürftige, verwohnte Mobiliar. Bei seinen Flirts, dachte er, stört den Mann das nicht, vielleicht reizt Urlauberinnen sogar der Fischgeruch, das urige Milieu. Nur der Fernseher und das Radio mit dem Plattenspieler schienen neu zu sein. Sollte Tidemann, als die großen Fänge ausblieben, nicht doch versucht haben, im Stil seines Großvaters der Armut zu entfliehen? Und sei es auch nur, um Jenny mehr zu bieten, sie an sich zu binden?
Tidemann überwand sich soweit, ihm einen Stuhl hinzuschieben, fuhr aber selber hoch von seinem Platz, kaum daß Wendt ihn fragte, wo er am Mittwochnachmittag und in der Nacht zum Freitag gewesen sei. „Es reicht Ihnen wohl nicht, mir das Mädchen wegzuschnappen?“ rief er. „Jetzt wollen Sie mir auch noch was anhängen, mich zum Verbrecher stempeln, he?“

„Wir hängen keinem etwas an."
„Da hätten Sie bei mir auch kein Glück!"
„Nicht so nervös, Herr Tidemann..."
„'ne feine Art, muß ich schon sagen, sich in der Kneipe an uns ranzuschmeißen, einen auszuhorchen und ihn dann in die Pfanne hauen wollen. Macht Ihnen das eigentlich Spaß?"
„Ich würde mich im Gegenteil freuen, wenn Sie mir Zeugen nennen könnten, die zur genannten Zeit bei Ihnen waren."
„Wie komm ich dazu? Warum muß ich Zeugen bringen?"
„Zu Ihrer Entlastung. Sie haben in drei von fünf Häusern verkehrt, in die eingebrochen wurde; auch bei den Tredups und den Tiedges. Ich frage jeden, der sich dort auskennt, nach seinem Alibi, um in der Lage zu sein, einen nach dem anderen von der Liste zu streichen."
„Auch eine Methode."
„Wie sollte ich nach Ihrer Meinung sonst vorgehen?"
„Das müssen Sie schon selber wissen! Was geht mich das an?" Seine Entrüstung wirkte echt. Das einzige, was Wendt irritierte, war ein Geräusch aus dem Nebenraum. Wen hielt er dort vor ihm versteckt? Eine neue Freundin – kaum. Die hätte er trotzig und gockelhaft vorgeführt, zum Zeichen, wie rasch ein Kerl seines Schlages da Ersatz fand.
„Na, dann spitzen Sie mal den Bleistift und die Ohren", sagte Tidemann. „Mittwochnachmittag war ich fischen von zwei bis sechs mit Erich, der jetzt im Krankenhaus liegt. Das können außerdem meine Kumpel vom Hafen bezeugen, die haben uns mit 'nem halben Zentner Zander anlegen sehen. Danach hab ich bei Harry zwei Biere gezischt, der wird Ihnen das gleich bestätigen, falls Sie da noch wohnen."
„Und am nächsten Abend?"
„Haben die mir in der ‚Ostseeperle' 'nen Orden verliehen, die Silberne Rose für Nachbarschaftshilfe – wegen Erich; der ist noch vor mir weg. Den hat man auf dem Heimweg angefahren, davon haben Sie wohl gehört. Ich saß noch mit Harry zusammen, der war nämlich Aktivist geworden. Genügt Ihnen das?"
Ja, das reichte. Wendt atmete auf. Zwei glatte Alibis... Beim

Aufstehen sah er, daß Tidemann haufenweis Seekarten besaß, meterhohe Rollen, aber nur fünf Bücher. Sie handelten vom Gewässerschutz, von Regattaregeln und Dieselmotoren; Fachliteratur. Er gehörte zu den Praktikern, deren Lesestoff hauptsächlich aus Zeitungsannoncen und Gebrauchsanweisungen bestand. Auf subtile Art entlastete Wendt auch das. Tidemann wäre auf die Dauer für Jenny kein Partner gewesen.

„Weiterhin Erfolg", sagte der draußen ruppig. „Die Millionäre kriegen ihren Plunder wieder, das werden Sie schon schaffen."

„Es ist nicht bloß der Plunder. Die Ihren Kumpel umgefahren haben, das sind dieselben Leute gewesen. Guten Abend, Herr Tidemann."

Dessen Mund klappte auf, ohne daß er etwas sagte. Wendt ging zum Wagen in dem Gefühl, Tidemann spuckte hinter ihm aus. Egal, wie der über ihn dachte – diesen Abend konnte ihm nichts verderben.

Der Abend verlief ganz so wie in seiner Vorstellung. Doch obschon die Phantasie alles vorweggenommen hatte – den Wein, die Ringe darin, Jennys Aufjubeln, ihre Umarmung –, war er restlos von ihr hingerissen und verliebter denn je. Es ist ein Märchen, dachte er, als sie mit einem kleinen Zucken neben ihm einschlief. Er kannte schon ihre Art, gleichsam in den Schlaf zu stolpern. Das Leben lag vor ihm mit dem Köstlichen, das es nur für Liebende bereithält. Und er malte es sich aus zur wunderbaren Vision, einer beinah sinnlichen Wahrnehmung. Später war ihm, als sei dies der glücklichste Moment seines Lebens gewesen. Für ein paar Stunden wurden Krankheit, Depression und Alter unvorstellbar, es gab keinerlei Bedrohung mehr, die Welt lag im Sonnenglanz, im tiefsten Frieden vor ihm.

Kitzelnd pulsierte sein Blut. Genau wie drei Nächte zuvor drang das tiefe Summen an sein Ohr und hinderte ihn am Einschlafen. Ein von rhythmischem Mahlen durchsetztes Geräusch an der unteren Grenze der Tonskala. Er lauschte

wieder in sich hinein – kam es womöglich aus der eigenen Brust? Dumpf stampfte es in ihm, wie der Vorbote einer noch unfaßbaren Gefahr.
Gegen Morgen suchte ihn ein Alptraum heim, dessen Einzelheiten sich ihm zum Glück rasch verwischten. Er war inhaftiert und wurde vernommen von der Geheimpolizei oder dem Militär einer feindlichen Macht. Ein gewaltloses, trotzdem furchteinflößendes Verhör. Man stellte ihm Fallen, es entspann sich ein Duell, langatmig, nervtötend, ausweglos. Und nur deshalb kam er mit heiler Haut davon, weil er von einem gewissen Punkt an seine Überzeugung verleugnete und das, was ihm teuer war, verriet... Da ließ man ihn dann laufen.
Mit hämmerndem Herzen erwachte Wendt, verschwitzt, erschlagen, zerknirscht. Es ist bedeutungslos, dachte er, Träume sind Schäume. Es hätte ihn erleichtert, das, was davon noch in ihm war, Jenny zu erzählen, als sie sich neben ihm die Augen rieb. Doch etwas, über das er sich nicht klarwurde, hinderte ihn daran. Der Spuk war vorbei – kein Wort davon kam über seine Lippen.

14 Wovon Jenny Franke wach wurde, wußte sie nicht. Ein Geräusch hatte sie geweckt – das Grollen eines Herbstgewitters, der Knall eines Überschallflugzeugs oder ein Pochen an der Haustür. Draußen war Wind aufgekommen. Sie hob den Kopf und spürte Christian neben sich, froh, nicht allein zu sein. Das Geräusch wiederholte sich, es kam von unten, aus dem Erdgeschoß. Sie fand, daß auch Christian nicht schlief, schmiegte sich bei ihm an und fragte: „Du, was ist das?"
Er stand auf, um nachzusehen. Seine Füße tappten treppab. Sie würde zu ihm nach Rostock ziehen. Der Winter kam, ihr erster Winter in Cumin. Sie hatte es satt, in dem Haus allein zu sein – abgeschnitten von der Welt, drei Autostunden von Christian weg, fünf Stunden mit dem Bus und der Bahn, was sollte das für eine Ehe sein? Schade ums Segeln, um den Tex-

tilzirkel und die Nähe zum Strand; man konnte halt nicht alles haben.
Jenny drehte an dem Goldring, zog ihn ab und las das Eingravierte: *C.W.8.X.1983.* Christian! Endlich ein Mann. Ihre Hoffnung ruhte auf ihm. Er liebte sie so, war verläßlich, brachte Sinn in ihr flatterhaftes, kompliziertes, schon ein bißchen verkorkstes Leben. Alle anderen hatten nur an sich gedacht. Dem Vater war sie gleichgültig, die Güte der Mutter – so rührend wie nutzlos. Frau Mau spann Intrigen, die Mitglieder des Zirkels waren neidisch auf sie. Es gab da den Haß aufs Talent. Jack hatte vorgehabt, sich auf krumme Tour zu bereichern, um sie zurückzugewinnen. Udo wollte beim Heringsfang im April gewaltig Kohle machen und mit dem Zeesenboot in der Regatta Anfang September siegen, dazwischen sich tüchtig amüsieren... Und Christian? Ja, der mußte die Täter aufspüren, darin lag die Bedrohung, eine Riesengefahr.
Während Jenny ihn unten rumoren hörte, wog sie die Möglichkeiten ab. Er war gewitzt und wollte erfolgreich sein. Stieß er bei seinen Nachforschungen auf ihre Verstrickung, und viel fehlte dazu ja nicht, was würde er tun? Sie gab zu, da unsicher zu sein, den Liebsten in dessen tiefstem Kern noch nicht zu kennen. Ein Lied aus einem Film saß ihr im Ohr, der Kehrreim ging: *Who are you, it's a mystery, who are you, no one answers me...* Wer bist du, das ist ein Rätsel, keiner beantwortet es mir.
„Muß ein Fensterladen sein", brummte Christian und schlüpfte wieder zu ihr unter die Decke. „Irgendwo auf der Rückseite."
„Am Toilettenfenster fehlt der Riegel. Es hat mich ganz unruhig gemacht."
„Du bist doch sonst gar nicht ängstlich?"
„Trotzdem ist es gut, wenn ein Polizist im Hause ist."
„Hoffentlich denkst du noch in ein paar Jahren so."
„Doch, ich glaube, es ist auszuhalten."
„Warte die Überstunden und Sondereinsätze ab."
„Sowas wird uns nicht erschüttern, sagt meine innere Stimme." Sie knipste die Lampe aus, ganz finster wurde es

nicht, ein Hauch Morgenlicht fiel herein.
„So, die innere Stimme spricht." Auch er konnte nicht mehr schlafen, wollte reden, das merkte sie. „Und was sagt sie dir außerdem?"
„Außerdem?"
„Wie urteilt sie beispielsweise über so altmodische Dinge wie Aufrichtigkeit und Vertrauen?" Auf den Ellbogen gestützt, hielt er ihr die Faust als Mikrofon hin und fragte wie ein Quizmaster oder ein Conférencier: „Frau Franke, weshalb sind Sie so furchtsam, daß ein loser Fensterladen Ihnen den Schlaf raubt?"
„Ich bin absolut nicht furchtsam, Schatz."
„Kommen wir zur Stunde der Wahrheit. Was haben Sie uns bisher denn verschwiegen?"
Ihr wurde kalt, trotz des schalkhaften Tons glaubte sie an seiner Seite zu erstarren. „Nichts..."
„Gab es nie einen Mann in Ihrem bunt bewegten Leben, den Sie in Schutz nehmen wollten vor der Obrigkeit?"
„Christian, was soll das?"
„Morgen gehe ich zum Standesamt. Dies ist die letzte Chance, vor der Trauung reinen Tisch zu machen."
„Hör auf", bat sie, um eine Leichtigkeit bemüht, die seiner eigenen entsprach. Doch den Gefallen, aufzuhören, tat er ihr nicht. Was war nur in ihn gefahren? Er blieb nett und verdächtigte keinen offen, doch stellte er immer wieder die gleichen, leicht abgewandelten Fragen nach Freddy, Jack und Udo – als könnten die Dinge nicht ganz so liegen, wie sie es ihm geschildert hatte.
„Schluß, Christian, es gibt nichts zu beichten."
„Bist du dir da ganz sicher?"
„Ich hab nie gedacht, daß du so weit gehst, 'nem Mädchen die Ehe zu versprechen, nur um was aus ihr rauszukriegen."
„Manchmal muß man unkonventionell sein. Das bringt der Job so mit sich, wie du sagen würdest."
„Man kann's auch übertreiben", rief sie in aufsteigender Furcht und dem Gefühl, drauf und dran zu sein, einen Fehler

zu begehen. *Keep cool,* dachte sie, doch es war schwer, sein Gestocher zu ertragen.

„Irgend etwas verschweigst du, das steht für mich fest." Es klang besorgt, fast väterlich. „Irgendwie sieht's so aus, als wolltest du jemanden schützen."

„Das wird bei dir wohl zur fixen Idee?"

„Vorgestern hast du gesagt, es könnte doch sein, daß du mich beschwindelst. In meiner Gegenwart kämst du dir manchmal vor wie ein Biest. Was sollte das eigentlich bedeuten?"

„Vielleicht, daß ich mehr Männer kenne, als du Frauen zu kennen scheinst."

„Und keinen davon willst du jetzt vor mir schützen?"

„Ich sollte wohl eher mich selber vor dir schützen."

„Mal Hand aufs Herz, hast du mich damals auf dein Boot geladen, um etwas über den Stand der Ermittlungen zu hören?"

„Was bildest du dir ein? Was denkst du überhaupt von mir?"

„Daß dieser Schritt nicht ganz frei war von Berechnung."

„Ich bin berechnend, na klar! Das Bild hab ich dir aus demselben Grund geschickt. Und dich sicherheitshalber gleich noch in mein Bett gelockt..."

„Das hab ich nicht gesagt."

„Aber du deutest es in unverschämter Weise an!" Sie begriff, es mußte ihn stutzig machen, wenn sie noch mal so hochging wie vor drei Wochen in dem Boot. Doch diese Erkenntnis half ihr nichts, der Nerv lag bloß. Die Situation im Boot schien sich zu wiederholen, sie spürte, wie sie mit jeder Sekunde etwas von ihrer Selbstkontrolle verlor. Es war, als ob ein Zahnarzt unter freundlichem Geplauder einen Nerv berührt. Weshalb nur schnitt Christian das an? Er ahnte also doch etwas... Wie heimtückisch, sie so auszuforschen, scheinbar beiläufig, im Spaß! Ein Zeichen von professioneller Verschlagenheit, ein Gipfel an Niedertracht, am Ende dieser Nacht solch ein Gespräch zu beginnen.

„Ich deute nichts dergleichen an", versicherte er ernst. „Später ist natürlich mehr daraus geworden zwischen uns, etwas ganz Einmaliges und Wunderbares. Bitte mach es nicht kaputt."

„Du bist es, der das tut."

„Nein, mir drängt sich nur die Vermutung auf, es könnte anders begonnen haben. Ich bin kein Mann, in den man sich auf den ersten Blick verliebt."

„Wie soll's denn angefangen haben?"

„Von deiner Seite aus mit Neugier – und einer Spur von Berechnung."

Sie hielt den ruhigen Ton nicht durch, das ging über ihre Kraft. „Aber sicher, ich bin eiskalt, ein berechnendes, ausgekochtes Luder... Und auch du hast gelernt zu rechnen! In deinem Beruf und in einer Welt wie dieser soll das Wort einen schlechten Klang haben, soll Berechnung böse sein? Das ist ja lächerlich!"

„Zwischen uns klingt es schlecht – so, wie wir miteinander stehen."

„Nimm den Ring zurück", fauchte sie und zerrte so heftig daran, daß er nicht vom Finger glitt.

„Jenny, was hast du nur? Das ist doch mehr oder weniger alles noch bloße Theorie!"

Bloße Theorie, das sollte sie ihm glauben? Er warf sein Netz über sie, ließ sie darin zappeln und nannte das Theorie? Jenny empfand dies als Hohn. Ihr war, als liege in seinen Worten jene undurchdringliche Gleichgültigkeit, mit der Worte auf Ämtern ohne alle Verbindlichkeit gesprochen wurden, nur weil es so üblich ist und sich gegenüber dem Publikum so gehört – eine Indifferenz, die nicht einmal kalt, sondern einfach temperaturlos war. Sicher konnte ein Mann wie Christian sie lieben, sich auf sie freuen, mit Kindern spielen, auch traurig sein und leiden. Aber in seinem Beruf war er Teil einer Kraft, die ohne persönliche Anteilnahme das Nötige unaufhaltsam in die Wege leitete. Das ging ihr in diesem Moment endgültig auf, sie erkannte es mit stechender Klarheit. „Mehr oder weniger?" fragte sie atemlos.

„Keine Ahnung. Ich weiß nichts, jedenfalls viel zuwenig –

weniger als du. Allerdings, Jenny, wie du reagierst, da müssen einem schon Zweifel kommen."
„Zweifele ruhig, bohre ruhig weiter, so habt ihr's doch gelernt! Aber sei dir klar darüber, daß es widerlich ist, mich hier auszuquetschen auf die honigsüße Tour."
„Entschuldige bitte, so seh ich das nicht... Glaub mir, verdammt schwer ist das für mich, ich schleppe da was mit mir rum seit gestern, bin still, will es vergessen, weil ich mir immer wieder sage: Quatsch, es kann ja gar nicht sein! Ich schlafe nicht, es wühlt in mir... Und du beschimpfst mich, gehst auf mich los bei der leisesten Berührung, anstatt ganz aufrichtig zu sein, endlich Vertrauen zu haben, so, wie wir miteinander stehen. Das faß ich nicht, Jenny, und da stimmt auch was nicht."
„Was denn? Her damit! Komm rüber mit deiner Anklageschrift."
„Die beiden Zettel", hörte sie ihn zu ihrem Entsetzen sagen, während unten der Fensterladen klappernd schlug. „Karl Moor und Störtebeker, irgendwie paßt das zu dir, es ist deine Art Humor. Und denk mal, gestern erfahre ich, mit Frau Mau hast du wegen Störtebeker gestritten und auch bei Rasmus ein Motiv gehabt. Der Rausschmiß damals in Berlin, warum hast du mir's nicht eher gesagt? Jetzt kommt das hoch, steht in den Akten. Alte Geschichten, ich weiß, hab gar nichts draufgeben wollen! Aber jetzt, wo ich gleich Dreck bin für dich, nur weil ich dich bitte, meine Zweifel auszuräumen... Mein Gott, sag doch etwas! Sag endlich, daß du es nicht warst."
„Ich denke nicht daran." Jenny stand auf, warf sich etwas über und trat ans Fenster. „Kein Wort hörst du von mir. Mich erniedrigst du nicht so weit, daß ich vor dir lüge. Bist ja im Bilde, hast es rausgekriegt, bravo! Die Zettel sind mein Werk, und so leid mir manches tut, auf die bin ich stolz."
„Stolz?"
„Das kannst du nicht verstehen, dafür fehlt euch ja der Nerv." Sie sprach gegen das kühle Glas, es beschlug von ihrem Atem. „Bist ein prima Polizist, Christian. Geh nur hin und zeig mich an, das tust du doch? Aber dann siehst du mich

nur noch in Amtszimmern wieder oder vor Gericht."

„Es wär viel besser für dich, wenn du dich selber stelltest. Komm, wir vergessen das Gespräch. Du gehst allein ins Amt zu Hauptmann Drews."

*Stellen,* auch so ein Wort der Behördensprache. Sie kannte es eigentlich nur aus Filmen. Ein Ausdruck ohne Verbindlichkeit. Es fiel ihr ein, im Lokalteil der Zeitung kürzlich von einem Rowdy gelesen zu haben. Der junge Mann hatte einer Frau die Handtasche entrissen, die er im Weglaufen gleich verlor, und sich dann selbst gestellt, obwohl er unerkannt geblieben war und man nichts gegen ihn in der Hand hatte. Etlicher Vorstrafen wegen aber war er, obschon er sich doch *stellte,* zu zwei Jahren Gefängnis verurteilt worden. Das Stellen hatte ihm nichts eingebracht. Keine Beute, sich gestellt, und trotzdem ab in den Knast.

„Das war ja eine kurze Liebe", rief sie bei dieser Erinnerung, schockiert von dem, was sie als Mangel an Anteilnahme empfand. Wie temperatur- und erbarmungslos er da sprach! Das Rätsel um ihn löste sich, im Kern war und blieb er Polizist. Seltsame Vorstellung, in erster Linie Polizist – war nicht jeder vor allem erst einmal Mensch? Ihr Liebster verriet sie! Wie brachte er es fertig, sie auszuliefern? Sie sah sich fürchterlich enttäuscht.

Ein Schluchzen stieg ihr in die Kehle, als sie ihn fortfahren hörte: „Ein freiwilliges Geständnis schreibt man dir mit Sicherheit gut. Ich will damit nichts zu schaffen haben."

„Laß doch das Getue", rief sie. „Wie edel von dir, auf mich zu verzichten als Jagdbeute, als Sprosse zum Erfolg! Aber ich nehme das nicht an. Du hast mich überführt, nun schlepp mich auch hin und mach damit Karriere. Dann ist es wenigstens noch zu etwas gut gewesen."

„Halt den Mund."

„Wie stehst du sonst da vor deinen Genossen? Bedenke auch das. Der Chef des Einsatzstabs ahnungslos? Man weiß im Dorf, daß du mich besuchst. Und nun gehe ich ohne dein Zutun ins Amt... Ein Aufsteiger muß an sowas denken."

„Beruhige dich, Jenny, ich stehe zu dir. Was du auch getan hast, es ist nicht wichtig für mich. Mach reinen Tisch! Niemand reißt dir den Kopf ab, wenn du tätige Reue zeigst."

„Was heißt das?" Wieder so ein Wort! Sie drehte sich zu ihm um.

„Aus eigenem Antrieb kommen und die Mittäter nennen."

„Nie im Leben!"

„Warte mal, laß uns über alles in Ruhe reden."

„Reden können wir, aber es gibt nichts mehr zu sagen."

„Ich denke, du bereust, was geschehen ist?"

„Deshalb bin ich noch lange keine Denunziantin! Wenn du mir das zutraust, mich dahin kriegen willst, ist es sowieso aus zwischen uns." Unten schlug der Fensterladen, es machte sie rasend, war einfach zuviel. Christian saß vor ihr auf der Bettkante, er bewegte die Zehen, suchte wohl nach Worten. Sie war auf der Hut vor seiner Überredungskunst, die ja nur Polizeiroutine war. Ganz sacht stieß er ihr ein Messer in den Rücken, das hatte sie nicht für möglich gehalten und würde es ihm nie verzeihen.

„Bedenke doch, was ihr angestellt habt. Fünf Familien geschädigt, einen Mann angefahren. Nimm dazu den Wirbel, der euretwegen ist bei uns. Über hundert Genossen sind seit vier Tagen im Einsatz, rund um die Uhr. Sind im Streß, schlafen kaum, kriegen Ärger mit ihren Frauen, Streifenwagen rollen, Wachtboote rauschen an, Berichte gehen über den Fernschreiber, ein Riesenfaß wird aufgemacht. Die normale Arbeit bleibt liegen, dafür fällt massenhaft neue an, kleine Sünder gehen ins Netz, man erstickt in Bagatellen, und kein Ende in Sicht! Du aber hast's in der Hand, daß Schluß damit ist – ein erster Schritt zur Wiedergutmachung, mehr will ich gar nicht. Den bist du mir und unserer Liebe schuldig."

„Hör auf!" Sie glaubte zu ersticken, als er zu ihr trat und sie an sich zog. Sie wehrte ihn ab, entwand sich dem Griff. „Red du nicht von Liebe! Ich, ich hätte dich beschützt, im umgekehrten Fall, würde alles tun für dich..." In ihr war Zusammenbruch, sie konnte die Tränen nicht mehr zurückhalten.

„Ich tue, was ich kann", sagte er an ihrem Ohr. „Und falls du trotzdem ins Gefängnis mußt, verlaß dich drauf, dann warte ich auf dich, Jenny."

„Aber ich nicht auf dich! Wozu auch, wozu? Eine Vorbestrafte zu nehmen, das wär dir nur hinderlich, du strebsamer Polizist."

Um diese Zeit lag Udo Tidemann längst wach. Wind pfiff ums Haus, kein Gedanke daran, im Boot hinauszufahren zu den Netzen. Mit dem Schlaf war's auch vorbei. Wirre Traumszenen hatten ihn die halbe Nacht verfolgt, bestimmte Bilder kehrten immer wieder. Da er Träume meist vergaß, beschäftigte ihn das, was haftete, um so mehr. Wie ist das doch gewesen? Um ihn wogt ein sturmgepeitschtes Meer. Er steht im Ruderhaus des Kutters, mit dem er zum Heringsfang in den Greifswalder Bodden fährt. Mittschiffs in der Vertiefung, wo sonst der Fang liegt, türmen sich Möbel, Bilder, Teppiche, Lampen und Porzellan. Haushaltsauflösung, sagt jemand zu ihm, den er nicht erkennt. Versuch's doch mal mit Geld! Sommerhäuser knacken. La Paloma läuft vom Tonband, dann sein Lieblingslied *That's Why the Lady is a Tramp*. Und Jenny sitzt auf all dem Plunder, hat bloß die Segeljacke an. Nie mehr arm, ruft sie. Wo ein Wille ist, da ist auch ein Steg, und wo ein Steg ist, da ist auch 'ne Villa!
Spritzwasser fegt über sie hin. Der Kutter hat sich in das Zeesenboot verwandelt. Im Stauraum klirren hundert Flaschen. Die Pinne hält der alte Erich, er sieht wie Udos Großvater aus. Dat is min Fru, erklärt Udo ihm. Tja, da gratulier ik, antwortet der. Bäd'n vell Bries, sagt Udo, ward's wat bis Schweden? Klor, brummt der Alte, dei Säch ward erst dann beschissen, wenn wi uns nicht tau helpen wissen. Er wirft Udo eine Flasche zu und säuft die eigene auf einen Hieb leer.
Das Bild wechselt, es ist Nacht, sie sind auf dem Bodden. Achterlich röhrt ein Schiffsmotor. Ein Scheinwerfer tastet nach ihnen, dazu tönt es kurz-lang-kurz-kurz, das Schallsignal L, es heißt: längsseits kommen. Denkste, Kumpel! Udo löscht die Lichter. Junge, mach doch was, fleht Jack. Schon dabei, sagt Udo. Schwert hoch, befiehlt er Freddy, klar zur

Halse! Ein Ruck, der Großbaum schwingt herum. Das Polizeiboot schießt Raketen, den grünen Doppelstern. Die Megaphonstimme krächzt übers Wasser: ...stoppen Sie sofort! Hier spricht die Volkspolizei... Der holt aber auf, stöhnt Jack. Gleich nicht mehr, sagt Udo. Und schon rumst es hinter ihnen, die Polente ist aufgelaufen, alter Trick, er hat sie auf das Flach gelockt. Man sieht sie purzeln, Wendt, Nauschütz und Daskow schlagen lang hin, rutschen übers Deck in den Bach.

An diesem Punkt merkte Udo, er schlief ja gar nicht mehr. Der Schluß war ein Wachtraum gewesen. Ja, er wünschte sich das, die Bullen im Wasser, so wie er sich wünschte, dem Kerl vom Chemiewerk tote Fische hinzukippen – und es doch nie tun würde, weil sie ihn dann gleich hätten. Letztlich würden sie ihn kriegen, das sagte ihm sein Instinkt, das sprach doch aus den Phantasiebildern der Nacht. Sooft er ihnen auf See auch entwischt war oder es geschafft hatte, daß sie baden gingen, an Land waren sie überlegen; das ging als roter Faden durch all seine Träume. Viele Hunde sind des Hasen Tod. Großvaters Zeiten sind vorbei, heute bist du geliefert, vor deren Technik gehst du in die Knie.

Er trat in die Wohnküche zu Freddy Holm, der auf der Couch schlief, und rüttelte ihn wach. „Komm hoch, Junge! Willst du die Eier gekocht oder gebraten?“

„Rührei mit Schinken auf Toast. *American breakfast*...“

„Du, hier ist kein Hotel.“

„Demnächst frühstückst du nur noch so, mit Kaffee, Joghurt, Orangensaft. Rollt erst mal der Kies an, hältst du dir drei Weiber, die dich abwechselnd verwöhnen.“

„Ich muß mir keine kaufen; hab ich nie gebraucht.“

„Sollte auch bloß ein Beispiel sein.“

Die Pfanne zischte, der Duft von Kaffee und brauner Butter stieg einem freundlich in die Nase. Vom Herd her fragte Udo: „Wie hat das eigentlich angefangen?“

„Was denn angefangen, Mann?“

„Wie ist euch die Idee mit den Datschen gekommen?“

„Weiß ich nicht mehr. Ganz vergessen. *Nobody knows*. Muß

’ne Art innere Erleuchtung gewesen sein.“
„Ich schätze, ihr plant das schon lange.“
„Uns hat erst das, was ringsum passiert ist, darauf gebracht.“ Holm war auf der Hut, etwas in diesen Fragen mißfiel ihm: der Ton, in dem sie gestellt wurden. „Was is’n min Jung, hast schlecht geschlafen?“
Udo schob den Teller vor ihn hin. „Hab lauter so Zeug geträumt von Bullen, die uns hetzen. Wach gelegen und mir vorgestellt, daß wir machtlos sind gegen die, einfach ohne Chance.“
„Trink mal was, das baut dich wieder auf.“
„Du, Freddy, tut mir leid – es muß ohne mich laufen.“
„Ein Mann, ein Wort! Du wirst doch jetzt nicht kneifen?“
„Ich halte dicht, keine Angst, aber ich steig aus.“
„Junge, du darfst uns nicht sitzenlassen!“
„Besser das als selber sitzen. Denk doch mal nach! Der Bulle gestern hat nachgeforscht, wo ich Bescheid weiß, in welchem Haus. Davon geht der also aus. Und in dem, das ihr anpeilt, bin ich gewesen – das kriegt der spitz, darauf kannst du Gift nehmen.“
„Wählen wir halt ein neues Ziel. Kein Mangel an Objekten. Das große Ferienheim daneben steht auch zur Zeit leer.“
„Du bist mir zu fix...“
„Bereit sein ist alles.“
„’n beten dorchdreiht, he? Mach bloß keine Hektik! Und außerdem, mehr und mehr glaube ich, daß ihr zwei mich verscheißert.“
„Wieso das denn? Uns ist das feierlicher Ernst.“
„Aber ihr laßt euch nicht in die Karten gucken.“
„Was sollten wir dir denn verschweigen, Udo?“
„Zum Beispiel, wann’s losging, wie’s angefangen hat. Du hast das schon öfter gemacht, he? Komm raus damit, Freddy. Ihr seid das gewesen bei Tiedge und bei Tredup, mit euren Autos, und wollt umsteigen auf mein Boot, weil’s euch zu heiß geworden ist.“
„Junge, du hast wohl ’nen Schlag an der Waffel.“
„Glaubt nicht, ich bin von gestern – Fischer und ’n beten

doof, nie voll dorwesen... Bis drei kann ich noch zählen, sogar bis fünf. Dein Jack hat sich verplappert. Das letzte Ding, das habt ihr gedreht und dann Schiß gekriegt und in der Hektik den Erich angefahren."

„Wer erzählt dir solchen Mist?"

„Der Bulle hat mich drauf gebracht. Gib's doch wenigstens zu! Es ist dir aus Versehen passiert, aber dann bist du abgehauen, natürlich, mit dem geklauten Zeug hintendrin."

„Ich gebe gar nichts zu." Holm stand auf, das klang bedrohlich. Auf diesen Tiefschlag war er nicht gefaßt. Es fiel ihm schwer, abzuschätzen, wie überzeugend er noch log.

„Ihr wart das also! Ihr habt ihn auf dem Gewissen. Zieh doch endlich ab. Wenn ich etwas nicht leiden kann, dann sind das Leute, die noch rumhängen, wenn sie merken, daß sie stören."

„Mal langsam, Udo, du siehst das falsch. Uns hat wer anders voll geblendet, wir haben gar nichts mitgekriegt. Das Rad von deinem Kumpel ist nicht beleuchtet gewesen."

„Kann sein. Aber ihr habt ihn da liegenlassen, und dann kommt ihr hier an, klopft eure Sprüche und verkauft mich für dumm. Ihr wollt meine Freunde sein? Schluß damit! Hau ab und laß dich nie wieder blicken, sonst kriegst du von mir, was du verdient hast, du Lump!"

Inzwischen war es hell geworden. Ein grauer Herbsttag, stürmisch und kühl, Dienstag, der 11. Oktober. Das Datum würde Jenny nie vergessen. Sie nahm ein Beruhigungsmittel aus dem Röhrchen der Mutter, dann versuchte sie, durch eine Reihe gewohnter Handlungen ihre Fassung zurückzugewinnen. Doch das Brot im Röster brannte an, sie vergoß heißes Wasser, eins nach dem anderen ging ihr schief. Beim Tischdecken klirrte das Geschirr so, daß Christian ihr zu Hilfe kam. Die Pillen fingen an zu wirken. Da sie nie solch ein Mittel nahm, dämpfte es stark, machte sie unfähig, sich zu wehren.

Aber das mußte sie auch nicht, Christian schwieg. Eine Zeitlang sah Jenny ihm beim Essen zu, selber ganz ohne Appetit.

Staunend nahm sie seine Kau- und Schluckbewegungen wahr. Ihn traf all das wohl weniger tief? Männer! Nie litten sie so wie eine Frau. – „Verzeih die Szene vorhin“, sagte sie. „Ich bin ziemlich ungerecht gewesen. Mir ist schon klar, es geht nicht anders... Ich hab es getan und muß dafür bezahlen.“
Sie sah ihn nicken und fuhr fort: „Begreif aber bitte auch du, ich konnte dir nichts sagen... Wollte ja nicht, daß du mich verläßt.“
„Kein Risiko, Jenny. Mich wirst du nicht mehr los.“
„Dumm von mir, zu erwarten, du könntest meinethalben da etwas vertuschen.“ Sie war so benommen, daß es ihr schwerfiel, zu reden, obschon sie den Eindruck hatte, ihr Denkvermögen kehre zurück. „Du würdest es vielleicht schaffen als Leiter der Einsatzgruppe, wenn du dich dazu durchringen könntest... Tatsächlich aber kämst du nie darüber weg. So bist du nun mal, Christian. Ich weiß doch, wie du bist. Es geht also nicht. Du würdest unglücklich werden in deinem Beruf, nie mehr darin zufrieden sein. Und das wär keine Basis für die Zukunft. Im stillen würdest du's mir nie verzeihen. Ich hätte dich verleitet zu einer Pflichtverletzung.“
„Zu einem Verbrechen. Gut, daß du anfängst, die Sache so zu sehen.“
„Ach, ich sehe die Dinge schon, wie sie sind. Komisch, wie leicht mir das jetzt wird. Ich will also hingehen und meinen Anteil zugeben. Nur erwarte nicht, daß ich Namen nenne. Ich spreche dann einzig von mir.“
„Das wär schade. Dann liefe die Fahndung ja weiter. Es erschwert uns viel und verschlechtert deine Lage. Laß uns realistisch sein!“
„Auch für mich gibt es eine Grenze... Die anderen rühren sich nicht mehr, wenn sie wissen, ihr habt mich. Ich garantiere es dir.“
Christian trank den Kaffee aus. „Das kannst du gar nicht. Die einzige Garantie ist, sie festzusetzen.“ In ihren Ohren klang es, als spräche da ein Automat. Er war eben Teil einer Maschinerie. Seine Festigkeit, die ihr als Härte erschien, als Erstarrung, hatte etwas beklemmend Endgültiges. Undenk-

bar, daß seine Liebe unbeschädigt blieb! Vor ihren Augen spaltete er sich in den Mann, der nicht müde wurde, zu beteuern, daß er zu ihr hielt – und in den Offizier der K, dem ihr Tun zuwider war, der es von Grund auf verurteilte – und damit auch sie selbst.
„Wozu auch, sollen die straflos bleiben?" hörte sie ihn fragen. „Willst deren Schuld mit auf dich nehmen? Den Schaden allein wiedergutmachen?"
„Ich kann keinen reinreißen, den ich selber erst angestiftet hab. Das würde ich mir nie verzeihen."
Unvermittelt stand Christian auf. Auch er, das sah sie, war angeschlagen, und jetzt gab er es auf, ihr zuzureden. „Bleib im Haus und rühr dich nicht vom Fleck", befahl er. „Die fehlenden Geständnisse werde ich schon kriegen, dann eben ohne dich!"
Gefängnis, dachte sie, als die Tür hinter ihm zufiel. Gefängnis und Schadenersatz für Rasmus und die Mau. Das Geld trieb sie schon auf. Und die paar Monate – mehr konnte es doch wohl nicht sein? – würde sie auch überstehen. Andere saßen jahrelang und wußten nicht mal, ob der Partner draußen ihnen die Treue hielt, sie wiederhaben wollte. Ihr aber blieb doch dieser Mann, die Hoffnung auf seine Liebe und Zärtlichkeit? Oder sollte es nur noch Mitleid sein ... Jetzt erst fiel ihr auf, wie wenig er zur Sache selbst gesagt hatte. Kaum eine Frage nach ihrem Motiv, keine persönliche Wertung. Da fuhr er hin, um den Rest aufzudecken, mit professioneller Betriebsamkeit.
Wer war dieser Mann – noch ihr Liebster?

15 In Wendt verkrampfte sich etwas, als die Finnhütte im Rückspiegel verschwand. Jenny hatte sich selber zum Abwarten verdammt. Trotz ihrer Einsicht, daß es unmöglich war, sie vor Strafe zu bewahren, trug sie zur Aufklärung nichts bei. Er wollte sie erst ins Amt bringen, wenn er ihre Mittäter überführt hatte. Das ließ sich schaffen mit dem

Vorsprung, den ihr Geständnis ihm gab. Die Lösung des Falls sollte auf ihre Aussage zurückgehen. Stellte es sich so dar, verhalf ihr das zu den mildernden Umständen, die sie dringend brauchte.
Noch sah es schlimm für sie aus, schlimmer, als sie selbst annahm. Zwar glaubte er ihr die Nichtbeteiligung an den letzten Einbrüchen, doch auch da war sie ohne Alibi, hatte – zu Hause allein – an den Modellen für die Warnemünder Modenschau genäht. Selber bekannte sie sich zur Anstiftung des ersten Einbruchs. Bedenkenlos hatte sie eine Lawine in Gang gesetzt: neben dem Unfallopfer ein Gesamtschaden von neunzigtausend Mark. Einerlei, wann sie aus der Sache ausgestiegen war, von einer Verurteilung auf Bewährung konnte da keine Rede mehr sein. Wie die Dinge standen, erwartete sie eine Freiheitsstrafe von mindestens zwei Jahren.
Beim Verlassen der Siedlung fühlte er sich wie betäubt. Das Gegengift für all seine Zweifel war sie gewesen, nun kehrten die Zweifel zurück. Jenny hatte das Bild beschädigt, das er von ihr hatte. Und doch – der Gedanke, sie für zwei Jahre zu verlieren, war ihm unerträglich. Zwei Jahre! Damit schien sie sogar noch gut bedient, wie man im Amt zu sagen pflegte; womöglich wurde es viel mehr. Unwägbares bei der Voruntersuchung und im Prozeß kam hinzu, ihr eigenes Verhalten, auch die Zusammensetzung des Gerichts. Einen abgeklärten Richter konnte sie durch Ehrlichkeit schon gnädig stimmen, ihn ein bißchen erwärmen. Eine Richterin würde nach seiner Erfahrung auf Jennys Ausstrahlung eher negativ reagieren, die sah in ihr ein Früchtchen, umweht vom Ludergeruch des Leichtsinns und wechselnder Männerbekanntschaften. Und ein Staatsanwalt, dem Jenny ins Wort fiel... War sie denn fähig, Vorwürfe zu schlucken, die sie als ungerecht empfand? Leider nein. Sie hatte es nie gemußt. Eine harte Lehre stand ihr bevor. Blieb sie bei ihrer Nichtanpassung, der Kritik am Ordnungsbegriff der Justiz, dann Gnade ihr Gott. Er dachte an all die Umstände des Strafvollzugs. Mit wem würde sie die Zelle teilen? Würde sie hinterher, nach zwei oder drei Jahren, noch dieselbe sein, oder hatte das Gefängnis etwas in ihr aus-

gelöscht – den unbeschwerten Glauben an die Verheißungen der Welt? Und würde sie nicht doch ihm, der sie hinter Gitter brachte, heimlich die Schuld geben an dem, was ihr dort widerfuhr?
Jäh ging ihm auf, er hatte Angst – nicht nur um Jenny und um seine Partnerschaft mit ihr. Er fürchtete den Rückfall in die Depression. Ihm graute vor jener lähmenden Traurigkeit, der er eben erst entronnen war.

Nahe dem Ortsausgang winkte ihm ein junger Mann in grüner Kutte und verwaschenen Jeans. Schräg gegen den Wind geneigt, stand er auf der Höhe des Tidemannschen Grundstücks. Gegen das Prinzip, auf Dienstfahrten keine Tramper mitzunehmen, bremste Wendt. Eine Verbindung zu dem Katen, der sich links am Boddenufer unter dem Rohrdach duckte, schien ihm denkbar. Eine Instinktreaktion. So, wie der Winkende an der Straße stand, konnte er von Tidemann gekommen sein.
Der Mann stieg zu, er war ziemlich groß, hatte blaue Augen, kurzes helles, etwas lockiges Haar und mochte um die Dreißig sein. Er dankte nicht und wirkte kaum gesprächsbereit. Im Ohrläppchen saß ihm ein Brillant, entfernt erinnerte Wendt das an eine Personenbeschreibung, zu der ihm weiter nichts einfiel. „Den Bus verpaßt?" fragte er nach einer Weile.
Ein müdes Abwinken; auf den sei sowieso kein Verlaß.
„Dann kommen Sie wohl von Udo Tidemann?"
„Hm... Ist'n Kumpel von mir. Kennen Sie den?"
„Ich kaufe manchmal Fisch von ihm."
„Sind Sie aus'm Dorf?" Ein Berliner Zungenschlag wurde deutlich.
„Nein. Ich bin Versicherungsvertreter."
„Da haben Sie doch bei dem kein Glück. Fischen kann er ja, aber sonst ist nicht viel drin bei ihm."
„Wie meinen Sie das?"
„Der könnte schon ganz anders dastehen. Sehen Sie sich mal um in Cumin, jeder baut, mit Vermieten wird manches Pfund verdient. Aber er sitzt da und macht 'nen Bunten, statt

daß bei ihm der Rubel rollt..." Eine Stimme ohne Höhen und Tiefen, ihr fehlte die Melodie. Auf Tidemann war der Bursche sauer, als habe er erfolglos versucht, bei ihm für die nächste Saison Quartier zu machen. „Wenn das mein Grundstück wär..." Er ließ den Satz in der Schwebe.
„In dem Kaff hält man's doch bloß im Sommer aus."
„Auch wieder wahr. Es müßte immer was los sein."
„Was machen Sie denn beruflich?"
Keine Antwort. Wendt fing einen Blick auf. Und plötzlich stellte er sich vor, neben dem Mann zu sitzen, den Tidemann gestern, als er abends zu ihm kam, nach nebenan geschickt hatte. Sollte das der dritte Mann, der Diskosprecher und Wolgabesitzer sein? Wenn es nun gelang, dem ein Stück Wahrheit zu entreißen... „Hab ich Sie nicht im Sommer schon gesehen? Sie machen Musik da, stimmt's?"
„Disko in der ‚Ostseeperle'."
„Und auf dem Hafenfest?"
Wendt sah ihn nicken. Er war es also, Freddy Holm, der Unterhaltungskünstler und Tausendsassa, Bootseigner, Kassierer der Sportgemeinschaft Segeln, wohl eine Schlüsselfigur des Falls. Sein Gefühl hatte nicht getrogen. Der Diskjockei ohne Lizenz und ohne Auto, das blank geputzt in Berlin stand... Sie fuhren durch Carlsgrim, vorbei an dem leeren Haus, auf das sich Ronald Frankes Alibi stützte. Man mußte es zerfetzen, heute noch, ebenso das des Kerls neben ihm!
Womöglich wäre es gelungen. Die Chance zur Überrumpelung bestand. Doch bevor es dazu kam, langten sie am Kontrollpunkt an. Der Hauptmann wurde gleich durchgewinkt, nicht einmal Holm brauchte den Ausweis zu zeigen. Diese Behandlung ließ ihn stutzen. „Sie müssen ja ein hohes Tier sein", sagte er beim Anfahren.
„Ach wo, die kennen mich längst."
„Als Versicherungsvertreter?"
Wendt verwünschte den Kontrollpunkt. „Man kommt viel rum."
„Ganz bestimmt. Ihre Stimme kam mir auch bekannt vor. Ich hab sie, glaub ich, gestern durch die Wand gehört."

„So ist das, wenn man sich versteckt."
„Udo wollte mit Ihnen allein sein."
„Haben Sie eine Ahnung, warum?"
„Eitelkeit. Ich sollte halt den Mann nicht sehen, der ihm die Braut ausgespannt hat."
„Herr Holm, die Gelegenheit ist günstig. Mit Ihrer Erlaubnis möchte ich Ihnen ein paar Fragen stellen."
„Ich schließe keine Versicherung ab."
„Es geht jetzt mehr darum, was Sie mir versichern."
„Na dann bitte, schießen Sie los."
„Wo waren Sie am letzten Mittwoch?"
„Natürlich in Berlin."
„Kein Irrtum möglich? Sie haben nicht zufällig Herrn Franke geholfen, bei einer Haushaltsauflösung in Carlsgrim ein paar Möbel zu tragen?"
„Aber, Herr Wendt, wo denken Sie hin? Ich bin doch kein Kuli. Da leg ich mich schon lieber in die Sonne."
„Ihr Betrieb in Berlin führt Sie als Aushilfskraft."
„Eine Zwischenlösung. Zur Überbrückung der Zeit, bis man meine Disko wieder zuläßt."
„Ihr Arbeitsverhältnis besteht also mehr zum Schein."
„Das haben Sie gesagt. Ich mach mir dort wirklich die Finger dreckig."
Es war schwer an ihn heranzukommen. Er verzog keine Miene, hob nie die Stimme, hielt sich bedeckt. „Und tags darauf? Donnerstagabend bis in die Nacht?"
„Überstunden vor den Feiertagen. Autos repariert."
„Und das eigene auf Hochglanz gebracht?"
„Das war vorher. Fragen Sie nur meinen Chef."
„Ich hoffe für Sie, er nimmt das auf seinen Eid. Und daß er möglichst nicht Ihr einziger Zeuge ist."
Sie passierten das Chemiewerk. „He, he", sagte Holm, „Sie sind wohl ein ganz scharfer Hund? Bei Ihnen muß gleich geschworen werden?"
„Nicht bei mir, erst später vor Gericht."
„Höre ich recht, Sie drohen mir mit dem Gericht?"
„Das ist keine Drohung. Noch rede ich Ihnen gut zu."

Wendt hielt vor der Klinik an. Er konnte niemanden vernehmen und dabei Auto fahren. „Sie und Ihre Freunde haben sich in vier von fünf Häusern ausgekannt, die geknackt worden sind. Ihnen gehört ein Wolga und Herrn Franke ein blauer Barkas."

„Das beweist gar nichts. Aber lassen Sie ruhig raus, was Sie bedrückt, Vater. Aggressionen und Frust abbauen tut immer gut."

„Tut es Ihnen auch gut, zu hören, daß Frau Franke mir schon gestanden hat?" Das war ein schwerer Hammer, Wendt sah Holm bereits zu Boden gehen. Aber es klappte nicht, er hatte ihn unterschätzt. Holms Gesicht blieb leer, ein Pokerface. Nicht mal in der Tiefe seiner Augen regte sich etwas, sie waren ausdruckslos, wie aus Porzellan.

„Jenny soll was gestanden haben? Sie bluffen doch! Die ist so sauber wie wir alle. Und ausgerechnet Sie behaupten von ihr... Gestatten Sie, daß ich kurz und trocken kichere."

„Kichern Sie ruhig." Wendt griff über ihn hinweg, er klinkte die Tür auf – der Wind drückte sie nach vorn – und warf Holm auf diese Art hinaus. „Punkt zehn sind Sie im Kreisamt, Zimmer neunzehn, da machen wir dann ein Protokoll. Bis dahin haben Sie Zeit, zu begreifen, daß Ihnen nur noch die Wahrheit hilft."

Der Hauptmann hatte im Affekt gehandelt, durch Holms Frechheit bis aufs Blut gereizt. Er war eben schlecht in Form. Minuten später schon wurde ihm sein Fehler klar. Entweder die Beweise reichten aus, Holm vorläufig festzunehmen, oder man mußte ihn laufenlassen. Er stand unter Tatverdacht, das wußte er nun. Aber daß man ihn gehen ließ, wenn auch nur für anderthalb Stunden, dies allein würde ihm sagen, daß Wendt, was seine Person betraf, in Beweisnot war. Mit Jennys Aussage konnte demnach etwas nicht stimmen. Wäre die lückenlos gewesen, hätte man ihn, Holm, ja festgesetzt. Er war schlau genug, dies zu erkennen und daraufhin etwas zu tun – was? Verdunkelung natürlich, die Täterschaft verwischen. Sicherlich rief er jetzt in Berlin an, um dort sein Alibi

zu härten oder sich überhaupt erst eins aufzubauen in seinem Freundeskreis, unter all den Diskofans und kleinen Mädchen, die ihm vermutlich nachliefen.
Wütend schlug Wendt aufs Lenkrad. Die Telefonzelle am Krankenhaus fiel ihm ein. Sollte sie außer Betrieb sein, war es für Holm kein Problem, woanders einen Apparat zu finden, etwa in der Klinik selber... Er war ihm aalglatt entschlüpft. Wendt suchte sich mit dem Gedanken zu beruhigen, daß man – so schwach, wie die Indizien waren – Holm sowieso auf freien Fuß setzen mußte, wenn er nachher im Kreisamt bei seiner Darstellung blieb. Solange Jenny schwieg, hatte die Einsatzgruppe nichts gegen ihn in der Hand. Aber das war für den Hauptmann kein Trost. Wie stand er vor seinen Mitarbeitern und Vorgesetzten da? Major Fink hätte wohl gesagt, werte man diesen Schritt, müsse man an der Qualität seiner Ausbildung zweifeln. Fink tat stets so, als ob ein Offizier der K unfehlbar sei.
Das An- und Verkaufgeschäft öffnete laut Aushang erst um neun. Es mußte aber schon jemand vom Personal im Laden sein, der Chef zumindest, um den es ging. Durch die Toreinfahrt betrat Wendt den Hof, auf dem gestern der Barkas gestanden hatte. Im Fenster sah er Ronald Franke am Schreibtisch, in hellblauem Kittel, den Telefonhörer am Ohr. Er pochte gegen die Scheibe, erfüllt von dem Verdacht, es könne Holm sein, der den Mann angerufen hatte, um ihn zu warnen.
Franke fuhr zusammen, sprach noch einen Satz, legte hastig den Hörer auf und ließ den Hauptmann ein. Wie am Vortag saßen sie sich in dem engen Büro gegenüber. „War das Freddy Holm eben in der Leitung? Darf ich erfahren, was er Ihnen geraten hat?“
„Ich habe nicht mit Holm gesprochen.“
„Mit wem sonst?“
„Mit einem Kunden, der Gardinenstangen aus Messing sucht.“
Falls das gelogen war, log Franke so flink, als sei er sehr geübt darin. „Bitte geben Sie mir die Nummer des Kunden.“

„Wieso denn, wieso?"
„Ich hätte das gern überprüft."
„Tut mir leid, der Mann hat kein Telefon. Ich weiß nicht, woher sein Anruf kam." Franke blieb so kaltblütig, als habe Holm ihm gerade gesagt, wie wenig zu befürchten sei, wenn er nur fest blieb. „Herr Wendt", fügte er hinzu, „geht Ihr Argwohn nicht doch etwas zu weit?"
„Bitte schreiben Sie mir Namen und Adresse Ihres Kunden auf."
„Wenn es denn der Wahrheitsfindung dient..." Franke suchte die Anschrift aus eine Kladde. Wendt spürte, es war mißglückt, ihn auf Anhieb zu erschüttern. In seinem sauberen Kittel, glatt gescheitelt, an den Schläfen Lachfältchen, wirkte der Mann wie ein Frisör, der gern mit seinen Kunden scherzt. Nur das nervöse Fingerspiel verriet Spuren von Besorgnis, und die wachsende Unlust, höflich sein zu müssen, stand ihm im Gesicht. Er schrieb die Angaben auf einen Zettel. „Darf ich nun hören, was Sie heute wieder zu mir führt?"
„Die Aussage Ihrer geschiedenen Frau. Sie hat vorhin zugegeben, daß der erste Einbruch von ihr ausging. Im Fall Mau war sie die Anstifterin, das steht fest, und ich finde, es entlastet Sie."
„Inwiefern denn mich?" Frankes Augen weiteten sich.
„Später allerdings war Ihre Ehemalige zwar noch dabei, ist aber nicht mehr die treibende Kraft gewesen."
„Später...?" Franke fiel der Schreibstift aus der Hand.
„Bei Professor Rasmus und bei Dr. Dropsch."
Der Schreibstift rollte weg, katzenhaft griff Franke danach. „Dropsch?" fragte er erstickend. „Haben Sie Dropsch gesagt?"
„Was erschreckt Sie daran so? Es ist doch nur eine Tat von fünf. Wir haben das Geständnis und warten nun auf Ihres."
„Ich hab nichts zu gestehen."
„Kommen Sie, Herr Franke! Sie sind ja ganz blaß geworden."

„Ist das ein Wunder, wenn man derart beschuldigt wird?"
„Weshalb zucken Sie zusammen bei dem Namen Dropsch?"
„Ganz einfach, weil ich mal in dem Haus gewesen bin."
„Ich weiß, Sie haben da einen Sessel angeliefert. Aber das Haus von Dr. Tredup war Ihnen auch nicht unbekannt, da sind Sie auf Partys gewesen mit Ihrer Frau. Und bei den Tiedges hat sich Herr Holm gut ausgekannt. So kommt eins zum anderen – Sie sehen, es hat keinen Zweck. Wir wissen beinah alles, und den Rest erfahren wir auch, heute noch. Helfen Sie uns dabei! Das würde im Gegensatz zu dem, was Holm Ihnen geraten hat, Ihre Lage immerhin verbessern."
„Die muß ich nicht verbessern." Franke lehnte sich zurück und kreuzte die Arme vor der Brust. „Die ist gut genug. Wenn Jenny wirklich behauptet, ich hätte mich an so etwas beteiligt, dann lügt sie."
„Warum sollte sie das?"
„Was weiß denn ich? Vielleicht will sie sich rächen an mir, weil ich bei der Trennung die Wohnung behalten hab, oder sie will jemand anders decken. Ich hab mein Auskommen hier, ich bin doch kein Narr und setze meine Existenz aufs Spiel!"
„Sie zwingen mich zu einer Gegenüberstellung."
„Ich bitte sogar darum. Wir sind längst auseinander gewesen, als das passierte. Warum sollte ich mit einer Frau, die mich verlassen hat, einbrechen gehen? Im übrigen bezweifle ich das alles."
„Was bezweifeln Sie?"
„Daß sie's getan hat. Ihr angebliches Geständnis."
„Ach, Sie glauben mir nicht?"
„So wenig, wie Sie mir glauben, Herr Wendt. Sie haben hier einen Barkas entdeckt, schön, davon gibt's Tausende. Sie wissen, ich war mal bei Dropsch und bei Tredup; und daraus ziehen Sie Ihre Schlüsse. Wenn die Polizei nicht weiterkommt, versucht sie doch, dem einen zu erzählen, der andere hätte gestanden und ihn belastet."

„Wo waren Sie am letzten Donnerstag, abends und nachts, die Nacht zum siebenten Oktober?“
Franke nannte den Namen und die Arbeitsstelle einer Frau in N., mit der er offenbar befreundet war. Seine Stimme schwankte, doch er hatte das parat. Wendt notierte es zur Überprüfung und stand auf. Er hatte ihn nicht kleingekriegt. Mehr war da im Moment nicht zu machen. Er hatte sein Pulver verschossen.

Das Auto stand zwei Straßen weiter, vor dem Geschäft war Parkverbot. Wendt stieg ein und saß eine Zeitlang passiv hinter dem Lenkrad. Was nun? Die Frau aufsuchen, die Franke ein Alibi gab? Das sollten andere tun, der junge Adam zum Beispiel. In seinen Augen brannte die Müdigkeit des Mißerfolgs, der halb durchwachten Nacht. Er fühlte sich wie ausgehöhlt. Der zweite Fehlschlag heute! Geschickt hatte Franke sich gewehrt, nicht so frech wie Holm, doch ebenso zäh. Nun ja, es gehörte weniger dazu, eine Linie zu halten, als nötig war, sie zu durchbrechen. An die Unschuld der beiden glaubte er nicht. Trotzdem erhob sich die Frage, ob er sich nicht doch verrannte.
Trotz seiner Trümpfe, die zwei gestanden einfach nicht! Sollte Jenny etwa andere, noch unbekannte Komplizen haben? Kaum anzunehmen. Wieso hatte ein weicher Mensch wie Franke dann die Stirn zu leugnen? Es konnte nicht bloß Holms telefonischer Zuspruch sein, der ihm den Rücken gestärkt hatte... Da, von einer Sekunde zur anderen, sah Wendt seinen Fehler. Der Name Dropsch hatte Franke gar nicht schockiert, sondern aufmerken lassen, ja aufgerichtet. Als dieser Name fiel, versteifte sich sein Widerstand. Folglich stimmte es nicht, sie hatten den Oberpharmazierat keineswegs gemeinsam bestohlen; entweder er oder Jenny war daran unbeteiligt gewesen. Dropsch, das machte ihm Mut, es zeigte ihm, daß ihr Geständnis nicht ganz echt, daß die Sache nicht astrein war.
Brütend saß der Hauptmann da, während um ihn die Scheiben beschlugen. Welkes Laub raschelte im Rinnstein, kaltes

Glas, zunehmend undurchsichtig, schirmte ihn vor der Umwelt ab. Er merkte, das Grübeln zehrte an seiner Entschlossenheit, zielbewußt zu handeln. Der Fehlstart rührte daher, daß er versäumt hatte, Jennys Geständnis zu notieren. Ihm hatte sogar die Kraft gefehlt, sie gründlich auszufragen, sämtliche Einzelheiten verläßlich zu speichern. Er hatte ihr ja helfen, sie vor dem Ärgsten bewahren wollen und sie daher auch nicht, wie in solch einem Fall geboten, zur Protokollaufnahme ins Amt gebracht. Damit schon war er abgewichen von seiner Pflicht. Ohne es eigentlich zu wollen, ja auch nur zu sehen, verließ er den Pfad der Gewissenhaftigkeit, den er immer unbeirrt gegangen war. Er hatte es bis zum Geständnis der zwei anderen hinausschieben wollen. Doch eben das wurde die Ursache seines Scheiterns bei Franke wie bei Holm. Wie hatte er einmal tadelnd zu Leutnant Nauschütz gesagt? Nachlässigkeit bei Meldungen führt zu Ungenauigkeiten in Diensthandlungen. An ihm selber bestätigte sich nun der Satz.
Diese Überlegungen begleitete ein Druck auf die Brust, ihm von früher her bekannt. Der Schmerz strahlte bis ins Schulterblatt und in den linken Arm. Der Alptraum fiel ihm ein, das Verhör, dem er nur entrann, weil er das, was ihm teuer war, verriet. Was aber sollte das sein? Er hatte den Eindruck, sein Denken verwirre sich. Für zweierlei war er da, für seine Liebste und für sein Amt – für die Lösung des Falls. Und beides zusammen war zuviel. Denn es war ja, als schiebe sich ein Keil dazwischen, der ihn selber zerriß. Gab es das, so ein Doppeltsehen, eine zweifache Sicht und Lebensführung: die offizielle, unanfechtbare und die rein private Welt? Hatte das in einem Menschen Platz? Warum blieb Mitgefühl so oft abstrakt, die Notwendigkeit der Strafverfolgung aber immer konkret?
Wieder saß ihm das Rauschen im Ohr. Wie ein mahlender Schiffsmotor oder das ferne Geräusch der See, die sich am Strande bricht. Doch es war nichts als die beklemmende Brandung, die in seinen Adern pulste. Und zum erstenmal stieß, einem schwarzen Vogel gleich, Verzweiflung auf ihn

nieder: der Gedanke, daß es eine Erlösung sein könne, dem Leben zu entgehen.
Minutenlag sah Wendt keinen Ausweg mehr. Er meinte, der Fall sei für ihn unlösbar, sei ihm zum Verhängnis geworden. Der Wind pfiff um das Auto, und der Druck am Brustbein nahm zu. Er hätte jetzt mit jemandem reden müssen. Ihm fehlte ein Freund, ein Vertrauter. Wie isoliert er war seit seinem Umzug in den Norden des Landes! Wäre wenigstens sein Sohn bei ihm gewesen! Er kam sich vor wie ein Gefangener in Einzelhaft.

16 Als der Hauptmann kurz nach zehn im Kreisamt eintraf, fand er dort weder Holm noch den K-Leiter vor. Drews sei bei Major Bradhering, sagte ihm Unterleutnant Adam, der in dessen Auftrag ein Fernschreiben an die Abteilung Ö der Bezirksbehörde entwarf. Es begann: „Mit Bezug auf Meldung über Dienstbesprechung vom 10. 10. wird vorgeschlagen, Vorgang mit dem Ziel der Freigabe als Pressemitteilung zu bearbeiten ..." Man griff also Wendts Idee vom Freitag auf. Da hatte der Amtsleiter sie verworfen, jetzt schien er am Ende seiner Geduld und ging an die Öffentlichkeit, um nach Hinweisen aus der Bevölkerung zu fischen. Der Apparat lief, der Fall zog immer weitere Kreise.
Drews kam mit der Nachricht, Erich Pertus sei verstorben; das Krankenhaus habe es eben mitgeteilt. Erneut spürte Wendt sein Herz, es tat einen Doppelschlag, pausierte und setzte mit schnellen Schlägen wieder ein. Dieser Tod verschlimmerte alles. „Fünf Einbrüche plus Körperverletzung mit Todesfolge und Unfallflucht", hörte er Drews wie aus der Ferne sagen. „Und keine gesicherte Spur. Der Amtsleiter teilt die Meinung der Staatsanwaltschaft, daß es so nicht mehr weitergeht. Die Täter, wenn wir sie nur erst haben, können sich auf was gefaßt machen. Das erfordert eine exemplarische Bestrafung."
Wendt hatte sich noch im Auto dazu durchgerungen, Jennys

Geständnis nicht zu werten angesichts der Situation, in der es abgelegt worden war. Er wollte erklären, sie scheine ihm ebenso tatverdächtig zu sein wie Franke und Holm, weshalb er darum bitte, ihm die Sache aus der Hand zu nehmen. Er sei befangen, weil mit Frau Franke verlobt. Dem Wunsch mußte entsprochen werden; man zwang ja keinen, gegen seine künftige Ehefrau zu ermitteln... Indem er sich so zurückzog, belastete er freilich Jenny, die derzeit noch außer Verdacht war, und lieferte sie (wenn auch ohne ihr Geständnis) den anderen aus. Aber es blieb ihm keine Wahl.
Doch seltsam, er sprach jetzt zwar von Franke und Holm, beschrieb seine Überrumpelungsversuche und die Schutzbehauptungen der zwei; Jennys Name aber kam nicht über seine Lippen. Er spürte in sich eine Sperre, eine Denkblokkade, sogar ihr Zuname entfiel ihm – es waren zwei, Franke und Blom, wie bei einer Wortfindungsstörung wollte ihm keiner auf die Zunge. Statt dessen sagte er mit einem Blick zur Uhr: „Für zehn hab ich den Holm herbestellt... Wenn er wegbleibt, stimmt mit ihm was nicht."
„Ich stelle fest", bemerkte der K-Leiter trocken, „daß Ihnen Holm und Franke heute verdächtig sind. Gestern warnten Sie uns noch vor einem Zugriff, nannten das eine ‚vorschnelle Theorie'. Was ist denn der Grund Ihres Sinneswandels?"
„Die Auskunft einer dritten Person", erwiderte Wendt und griff sich an den Hals. Außerstande weiterzusprechen, atmete er flach und wartete darauf, daß sein stolperndes Herz wieder rhythmisch schlug. Er bekam kaum noch Luft. Dieser zuckende Klumpen in seiner Brust!
„Tidemann?" fragte Drews, ein Leuchten im Blick.
Wendt schüttelte den Kopf, er öffnete seinen Kragen. So quälend das Gespräch auch war, es kam ihm unwirklich vor, so als senke sich ein Schleier über die Szene. „Genosse Hauptmann", sagte jemand an seinem Ohr, „ist Ihnen nicht gut?"
„Nein, nicht besonders... Es sieht nach einer Herzattacke aus."
Drews Stimme kam von weit her, sie hatte kein Echo und

auch nichts Gebieterisches mehr. „Haben Sie das öfter?" fragte er fast tonlos. „Sie erwähnten doch gestern beim Essen... Besser, Sie legen sich nebenan hin. Haben Sie Medizin dabei?"
Wendt verneinte, das Sprechen fiel ihm schwer. Der K-Leiter ordnete an, ihn unverzüglich in die Klinik zu bringen. Dem widersetzte er sich nicht. Der Ortswechsel löste nichts, das wußte er. Zugleich aber war ihm, als verschaffe der räumliche Abstand – zum Kreisamt, zu seinem Beruf und der Pflicht – ihm Linderung. Im Fond des Autos kam er sich vor wie auf der Flucht.

In trübem Abwarten verbrachte Jenny Franke den Vormittag. Unter dem Einfluß der Beruhigungspillen hielt sie sich an Wendts Gebot, unbedingt im Haus zu bleiben. Das Schweigen um sie, das Windgeheul draußen vertieften den Eindruck von Verlassenheit. Ein Abschnitt ihres Lebens ging zu Ende. Die wenigen Dinge, die sie brauchen würde in der Untersuchungshaft, packte sie in eine Reisetasche. Dann nahm sie einen Anlauf, im Hinblick auf eine Haussuchung ihr Eigentum zu ordnen. Doch wozu? Da ist nichts, das sie über ihr Geständnis hinaus belastet. Nur die Liebesbriefe, die sich bei ihr angesammelt haben, will sie verbrennen. Der Gedanke, daß andere die lesen, ist nicht sehr angenehm... Aber ihr fehlt die Kraft, all das durchzukramen, und letztlich ist es auch egal. Einzig Wendts Eilbrief vom 30. September und sein Telegramm vom 7. Oktober wirft sie ins Feuer. Die Mutter fällt ihr ein, der muß sie wohl einen Brief schreiben...
Sie trinkt von dem spanischen Wein. Das Schicksal nimmt seinen Lauf! Ein bühnengerechter Satz, er klingt gespreizt, dabei ist Nüchternheit nötig, geht es doch ans Bezahlen... Zwar, sie hat sich ja gar nicht bereichern, sondern einfach jemanden treffen wollen, der sie aus einer überlegenen Position heraus gedemütigt und ihr geschadet hat. Einmal hat sie dem Reiz, sich zu rächen, nachgegeben. Dann aber ist mehr daraus geworden: die Lust am Abenteuer, an der Beute, die

Sucht nach schnellem Geld bei ihr und den zwei anderen. Ja, das gesteht sie sich ein.
Wäre es beim ersten Mal geblieben und gäbe es keine Mittäter, würde ihr das, was nun auf sie wartet, wohl erspart bleiben. Aber mit den Komplizen und angesichts dessen, was dann entstanden ist aus ihrem Wunsch, es der Frau Mau heimzuzahlen, kann ihr keiner mehr helfen. Auch Christian nicht, selbst wenn er's wollte und fähig wär, um ihretwillen mitschuldig zu werden. Pflichtverletzung, undenkbar bei ihm. Er würde nie wieder froh werden, müßte sie insgeheim hassen, wär es ihr geglückt, ihn zu verleiten. Soweit kennt sie ihn doch, um zu wissen, zwischen ihnen beiden wär es dann bald ausgewesen. Als korrupter Polizist könnte er nicht weiterleben.

Die Menschen sind nach Wendts Überzeugung keineswegs so vernunftgesteuert, wie sie von sich selber glauben. Auch der vermeintlich rational Handelnde läßt sich von verborgenen Gefühlen leiten. Und oft ist, was man als freien Entschluß ansieht, in Wahrheit das Ergebnis des Flüsterns einer inneren Stimme oder auch von äußerem Zwang. Ärzte etwa, doch nicht nur sie, können die Entscheidungen ihrer Patienten beeinflussen, indem sie Ängste oder Hoffnungen wekken.
Wie sehr Unbewußtes unser Verhalten lenkt, das wird ihm in der Klinik klar. Er hat, entgegen seinem Vorsatz, es nicht geschafft, Jennys Namen auszusprechen. Ursache der Hemmung muß die durch keinen Vernunftgrund ausräumbare Furcht, sie zu verlieren, gewesen sein. Zwanzig Berufsjahre haben ihn gelehrt, daß die weitaus meisten Menschen Risiken scheuen, geht es darum, Gewinn zu machen; sonst wäre die Quote der Kriminalität viel höher. Doch tief verwurzelt scheint die Neigung zu sein, Verlußte zu vermeiden. Dafür wagt man wesentlich mehr.
Während der Internist sich seiner annimmt – ihn befragt, beklopft und abhorcht, ihm Blut abnehmen und ein Elektrokardiogramm machen läßt, um sein Leiden zu ergründen und

die Behandlung einzuleiten –, während all das geschieht, geht ihm nicht aus dem Kopf, daß nach Meinung des Staatsanwalts hier ein Exempel statuiert werden soll.
Gewiß, das Gericht muß dem Staatsanwalt nicht folgen. Ein Gericht macht es sich hierzulande niemals leicht. Er hat oft erlebt, wie man sich dort bemüht, die Schuld des einzelnen abzuwägen und einen angemessenen Spruch zu fällen. Was Gesetzgebung und Rechtsprechung bewirken, das hat sich ihm bisher dargestellt als das Ergebnis genauer Prüfung dessen, was geschehen und nach bestem Wissen und Gewissen daraufhin nötig und möglich ist.
Daneben aber muß die Justiz, wer weiß es nicht, noch anderes tun, nämlich die Einhaltung der Normen des menschlichen Miteinanders durchsetzen. Eben darauf hat Hauptmann Drews ja vorhin abgehoben. Das Gericht schützt zuerst die Ordnung, das ist sein gesellschaftlicher Auftrag. Im Namen all derer, die ehrlich leben, die ohne Rechtsverletzung ihre Arbeit tun, sorgt es – genau wie die Polizei – zunächst einmal für friedliche Zustände, für die Sicherheit der Bürger. So betrachtet wird kaum ein Schuldspruch jemals einem Täter absolut gerecht. Das kann gar nicht anders sein. Ein Urteil entspricht gewöhnlich dem, was gegenwärtig Inhalt der Vereinbarungen ist, die Gesetze heißen und das Zusammenleben auf die zweckmäßigste und vernünftigste Weise regeln.
Die Gesetze kommen nicht vom Himmel, sie sind von Menschen gesetzt, und wie ein Gericht sie anwendet, das läßt dem Sicherheitsbedürfnis Raum, dem Wunsch nach Abschrekkung oder nach erzieherischer Wirkung (die manchmal Illusion bleibt, gerade bei drakonischen Strafen). Die Psyche des Täters, seine Innenwelt, sein Umfeld und Werdegang spielen manchmal nur am Rande mit. Und der Gedanke, der Frau, die er liebt und an der seine Zukunft hängt, stehe ein hartes Urteil bevor, drückt Wendt nieder.
Bei all dem weiß er, die Zeit verstreicht, die Atempause geht zu Ende. Da ist kein Ausweg für ihn, keine Schonfrist mehr. Der Aufschub nützt Jenny nichts, er kann verhängnisvoll sein. Was nämlich, wenn Holm zu ihr fährt, um sie zur Rede

zu stellen, ihr zu drohen? Des Geständnisses wegen, von dem er Kenntnis hat, das Kreisamt aber nicht... Wendt muß den paradoxen Zustand beenden, daß zwei mutmaßliche Mittäter mehr wissen als die eigenen Leute. Es ist wirklich höchste Zeit.

„Mein lieber Hauptmann, Ihre Werte sind miserabel“, sagt der Arzt. „Sie stehen wohl pausenlos im Streß?“

„Bitte lassen Sie mich ans Telefon.“

„Immer langsam, bleiben Sie mal hübsch liegen. Wir wollen doch die Wirkung der Spritze nicht beeinträchtigen.“

„Ich muß unbedingt...“

„Sterben müssen wir, sonst nichts! Noch gibt es bei Ihnen keinen organischen Befund, keine krankhafte Veränderung, die ich mit meinen bescheidenen Mitteln entdecken kann. Das Rauchen haben Sie seit Jahren aufgegeben, na gut, aber auch Aufregung ist Gift für Sie. Offen gesagt, ich fürchte, daß sich bei Ihnen eine Angina pectoris entwickelt. Damit können Sie alt werden – nur nicht bei Ihrer Lebensweise.“

„Ich muß dringend telefonieren.“

„Genau das meine ich. Solche Hektik gilt es zu vermeiden! Sehen Sie manchmal in den Spiegel? Gefallen Ihnen die Ringe unter den Augen, in Ihrem Alter?“

Wendt sieht, die Krankenschwester nickt ihm zu. Sie schenkt ihm ein Lächeln, und da sie gewiß noch keine dreißig ist, nimmt sie wohl an, ein Lächeln von ihr könne als Belohnung gelten, für sein Wohlverhalten als Patient. Damit aber ist es nun vorbei. Während er den Arzt sagen hört, er würde ihn gern zur Beobachtung dabehalten, auf jeden Fall krank schreiben, richtet Wendt sich schon auf, rutscht von der Liege und greift nach dem Telefon, das auf dem Schreibtisch steht. Die Nummer des Kreisamts hat er im Kopf.

Jenny Franke hat den Brief beendet, sie läßt den Druckstift sinken, ihre Gedanken schweifen. Im Knacken des Kaminfeuers stellt sie sich vor, daß draußen ein Wagen hält, dem Christian entsteigt. Stumm läßt sie ihn ein. Seine Art, sich zu bewegen, paßt zu dem Entsagungsvollen des Empfangs. Die

Kerzen, der Brief – sie denkt sich noch Klaviermusik von Chopin dazu. Es ist, als inszeniere sie ein Melodram. Sie hilft ihm aus dem Mantel und stellt seine Kollegmappe weg, in der, wie sie weiß, die Gelenktasche mit der Dienstwaffe ist, vorschriftswidrig. Christian hat trübe Augen und sieht überhaupt sehr mitgenommen aus. Er geht zum Tisch, liest den Brief und wirft ihn zu ihrer Verblüffung in die Flammen.
Warum tust du das, ruft sie.
Vorsichtshalber, sagt er. Gib nie unnütz etwas schriftlich, Kind.
Unnütz?
Es ist ein Geständnis. Deine Freunde gestehen nichts. Vergiß also, was du mir erzählt hast... Er zieht sie an sich. Sie stehen still vor den Flammen, die Wärme auf der Haut, einer an den anderen gepreßt. Keiner von ihnen spricht. Jenny glaubt zu schweben, sie weint lautlos an seinem Hals und kann damit nicht aufhören. Ihr Sinn für Romantik trägt sie empor, entführt sie in das Reich der Tagträume.
Mein Liebster, was passiert dir, wenn es schiefgeht?
Das wird es nicht, erwidert er. Die anderen haben Alibis. Was es sonst noch an Indizien gibt, gleicht Spuren am Strand. Die nächste Welle löscht sie aus. Erinnere dich doch, schon einmal sind die Ermittlungen versandet.
Und wie willst du damit fertig werden?
Ich nehme meinen Abschied, jetzt sofort.
Hältst du den Zeitpunkt denn für klug?
Ihr fallen ein paar Entgegnungen ein, schließlich läßt sie ihn sagen: Ich möchte in der Lage sein, mir morgens beim Rasieren noch ins Gesicht zu sehen. (Männer tun gern so, als blickten sie nur in den Spiegel, um sich zu rasieren.) Dein Vater stellt mich ein, fügt er hinzu. Holz, das ist doch ein besserer Stoff, sauber und duftend... Zwanzig Jahre sind genug. Sollen einmal andere meine Arbeit tun.
Draußen klappen Autotüren. Jenny sieht den Leutnant Nauschütz mit einem Herrn in Zivil auf das Haus zukommen. Wie in Trance öffnet sie die Tür und hört Nauschütz sagen: „Frau Franke, wir müssen Sie bitten, mit uns zu kommen.“

Sie fragt: „Weshalb denn?“ Ein Funken Hoffnung ist noch in ihr.
„Sie sind vorläufig festgenommen“, sagt der Zivilist.

Um diese Zeit dämmert Wendt unter dem Einfluß der Herzmedizin auf dem Klinikbett ein. Er sieht Bilder, deren er sich später nur noch undeutlich entsinnt, da weitere Träume, einander überlappend, dem ersten Phantasiestrom folgen. Darin sitzt er hinten im Dienstwagen bei Hauptmann Drews, der merkwürdig gesichtslos ist und ihm ohne weiteres die Waffe abverlangt. Daß sie nicht im Schultergurt steckt, befremdet Drews; noch ein Minuspunkt. Sie steigen aus, der K-Leiter steht da, als habe er einen Stock verschluckt. Es wäre zwecklos, ihn etwas zu fragen.
Im Kreisamt empfängt sie Major Fink, eigens aus der Bezirksstadt angereist. Sie haben uns enttäuscht und hintergangen, eröffnet er Wendt eisig. So etwas ist mir in meiner ganzen Laufbahn noch nie begegnet... Mühsam nur wahrt er die Fassung.
Bitte, was werfen Sie mir vor?
Das fragen Sie noch? Begünstigung im Amt und Versuch der Strafvereitelung! Sie haben sich in Abhängigkeit von einer Frau begeben. (Abscheu durchbricht die Kruste seiner Haltung. Ihm zittern die Wangen, doch ist das nur eine schwache Offenbarung des Sturms, der in ihm tobt. Die eingeschliffene Korrektheit seines Wesens hindert ihn nicht, fortzufahren: Das ist aktenkundig, Ihre Neigung zu einer raffinierten Person, der Sie hörig geworden sind.
Dieser Formulierung stimme ich nicht zu.
Formulieren Sie, wie Sie wollen, nur ersparen Sie uns vornehme Umschreibungen. Ich will zumindest in der Lage sein, einen Bericht zu schreiben, der in puncto Ehrlichkeit und Einstehen für den Schaden, der da angerichtet ist, noch ein gutes Haar an Ihnen läßt. An Ihrer Entlassung, und zwar in Unehren, ändert dies natürlich nichts. Muß ich Ihnen wirklich noch sagen, wie das mit Ihnen weitergeht? Ich berichte dem Chef, und der bespricht das in Berlin mit dem Haupt-

abteilungsleiter... Auf jeden Fall wird durchgegriffen und fristlos entlassen werden. Ihr Rentenanspruch entfällt, das ist klar, auch ein Teilanspruch im Falle der Invalidität. Glauben Sie aber ja nicht, dies wäre alles! Dann nimmt sich der Staatsanwalt Ihrer an...

Wendt fühlt sich unter einer schweren Woge, sie stößt ihn bis auf den Grund. Ein paarmal kommt er kurz hoch, in lauter Schaum und Gischt, um Satzfetzen aufzuschnappen wie: Solch ein Schandfleck! Das alles wegen einer Schürze... Er hat den Eindruck, Fink braucht jemanden, der ihn beschwichtigt. Ein Kreislaufkollaps droht. Auch drängt sich die Vermutung auf, daß er in mancher Hinsicht ahnungslos ist. Man spürt, er hat den siebten Himmel nie betreten. Wörter wie Schürze und Weibsbild geben dem Verdacht Raum, es läge womöglich außerhalb seines Gesichtsfelds, sich vorzustellen, was Partnerschaft sein kann, auch fern von Tisch und Bett.

Als Wendt wieder emportaucht, steht aber nicht Fink, sondern Drews an seinem Bett. „Wir wissen, Sie sind krank geschrieben“, sagt er schonend; der gänzlich veränderte Ton tut wohl. „Wenn Sie sich schlecht fühlen, unterhalten wir uns nur ein wenig und gleich hier.“

„Ach wo, ich komme mit ins Amt.“

„Ja, wenn Ihr Befinden das zuläßt?“

Das war knapp, denkt Wendt; da hat nicht viel gefehlt... Unterwegs hört er, daß der Fall dank Jennys Geständnis unmittelbar vor dem Abschluß steht. Franke hat man am Ort, Holm in Berlin erwischt. Beide leugnen nicht mehr viel. Das Diebesgut aus den zwei letzten Einbrüchen ist sichergestellt worden... Drews, in seiner Wortwahl recht behutsam, ja mitfühlend, beglückwünscht den Hauptmann verhalten zu dem Erfolg, der raschen Aufklärung des Falls, trotz gesundheitlicher Behinderung. Man merkt ihm an, er ist froh, die Sache bald hinter sich zu haben.

Es wird Abend, draußen im Windgeheul gehen die Lampen an. Man kommt durch die Straße, in der Wendt vor acht Stunden verzweifelt im Auto saß. Es fällt ihm schwer, seinen

Zustand nachzuempfinden. Gleich wird er Jenny sehen, doch das schreckt ihn nicht mehr. Was sie ihm gegeben hat an Wärme und Selbstvertrauen, so redet er sich ein, das bleibt. Trotz allem, das Leben geht weiter.
Er hört sie wieder sagen: Dumm von mir, zu erwarten, du könntest meinethalben da etwas vertuschen. Du kämst ja nie darüber weg. So bist du nun mal, Christian. Ich weiß doch, wie du bist... Das ungefähr sind ihre letzten Worte gewesen. Und daraus schöpft er jetzt Mut. Jenny! Die Erinnerung an die Stunden mit ihr – es sind ja nur Stunden gewesen – gibt ihm Kraft. Eine Zeitlang wird sie ihm schrecklich fehlen. Sie werden einander bitter vermissen. Sie müssen beide da hindurch. Was sein muß, muß sein. Gemeinsam werden sie's schon schaffen. Denn ihre Partnerschaft, so hofft er in diesem Augenblick, ist stärker als Gefängnisgitter.

## 17

Vom vierten Advent an verbrachte Stefan, der Soldat, den Urlaub bei seinem Vater. Während draußen nasser Schnee fiel, stellte Wendt die Flasche Rotwein, für das Wiedersehen besorgt, auf den Tisch. Der Wein hieß *La Muleta* (wie der Stab mit dem Scharlachtuch zum Reizen des Stiers) und erinnerte ihn an den letzten Abend in Cumin. Es gab einen Knall, als er den Korken herauszog.
„Du bist auf Wein umgestiegen?" fragte Stefan. Er nahm die Brille ab und blätterte in den Gerichtsberichten der Zeitung, die Wendt ihm hingelegt hatte. Wie immer brauchte sein Sohn Zeit, um aufzutauen und von dem zu reden, was ihm wichtig war. „Sowas schneidest du aus?"
„Ja. Es gibt mir das Gefühl, daß die Zeitungslektüre nicht ganz sinnlos ist."
„‚Erst brannte die Liebe, dann die Wohnung'", las Stefan vor. „‚Teufel Alkohol wieder mit im Spiel'. Sowas sammelst du! ‚Das Wort Feuer wird, in übertragenem Sinne gesehen, auch für eine überschäumende Zuneigung zweier liebender Menschen angewandt. Es ist das Gefühl, das in ihnen brennt

und die Welt in allen Regenbogenfarben erscheinen läßt. Aber oft kann es auch nur ein aufloderndes Strohfeuer sein, das zu kleinen Aschehaufen zusammenfällt...‘ Mein Gott, wie weise.“

„Weisheit plus Information, was willst du mehr?“

„‚Nach dem Bruch der Zweisamkeit und dem Verdruß, seine ehemalige Geliebte woanders zu wissen, beging er in seiner seelischen Bedrängnis den verhängnisvollen Fehler, den Alkohol zu seinem Freund zu machen, der ihm die teuflische Idee eingab, bei ihr Feuer zu legen.‘ Prost, Väterchen. Das ist stark. Hast du etwa den Fall untersucht?“

„Nein, aber den davor.“

Stefan blätterte zurück zu der Überschrift: *Das aparte Trio – Parasiten auf der Anklagebank.* Diesmal las er still für sich. Wendt kannte die Sätze auswendig: Das Gericht blieb bei der Angeklagten unter dem Antrag des Staatsanwaltes, es verurteilte Jenny zu einer Freiheitsstrafe von einem Jahr und acht Monaten und zum Schadenersatz an die Staatliche Versicherung in Höhe von 18060 Mark, zusätzlich vier Prozent Zinsen. Die Angeklagten Ronald und Alfred kamen mit drei Jahren und sechs Monaten sowie vier Jahren nicht so glimpflich davon. Der Letztgenannte hatte zwar nur zwei der fünf Einbrüche mitverübt, aber die schwersten und frechsten, und sich auch schon an den früheren als Hehler beteiligt. Hinzu kam seine Unfallflucht. Das Gericht erkannte in ihm die eigentlich treibende Kraft. In den Augen des Reporters hatte Jenny großes, unverdientes Glück gehabt.

„Ist sie das?“ Stefan zündete sich eine Zigarette an.

Der Sohn qualmte die Stube voll; heute sah Wendt es ihm nach. „Im Oktober“, hörte er ihn durch eine Rauchwolke sagen, „hat dein Besuch mir unheimlich gutgetan. Du hast mich fast vor dem Ertrinken gerettet... Und nun passiert dir ungefähr das gleiche. Jetzt sind wir beide arm dran.“

„Meinst du? Noch elf Monate, dann laufen dir die Mädchen wieder nach, und das Leben beginnt von vorn.“

„Und du mußt noch zwanzig Monate warten.“

„Achtzehn. Die U-Haft zählt mit. Im übrigen hat sie’s ganz

gut getroffen. Das Gefängnis ist ziemlich modern."
„Wie bei mir. Ein Eliteverband, mit eigener Schwimmhalle sogar... Bloß, du kommst nicht raus."
„Du bist doch hier! Und sie darf ich manchmal besuchen."
„Das konnte Anne mich auch. Alle zwei Wochen für zwölf Stunden."
„So gut haben Jenny und ich es nicht."
„Gut? Das war ja gerade das Problem. Nach ein, zwei Stunden hatten wir uns alles erzählt – was mit dem Rest anfangen? Wie den Tag rumkriegen, ohne ins Bett zu gehen? Darüber ist es wohl kaputtgegangen."
„Da habt ihr noch rechtzeitig gemerkt, daß ihr euch wenig zu sagen habt."
„Weißt du, wer ihr neuer Macker ist? Ein Kumpel von mir; kam im November erst zur Fahne."
„Da hat sie doch denselben Kummer."
„Das ist es ja gerade, was mich wurmt. Mit einem, der's hinter sich hat, das hätt' ich noch verstanden. So ist es ganz schön kränkend."
„Stefan, liest du gelegentlich, was Ärzte über das Rauchen schreiben?"
„Liest du denn, was Wissenschaftler über die Atomgefahr und die normale Umweltzerstörung schreiben?"
„Kapiert. Wenn eh alles zum Teufel geht, kommt es ja nicht mehr drauf an."
„Dein Sarkasmus ist ziemlich bedrückend. Sieh die Dinge doch in der richtigen Größenordnung. Vielleicht kriegt die Menschheit sowieso die Kurve nicht... Zeigst du mir noch mal ihr Bild?"
Stefan drückte die Zigarette aus. Das Foto in der Hand, sagte er leise: „Für so eine hätte ich mehr riskiert."
„Gegen deine Überzeugung?"
„Auch das – wenn du sie liebst."
„Alles hat seine Grenze."
„Findest du? Dann sieh dich doch mal um! Ich sage nur: immer neue Raketen; ringsum wird munter stationiert."
„Was hat das damit zu tun?"

„Na, das ist doch die Welt, in der du geklautes Zinn und Porzellan aufspürst. Lohnt das eigentlich, hat es Sinn?“
„Für mich schon, und das weißt du genau.“
„Schön, Ordnung muß sein. Ist das halbe Leben, für dich und ein paar andere. Mir kommt es so vor, als ob man auf Tischsitten achtet in einem Haus, unter dem die Erde bebt.“
Was für ein Vergleich! In dem Gefühl, den Sohn aus einem Loch ziehen zu müssen, las Wendt ihm die Leviten, sah sich aber unterbrochen. „Geschenkt, Väterchen. Weißt du, manchmal kommen mir die, die das draufhaben, so vor wie jemand, der an Bord der ‚Titanic‘ über die Unsinkbarkeit moderner Ozeandampfer spricht.“
Dem Hauptmann verschlug es die Sprache. Da spürte er Stefans Hand auf der Schulter, und die Berührung wärmte ihn, trotz allem. Es wird noch gut mit uns, dachte er. Man sagt doch, Gegensätze ziehen sich an. Jenny ist für mehr Freiheit, genau wie der Junge, ich bin für mehr Ordnung... Das ist wohl auszuhalten; mit dieser Spannung kann man leben. Sie hat mich gerettet mit ihrem Schwung, einen neuen Menschen aus mir gemacht, als ich fast schon am Boden lag.
Und nun ist die Reihe an mir.

# Tom Wittgen
# Der Ziegenhirt/Die letzte S-Bahn

Zwei Kriminalromane, DIE-Reihe
1. Auflage, 168 Seiten, 2,– Mark

*Leseprobe*

„Wie weit sind Sie mit Ihrem Bericht?" fragte der Hauptmann.
„Bin am Schreiben", erwiderte ich.
„Sie schreiben schon ziemlich lange."
Hauptmann Spitzer nahm die Hand von der Türklinke, trat einen Schritt ins Zimmer und fügte hinzu: „Viel zu lange für meinen Geschmack."
„Es geht nicht um Geschmacksfragen." Ich blickte ihm, der Widerspruch schlecht verkraftete, in die Augen. „Es geht um eine Tragödie. Eine griechische Tragödie, die sich auf dem Boden unserer Republik abgespielt hat."
Von seinem Unwillen zeugte nur die Falte zwischen den Augenbrauen. Seine Stimme klang ruhig, als er sagte: „Sie sind kein Tragödienschreiber, Leutnant Bruck, und das hier ist kein Theater, sondern die Morduntersuchungskommission. Morgen finde ich Ihren Bericht auf meinem Schreibtisch. Die Staatsanwaltschaft wartet."
Schnell und leise wie er gekommen war, verschwand er aus dem Zimmer.
Die Staatsanwaltschaft. Sie würde Klage erheben. Und das Gericht würde ein Urteil fällen. Im Namen des Volkes. Aber Täter und Opfer entstammten einem Volk, von dem wir wenig wissen. Seine Lebensbedingungen sind uns fremd, unzugänglich sein Gefühlsleben, ebenso sein Denken und Handeln.

Der Mann wuchs förmlich aus dem Boden. Eine hagere Gestalt, von ihrem ärmellosen, dreiviertellangen Mantel aus Lammfell zusammengehalten. Er stand auf der Straßenmitte und sah dem Omnibus entgegen, der sich durch Makedoniens Bergwelt eine steile Straße hochplagte. Der Stock, auf den er seine Linke stützte, war knotig, mit einem Knauf nach jahrtausende altem Schnabelmuster geschnitzt. Drei Schritt vor dem Alten quietschten die Bremsen.
„Was ist los?"
Der Fahrer beugte sich aus der Kabine. Er hatte griechisch gesprochen, und der Alte am Weg antwortete in der gleichen Sprache.
„Ein Geschäft." Er zog einen Geldschein aus der Tasche, einen Drachmenschein, für den er nicht weniger als die Räder des Busses und dazu noch die beiden Ersatzräder hätte kaufen können. „Zigaretten."
„Alter Fuchs", sagte der Fahrer und kniff ein Auge zu.
Das Gesicht des Alten blieb unverändert wie die Felswand neben der Straße. Die Türen ächzten auf. Der Alte stieg ein, schwenkte seinen Drachmenschein.
„Ein makedonischer Ziegenhirt", erklärte der Fahrer in deutscher Sprache seinen Gästen, die in ihrem Notizbuch eben den Besuch von Thessaloniki abgehakt hatten und nun hinüber nach Bulgarien reisten: Melnik, Sofia. „Er ist mit seiner Herde wochenlang durch die Einöde gezogen, ohne Menschen zu begegnen. Dabei sind ihm die Zigaretten ausgegangen. Er bittet Sie, ihm ein paar zu verkaufen."
Der Alte nickte, als hätte er die Worte verstanden, und schwenkte noch immer den Drachmenschein. Einige staunten ihn an wie eine Sehenswürdigkeit, die nicht im Baedeker stand, und mit der sie deshalb wenig anzufangen wußten. Andere kramten in Taschen und Portemonnaies, und jemand sagte: „Haben Sie's nicht ein bißchen kleiner."
Er verstand ihre Sprache nicht, und der Fahrer vergaß zu übersetzen. Eine junge Frau hielt ihm eine Schachtel Camel hin.

Sie winkte ab, als er mit dem Geldschein zu ihr hinfuchtelte. Ihre Gefälligkeit löste eine Lawine guter Taten aus. Hände streckten sich ihm entgegen, reichten Zigarettenschachteln, versiegelt, angebrochen, manche boten einzelne Stäbchen an. Er aber stand wie ein Denkmal und hielt ihnen seinen Drachmenschein entgegen.

„Nun mach schon", drängte der Fahrer, „steck dein Geld weg, das keiner wechseln kann, und nimm die Glimmstengel. Sie schenken sie dir."

Flugs verschwanden Geld und Zigaretten in unsichtbaren Manteltaschen. Verbeugung, Aussteigen, Stockschwenken zum Gruß. Der Bus zuckelte weiter.

Manolis Mouriki grinste. Er hatte Zigaretten, hatte sein Geld behalten und sein Gesicht. Er hatte nicht gebettelt. Den Stock hart auf den Boden setzend, schritt er weiter, die Berge im Rücken. Vor ihm, in der Ferne, hob sich aus dem Mittagsdunst Sidirokastron.

Über dem Tal des Strymon-Flusses thront ein Berg, auf dem Berg, zerfallend, doch noch immer majestätisch, die Ruinen einer Festung, die Eisenburg – Sidirokastron. Unter dem Steilhang war ein Städtchen entstanden mit Grünanlagen und Blumen. Es grünte auch an den Hauswänden empor, Blüten hingen von Fenstersimsen, ergossen sich auf Balkone. Dazwischen trocknete Wäsche. Vor den Türen standen Stühle. Abends saßen dort die Alten, schwatzten und schwiegen miteinander. Die Jungen flanierten durch Straßen und Anlagen. Mouriki schritt vorbei an dem Haus mit der Shell-Reklame, vor dem Autos tankten, durch eine Gasse, in der Zement und Kies lagerten, und er dachte, im nächsten Jahr wird in dieser Stadt mein Kies liegen und mein Haus wachsen. Das Gebäude, vor dem er stehenblieb, war zweistöckig, weiß wie gebleichtes Leinentuch, ohne Blumen, mit bunten Zeichen über dem Eingang. Nikos Mylonas hatte ihm erklärt, es seien Buchstaben, zusammengefügt zu dem Wort *Reisebüro*. Nikos Mylonas aus Thessaloniki kam manchmal mit Touristen hierher, schwatzte griechisch, schwatzte deutsch, redete den Fremden ein, die Mauerreste auf dem

Berg von Sidirokastron seien so bedeutend wie die Akropolis, und die Fremden zahlten für die Besichtigung, um sich nichts Bedeutendes entgehen zu lassen.
Der Fremdenführer Nikos Mylonas war eines Tages mit einer Schar Touristen, denen die vorgeschriebene Reisetour nicht genügte, auf den Bergweiden aufgetaucht. Sie wollten Extravaganz, und Mylonas bot ihnen Sarakatsanen, makedonische Wanderhirten, ihre großgehörnten schwarzen Ziegen, Familien, die nachts bei den Tieren im Freien schliefen und im Winter in Kegelhütten aus Stroh krochen, die Herde in einem Dornenpferch.
Von Touristen wußte Mouriki bislang nur, daß sie ihm Zigaretten zusteckten, wenn er im Bus mit einem großen Drachmenschein wedelte, den sie nicht wechseln konnten. Vor seiner Herde stehend, führten sie sich auf, als seien Ziegen, Weiden, Berge und Himmel darüber etwas Unwirkliches, das nur so lange existierte, wie sie es bestaunten. Später begriff er, daß diese Fremden gefährlich waren. Mit Fragen und Erzählen machten sie die Jungen neugierig auf fremdes Leben.
Zwei Söhne und eine Tochter hatten Manolis Mouriki und seine Frau Duola großgezogen, doch keines der Kinder war bei der Herde geblieben. Georgios, der Älteste, lebte in D., das lag noch weit hinter dem angrenzenden Land Bulgarien in der Deutschen Demokratischen Republik. Dort hatte Georgios geheiratet und ihnen ein Bild geschickt, auf dem er neben einer hübschen blonden Frau saß und ihre Hand hielt. Später traf noch ein Foto ein, da trug die Frau ein kleines Mädchen auf dem Arm. Das sei seine Tochter Jaqueline, hatte Georgios geschrieben.
Die Tochter Stella war mit einem Maurer verheiratet. Gegen den Willen des Vaters. Sie wohnte mit ihrem Mann am Rande von Sidirokastron, wo die Ärmsten leben. Dabei hatte Mouriki einen Ziegenhirten für sie bestimmt, der eine Herde kräftiger gesunder Tiere besaß.
Auch Anastasios, der Jüngste, hatte die Weide verlassen und arbeitete in Sidirokastron in einer großen Gärtnerei.

ISBN 3-360-00260-1

1. Auflage

Lizenz-Nr.: 409-160/257/88 · LSV 7004
Umschlaggestaltung: Erhard Grüttner
Printed in the German Democratic Republic
Gesamtherstellung:
Grafischer Großbetrieb Völkerfreundschaft Dresden
622 896 7
**00200**